安部公房作品中的共同体书写

许静华　著

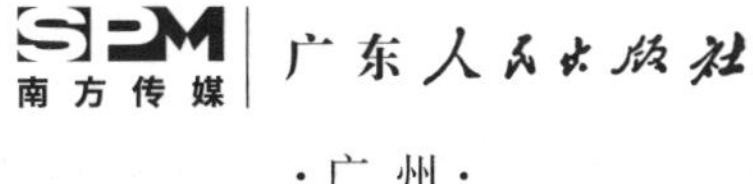

·广 州·

图书在版编目（CIP）数据

安部公房作品中的共同体书写 / 许静华著. —广州：广东人民出版社，2023.11

ISBN 978-7-218-17118-0

Ⅰ. ①安…　Ⅱ. ①许…　Ⅲ. ①安部公房（1924—1993）—文学研究　Ⅳ. ① I313.065

中国国家版本馆 CIP 数据核字（2023）第 231318 号

Ānbu Gongfang Zuopin Zhong De Gongtongti Shuxie

安部公房作品中的共同体书写

许静华　著

出 版 人：肖风华

责任编辑：曾白云　陈泽航
装帧设计：易希妍
责任技编：吴彦斌

出版发行：广东人民出版社
地　　址：广州市越秀区大沙头四马路 10 号（邮政编码：510199）
电　　话：（020）85716809（总编室）
传　　真：（020）83289585
网　　址：http://www.gdpph.com
印　　刷：广州市豪威彩色印务有限公司
开　　本：787 毫米 × 1092 毫米　1/16
印　　张：15.5　　**字　　数：**236 千
版　　次：2023 年 11 月第 1 版
印　　次：2023 年 11 月第 1 次印刷
定　　价：56.00 元

序

许静华的《安部公房作品中的共同体书写》一书即将付梓，作为她在博士研究生阶段的指导老师，我感到由衷的高兴。这是许静华的第一本专著出版，也是她的学术之路开启新征程的一个标志。

我和许静华之间的师生情可以用一场美丽的邂逅来形容。那是2018年5月份在美丽的南国——广州番禺职业技术学院举办的一次会议上的短暂相识，而更为机缘巧合的是，2019年3月她联系我想要来同济读博士的时候，原本已经错过报名期限的她竟然因为同济大学报名系统出现故障而破例允许延期补报。也许正是这些充满戏剧性的不寻常，最终造就了原本学制四年的她提前到三年即2022年毕业拿到博士学位，并获得校优博士论文推荐资格的这一段传奇吧。

学术研究离不开认真二字。许静华对待学术是认真的。记得她曾经把她投给某学报的返修论文稿子拿给我看，我提出了不少修改意见。当她看到如此多的修改意见的那一刻也许内心有些诧异或不解，但仍然默不作声地跑到研究室外面的走廊上并在那里站了足足一个小时来回看我的批改意见。然后过了两个星期，她按照我的要求全部改好，用邮件发给了我，并附言如下："距拿到您的修改意见已经过了两个星期，对您指出的每一个意见，我几乎无时不在思考。在修改论文的过程中，至今为止视若无睹一些'盲点'在您的提示下逐一显性化了……这一度令我焦虑不已。开学至今仅过了5周，对我而言却似乎已然经历了一次颠覆性'蜕变'。"不难看出那个时候的许静华在学术研究方面尚存在一些短板或瓶颈需要突破，也不难看出她对于学术的一丝不苟。功夫不负有心人，在刻苦学习耽于思考的三年时间里，许静华克服了各种困难和干扰，全身心地投入到了学习之中，并有将近两年时间自己租住在学校附近。她和另一位同学孙萌几乎天天泡在我研究室对面的学习室。两人经常一起探讨各种学术问题，互相督促，成为学习上的好搭档，结果两人均是三年顺利毕业并拿到了博士学位。许静华在答辩的一年前即2021年就完成了博士论文初稿，现在又在答辩不到一年的时间里把博士论文修改成书正式出版，"天下武功唯快不破"这一秘诀在她那里演绎得可谓淋漓尽致!

关于安部公房，我国读者并不陌生，他的《砂女》《箱男》《他人的脸》等作品更是脍炙人口。我国学界有关安部公房及其作品的研究起步较晚，但进入 21 世纪后关注度骤升，发表论文数量和质量均值得称道，并有邹波（2015）、李讴琳（2017）的专著问世。不过，国内对于安部公房的认识与研究尚未达到与该作家的世界影响力相匹配的水平，其中固然有安部公房作品深奥难懂的因素，也与研究者往往会习惯于对不同时期的作品进行割裂式的解读有关。因此，要想在安部公房研究上取得突破就需要有独特的视角和新的理论方法的介入，而宏观、整体而又系统的考察和研究无疑更具挑战性。作为一位有情怀的学者，许静华的博士论文选择"共同体"这一宏观视角，就是要对贯穿于安部公房文学中的思想主题进行系统分析和解读。共同体的话题无疑是宏大的，各个时代的哲学家、思想家在各种历史语境下从未停止过对"人类应如何共存"这一命题的执着叩问，"共同构建人类命运共同体"这一远大理想也成为我们构建世界新秩序的宏伟蓝图，许静华的博士论文升级版《安部公房作品中的共同体书写》一书的闪亮登场，可谓意义非凡。

从共同体书写的角度研究安部公房的作品颇有难度，有关共同体的话题和思考本身就纷繁复杂。许静华在书中首先对西方共同体概念的内涵及流变进行了考证，再回到日本思想文化中的共同体意识进一步思考之，然后才聚焦到安部公房的身份焦虑与“共同体情结”，由此把握安部公房的共同体书写所处的历史文化语境。这一过程看似繁琐，实在必须，也是构建本书学理性的必由之路。

近些年我在很多讲座中都会提及目前文学研究的“泛文化现象”，即传统的作家作品论研究被疏远甚至排斥，文学研究的文学性逐渐被淡化。作品不是作为文学研究的主体，而是作为媒介来进行文化学、社会学等跨学科研究的趋势愈演愈烈，从而使得文学作品本身被边缘化。如果对作品本身没有一个深刻而全面的研究，而一味从外围（文化学、社会学方法等）来进行诠释，是否会陷入类似避实就虚、本末倒置的窘境呢？这一趋势任其发展下去，最终受影响的还是文学研究本身。那么，如何回归到文学研究本体和文本细读的问题呢？文学批评在理论和方法论上的创新，是坚守文学性研究的重要法宝。在文本细读方面也大有可为，通过运用新的理论和新的方法去重新诠释经典作品的空间巨大。我们在不断提升自身的理论素养和研究水平的基础上，如何在文本细读的基础上将作家作品论这一费力却不一定讨好的研究工作做得更有学术价值，值得深思和探讨。《安部公房作品中的共同体书写》一书就是运用新的理论和方法来解读经典文本的实践，在坚持文学性研究方面做出了很好的示范。

《安部公房作品中的共同体书写》在理论方法上以安德森的共同体理论、福柯的话语-权力理论、齐泽克的意识形态理论、西方马克思主义的现代性批判理论、鲍曼对“流动的现代性”中共同体样态分析及建构理论等文化研究的理论视角，探究安部公房的共同体书写中呈现的个体的生存境况以及共同体与个体、个体与他者之间相互依存、相互消长的矛盾关系，解读安部对个体主体性复归的展望，勾勒其对理想共同体的构想，对于辩证地看待当代的现代性危机、权衡个人主义与共同体主义之利弊得失、构建允许多元文化共存、和谐发展的共同体具有一定的启示性。在文本细读方面，《安部公房作品中的共同体书写》一书涉及安部公房不同时期的代表性作品多部，包括《道路尽头的路标》《饥饿同盟》《榎本武扬》《第四间冰期》《砂女》《箱男》《樱花号方舟》《袋鼠笔记》等。作者将安部公房的作品作为战后日本特定话语空间中的“事件”，通过分析具体作品的言说方式，探究其言说与当时日本特定的社会意识形态间的关联，力图把握安部公房作为日本战后时代语境下的“有机知识分子”对时代的审视与省思，发掘其共同体书写根据时代语境及社会主要矛盾的变迁所呈现出的不同维度和内涵。在文本分析过程中，既立足于日本战后激荡的社会局势及价值观重构的时代语境之下，又上升到隐喻层面和普遍性的高度，拓展了安部公房作品的解读空间，进而在相互关联、层次推进的章节设置中，以“共同体”与“个体主体性”为经纬，重新绘制理解安部公房文学的概念地图。作者选择从共同体这一视角对日本著名作家安部公房文学进行梳理和研究，既有对安部公房文学发生学的追溯，也有对于安部公房文学思想的剖析，从而加深我们对于“人类命运共同体”的认知和理解。本书的出版，也是对我国安部公房研究的一大贡献。

许静华来同济大学攻读博士学位之前已经有一定的学术积累，尤其是在安部公房研究方面，其知识储备和学术思考超过了作为导师的我。因此，当她选择 “安部公房”+“共同体书写”作为博士论文选题的时候，对于导师而言既是挑战，同时也是学习的过程。就结果而言，许静华博士完成了她学术生涯的华丽转身，也开启了她攀登学术高峰的心性。我有理由相信，以此为契机，许静华作为我国日本文学研究的学术新星将会继续焕发璀璨的光芒。

刘晓芳

2023年端午节于上海美兰湖

目录

CONTENTS

前言

Preface

一、问题缘起

各个时代的哲学家、思想家在各种历史语境下从未停止过对“人类应如何共存”这一命题的执着叩问，本书以“共同体”为主题，力图把握这一命题在文学领域的呈现。本书通过聚焦于某一特定历史语境中的“有机知识分子”[①]借由文学作品这一载体对所处特定社会境况的书写，来管窥特定历史时期共同体中人的生存境况以及个体的存在之思。相较于哲学对当下现实危机展开宏观审视，并通过现实批判获得超越时代的普遍性规律这一倾向，文学则着力于从个别性视角呈现、揭示当下现实困境或矛盾性。作家基于自身体验和认知，通过虚构的代言人，借由对作品中虚构人物的“叙事”作用于读者和社会，从微观层面映射出个体的时代之思。

本书拟将安部公房（Kobo Abe，1924—1993）的作品作为二战后日本特定话语空间中的“事件”，通过分析具体作品的言说方式，探究其言说与当时日本特定的社会意识形态间的关联，力图把握安部公房作为日本二战后时代语境下的“有机知识分子”对时代的审视与省思。

① 有机知识分子（Organic Intellectuals）是葛兰西在《狱中札记》中提出的概念，意指具有批判精神并能在保持自身独立性的同时积极地介入现实的知识分子，他们走向社会公共领域，揭示并批判社会霸权的压制，引导人们走向反霸权实践，促进人们新的解放与进步。

安部公房一生创作了大量的文学作品①，涉及诗歌、小说、戏剧、纪实文学、随笔、评论等，表现形式也突破传统纸质媒体延伸至舞台剧、电影、广播剧等。其文学在日本文坛享有盛誉，有16篇作品被收录进日本的84种国语教科书②；共计57篇（部）作品被译介到海外，涉及43种语言③，也在世界范围产生了深远影响；此外，安部公房1975年获得美国哥伦比亚大学授予的“荣誉人文科学博士”称号，1992年成为美国艺术与科学学院名誉会员，生前多次获得诺贝尔文学奖提名。

矶田光一指出，安部公房打破了私小说感性的“素颜”信仰，是以“假面”的现实性为美学轴心的前卫作家④。松原新一高度肯定了安部公房探索未知领域、强调创造性的创作尝试，指出“安部公房的内心始终涌动着对生活模式化的厌恶，即对安定的日常性的拒斥”，通过动摇“传统”“既成价值观”来重获“存在感”⑤。渡边广士认为，通过探究安部公房存在主义风格的系列作品与超现实主义前卫风格的系列作品之间的断层，“不仅可以把握迥异于日本文学风土的小说家安部公房的独特性，同时也将成为重新发现度量战后二十余年我们自身存在的问题之关键”；从根本上看，他是一个“用全新的方法剖析共同体问题的世界性的共产主义者”⑥。苏联、匈牙利、意大利、墨西哥等西方研究者指出，安部公房作品所刻画的孤独，不同于欧洲存在主义文学中人文学性质的孤独，是由社会机构、社会功能的扭曲导致的，是“立足于存在主义的现实主义文学”；“安部作品中幻想性的文体与流动性的语言巧妙结合，并与其构想方式中

① 1997—1999年，新潮社陆续出版了《安部公房全集》，共30卷，收录了安部公房从1942年起涵括书信、未发表的诗稿、随笔以及改稿前后的作品。

② 木村陽子. 安部公房とはだれか[M]. 東京: 笠間書院，2013: 11.

③ 邹波. 安部公房研究[M]. 上海: 复旦大学出版社，2015: 3.

④ 礒田光一. 無国籍者の視点——安部公房論[J]. 文學界20（5），1966.5.

⑤ 松原新一. 小説家としての安部公房[M]//日本文学研究資料刊行会. 安部公房・大江健三郎. 東京: 有精堂，1974: 65-69.（凡未特殊注明，引文均出自笔者拙译。）

⑥ 渡辺広士. 安部公房[M]. 東京: 審美社，1976: 12，73.

错乱、不合理的诸要素有效统合”，其“比现实自身更具现实性的非现实”是安部公房文学魅力的本质；“安部的问题意识源于将当下的人类视为统一体的普遍性”，“不仅是主题，其文体、哲学性的思考、构想的展开都采用了崭新的手法且彰显了现代性、独创性”，是“世界文学中同一体裁作品中的最高杰作”[①]，等等。安部公房的作品之所以能得到日本文坛的普遍赞誉，获得世界各国读者的广泛阅读与认可，是由于其中蕴含着超越语言、民族与国界限制的普遍性与开放性内涵。尽管安部公房不是纯粹意义上的思想家，但其受到马克思、海德格尔、尼采、萨特、里尔克、卡夫卡等哲学思想家、文学家的熏陶以及自身经历的影响，他的作品始终体现着对人的生存境况以及人类应如何共存等命题的关怀，即对个体的主体性与共同体之间的矛盾冲突的关注。

在考察、研读关于安部公房作品的先行研究时，笔者发现，尽管不少研究者触及安部公房作品对国家、“民族主义”以及资产阶级现代性带来的种种异化现象的揭示，关注到了作品对置身其中的个体生存困境的深入刻画，却大多倾向于对其不同时期的作品进行割裂式的解读，尚不曾有研究者从“共同体”这一宏观层面对贯穿于其中的思想主题进行系统分析与解读。为了对安部公房文学有一个更全面的把握，本书首先对迄今为止的安部公房研究成果进行梳理、概述，再对其中涉及“共同体”主题的相关先行研究展开综述。

二、安部公房研究文献综述

1. 综合性研究概述

学界对于安部公房作品的研究主要集中在其作品中强调“科学性、物质性”的文体特征、超现实主义创作手法、“卡夫卡式”存在主义风格、国

① 武田勝彦. 海外における安部公房の評価[M]//日本文学研究資料刊行会. 安部公房・大江健三郎. 東京: 有精堂，1974: 143–148.

际主义视野以及堪称“越境者”的多体裁创作方式等方面。其中，善于采用“变形”这一超现实主义表现手法展开现实批判的“前卫性”，尤其成为评论界对安部公房文学的普遍认识。以下将对中外安部公房研究中的重要学术成果进行整理及评述。

日本学界开启安部公房研究先河的当属渡边广士的《安部公房》（审美文库，1976）及高野斗志美的《增补　安部公房论》（花神社，1979）（在1971年的《安部公房论》上增补而成），两者的论点很大程度上代表了当时评论界对安部公房作品的认知，并深刻影响了后学对安部公房作品的阐释。渡边广士的《安部公房》由“前卫的迷途——安部公房序论”“安部公房是如何成为小说家的——初期作品”“‘共产’主义者安部公房——《蟹甲木》之后”“异化与符号——《砂女》之后”等四章构成，从超现实主义的前卫创作手法以及思想转变历程等角度，分析了安部公房从《道路尽头的路标》到《箱男》为止的主要作品；渡边对安部早期作品中的比喻意象提出了独到见解，并高度评价了安部作品“反世界性的想象力”的现实批判力量。高野斗志美的《增补　安部公房论》将安部公房文学视为从语言及文体上致力于打碎二战后文学界限、探寻新的文学空间的斗争，具体体现为“为打破观念的封闭性、既成化的连续性斗争”以及“试图在结构性形象中把握未来之本质的斗争”[①]。高野从“孤独”“自我”主题以及“变形”等超现实主义创作手法出发，对安部从《无名诗集》到《箱男》为止的主要作品展开论述，认为安部与日本传统风土相隔绝的少年时代经历，在二战时及二战后逐渐演化成为一种虚无主义，故而始终带着孤独追问“自由”与“停留”等现代人的生存状况；其作品旨在跳脱出观念的洞穴而直面物的世界，探寻日渐侵蚀着“日常”的现代人之“物自体”世界。

进入21世纪以来的安部公房研究呈现出更加多样化的特征。鸟羽耕史

① 高野斗志美. 安部公房論[M]. 東京: サンリオ山梨シルクセンター出版部, 1971: 190.

的《运动体·安部公房》（一叶社，2007）用“运动体”一词来概括安部公房在现实生活中参与的艺术、政治革命运动及文学创作实践，开宗明义地指出，“安部的运动，时而是与画家、诗人或工人们一起从事的共同的运动，时而是孤独的运动。安部的运动被冠以艺术运动、社团运动、政治运动、革命运动、记录运动等诸多称谓，然而当下这些称谓所负载的记忆或印象与其当时的实践未必是一致的”[①]。由此，鸟羽耕史所关注的不仅是安部公房在不同时期参与的艺术家沙龙，或作为日本共产党的一个分支的活动，或是在某一地区的具体单位组织的文化社团活动，而是将这些实践视为变动不居、持续更新的运动体，采用实证性研究方法考察分析了安部从20世纪50年代到1962年（完成《砂女》创作）期间的艺术、政治运动及记录文学。该专著的第一章及第二部考察了安部在以“艺术的革命”为目标的前卫运动中的实践，并解读基于这些实践的作品（《为了无名之夜》《蟹甲木》《墙壁》《诗人的生涯》）；在马克思主义运动高涨及日本共产党的武装革命路线指导下，安部的活动与创作重心转向了政治革命方向，第二章及第三部的前三章对该阶段安部的政治实践与创作实践（《夜幕下的骚动》《饥饿同盟》《东欧之行》）展开了考证；第三章及第三部后三章集中考察了“安部运动体”的最终阶段——从政治性革命转向通过“记录”来变革现实的记录文学实践（《可爱的女人》《事件的背景》《砂女》）。

田中裕之的《安部公房文学的研究》（和泉书院，2012）收录了作者于1986—2005年间发表的关于安部公房作品研究的主要论文。全书由三部分共十四章构成，在考察安部公房的阅读经历，尤其是受外国文学及思想影响的基础上，对其初期至晚年的作品展开细读，将安部的文学表现方式与现实中的疾病、社会问题、现代犯罪相结合是贯穿于本书的重要视角。第一部以《道路尽头的路标》（真善美社版）中的三部手记与海德格尔、里尔克、尼采等广义的存在主义关联起来论证，从中透视安部从封闭性思考逐渐向更具

① 鳥羽耕史. 運動体·安部公房[M]. 東京: 一葉社，2007: 5.

创造性的未来志向转化的过程；第二部“变形谭的世界”以《蟹甲木》《红茧》及《墙——S. 卡尔玛氏的犯罪》为对象，分析了安部在诸多变形谭中将登场人物设置为“植物”“茧”“墙壁”的内在原因，进一步指出安部小说创作的方向从初期受里尔克的影响而呈现出显著的非社会性、非能动性及封闭性的自足状态，转变为其后作为一名共产主义作家致力于外界的变革；在第三部“中、后期的文学世界”中，田中通过解读《砂女》《燃烧的地图》《箱男》以及未完成的遗作《各种各样的父亲》，指出安部晚期作品呈现出对之前作品主题的反复，在前卫性方面有所减退，且其长篇小说创作存在着体系上的不连贯之缺陷。

邹波的《安部公房小说研究》（复旦大学出版社，2015）结合时代背景分析安部公房作品中的“存在”及“前卫”特征与现实间既紧密相连又超然其上的独特之处，解读作为前卫作家的安部如何以独特的视角和方法来认识和表现现实。作为国内首部安部公房研究专著，该书在第一章梳理介绍安部的生平与创作，并以创作特点为依据对安部的小说创作进行了分期；第二章“‘存在’与现实”分析了安部早期作品中的“变形”主题，从存在主义哲学视角探析了安部对二战后日本社会中人的存在的认知与表现；第三章“‘前卫’与现实”分析安部对超现实主义的接受与扬弃，阐释了安部作品中的梦境表现、都市空间的认识机制等；进而，第四章围绕“现实与表现”主题，从拓扑学、心理分析、互文性角度等切入，分析了安部作品中的心理意象与现实、谐谑与现实、虚构与现实等问题。

任丽在博士论文《安部公房小说中的“自我”研究》（2019）中写道，“虽然安部50年代至90年代创作的小说偏离了存在主义的文学理念，但是存在主义所关注的‘自我’问题，却始终是安部小说创作的重要精神课题”，论文按时代分期着重分析了《赤茧》《墙——S. 卡尔玛氏的犯罪》《闯入者》（20世纪50年代）、《砂女》《他人的脸》《燃烧的地图》《箱男》（20世纪六七十年代中期）、《密会》《方舟樱花号》（20世纪70年代末期至90年代）等作品，指出安部的作品世界“意在揭露现实世界的不合理”，通过“反叛与对抗，使人类在荒诞的处境中得以超越自我并达到真正的新生”[①]。

李先胤的《在21世纪阅读安部公房——水的暴力性与流动的世界》（勉诚出版，2016）是一部在历经灾难的现代语境中重读安部公房的作品。在序章中，作者论及安部《墙壁》中变形为墙壁的“异形的身体”及洪水这一“水的表象”，认为其中包含着“创造与破坏”同时进行的“恶魔性的东西”[②]，这种“恶魔性的东西”的“怪物性”正是安部在20世纪五六十年代致力于科幻小说（SF）创作时期所极力刻画的内容。第一章“‘怪物性’概念与安部公房的文学论”将安部的SF论所主张的撼动既成秩序之“怪物性”与俄国形式主义的“异化”相对照，指出安部正是借SF这一“假说的文学”来颠覆“日常”价值观的；第二章“水的表象与暴力”分别论述了《洪水》《方舟樱花号》等作品中的“水的表象”；第三章“审判与排除的空间”中，论及《方舟樱花号》《东欧之行》中安部对民族主义的批判；第四章“围绕‘水’与‘变形’的科学言说之射程”论及安部为抵制国家集团化的“homo”（同种/同质性）而使用“hetero”（异种/异质性）一词，体现了安部公房为对抗民族主义而积极吸收后现代理念。

从前卫艺术创作角度对安部公房的文学与电影作品进行深入探讨的著作，有冈庭升的《花田清辉和安部公房——为了前卫文学的再生》（第三文明社，1980）和友田义行的《战后前卫电影与文学——安部公房×勅使河原宏》（人文书院，2012）。冈庭升对以花田清辉和安部公房为代表的前卫文学进行了分析，除了肯定《砂女》《他人的脸》中“奇妙而生动的生活感”和“奇特的结构带来的紧张感”之外，对其后的《燃烧的地图》《箱男》及戏剧创作则持批评态度，认为安部的后期作品已经从“前卫”转为“现实主义”，并指出这些作品的程式化是日本前卫艺术运动败北的代表。友田义行

① 任丽. 安部公房小说中的“自我”研究[D]. 吉林大学博士论文，2019: 156，157.

② 李先胤. 21世紀に安部公房を読む——水の暴力性と流動する世界[M]. 東京: 勉誠出版，2016: 8.

以安部公房和勅使河原宏合作完成的四部电影（《陷阱》《砂女》《他人的脸》《燃烧的地图》）为中心，将安部的语言文字与勅使河原的影像、声音并置，结合电影理论以及当时的政治文化背景，考察了两者在“前卫”与“记录”方面的艺术探索。

成立并活跃于20世纪70年代的安部公房戏剧工作室体现了作家安部公房在创作体裁上勇于突破的先驱性贡献，因而学界对安部戏剧创作的研究成果也相当可观，其中代表性的专著有美国学者南希·K. 希尔兹的《安部公房的剧场》（安保大有译，新潮社，1997）、意大利学者赞布罗塔·库克的《安部公房工作室和欧美的实验剧场》（竹内淳夫译，彩流社，2005）以及高桥信良的《安部公房的演剧》（水声社，2004），分别从整体梳理、比较研究等方面对安部公房的戏剧展开了研究。聚焦于安部公房广义上的多媒介创作特征的研究专著有：木村阳子的《安部公房是谁》（笠间书院，2013）从“文学翻案”（Literally Adaptation）的角度，考察了安部通过小说、戏剧、广播剧、电视剧、电影（「メディア五種目」）等多种媒体表达同一题材的创作特点，力图从整体上把握安部公房的创作及媒体表现；鸟羽耕史编著的《安部公房　媒体的越境者》（森话社，2013）由“总论”“戏剧·Pectacle·Performance”“向影像及其他媒体的越境”三部分构成，汇集了鸟羽耕史、理查德·F. 卡利奇曼、日高昭二、木村阳子、高桥信良、佐藤正文、森山直人、永野宏志、守安敏久等论者对安部公房的舞台剧、电影、摄影作品等的评论，多角度地体现了安部将自身投影、变容于多种媒体之中“越境者”的形象。

关于安部公房生平的研究主要有谷真介的《安部公房评传年谱》（新泉社，2002）、渡边聪的《另一个安部体系——我的老师安部公房　其真实面影与思想》（本之泉社，2002）、宫西忠正的《安部公房·荒野之人》（菁柿堂，2009）、安部ねり的《安部公房传》（新潮社，2011）。《安部公房评传年谱》翔实地记录了安部的创作、生活状况以及很多相关人士的评价与言论，并附安部戏剧、电影、广播作品目录及参考文献目录。渡边聪由师从安部公房的缘起写起，记叙了安部在医学、语言学、生物学、动物行为学、大脑生理学等方面的渊博知识，透露出安部除文学创作之外的卓越才能及深邃思想。宫西忠正的《安部公房・荒野之人》通过收集、整理安部早期的笔记以及相关人士的证言，以实证的方法考察了安部的成长背景对其文学生涯的影响；认为祖父母移居北海道、父母移居"满洲"的经历成为安部公房跨越"边境"的精神源泉，并翔实记叙了安部在中国东北遭遇日本战败后的无政府状态的经历以及从年少时期起便执着于文学追求的事实。安部公房的女儿安部ねり回忆录性质的专著《安部公房传》介绍了安部公房的生平以及从事作家活动后与大江健三郎等人的交往过程，并通过对相关作家、评论家的采访呈现出作家安部公房的现实面貌。

此外，不少具有较大影响力的文学杂志都发行过安部公房特辑，主要集中在20世纪70年代以及1993年安部公房逝世之后。《国文学 解释与鉴赏》分别于1971年、1974年和1979年刊行过《特辑・70年代的前卫・安部公房》（1971年第36卷第1号）、《第二特辑・安部公房的现在》（1974年第44卷第7号）、《特辑・演剧馆　三岛由纪夫和安部公房》（1974年第39卷第3号）等特辑；《国文学》于1972年、1997年刊行了《特辑・安部公房　文学与思想》（1972年第17卷第12号临时增刊号）、《特辑・安部公房　无边界的思想》（1997年第42卷第9号）；*Eureka*（「ユリイカ」）于1976年、1994年刊行了《特辑・安部公房——故乡丧失的文学》（1976年第8卷第3号）、《增页特辑・安部公房　日常中的超现实》（1994年第26卷第8号）；《群像》于1993年刊行了《追悼　安部公房》（1993年第48卷第3号）的纪念特辑。这些特辑汇集了同时代有影响力的评论家们围绕某一特定主题对安部作品的独特见解，对系统性地评价安部公房无疑有着非常重要的参考价值。

从安部公房研究的整体发展动态来看，日本学界的先行研究较多，从CiNii（日本国立信息研究所学术信息检索系统）检索结果来看，涉及安部公房研究的期刊论文有730余篇（含各种文学杂志刊行的特辑中收录的文章），博士论文有19篇，专著有近20部（统计截至2022年11月），从比例上看，对单一作品的评述占大多数，整体性研究专著较少，所涵盖的创作时期和作品不完整，在论述的系统性上还有欠缺；从小说研究方面看，研究成果对安部公房作品主题和内涵的挖掘还有进一步深入的空间，对安部晚期作品的研究也远不充分。中国学界对安部公房作品研究起步较晚，但进入21世纪后呈现出生机勃勃的景象：知网数据库检索结果显示，涉及安部公房研究的论文共157篇，其中期刊论文94篇（发表于2000年以前的仅9篇），硕士论文61篇，博士论文2篇（统计截至2022年11月）；邹波（2015）、李讴琳（2017）的专著可以说是国内安部公房研究的开创性成果。然而，由于受译介[①]、传统审美意识及文艺思潮的影响，国内对于安部公房的认识与研究还远未达到与该作家的世界影响力相应的水平。

2. 与“共同体”主题相关的研究概述

安部公房开始文学创作的前后正值日本二战败后民生凋敝、政局动荡的时期，面临着天皇制残余与民主主义运动、占领军统治与民族主义的矛盾以及资本主义经济发展带来的种种社会问题等。由此，安部公房的作品往往以讽喻的笔触、非现实的情节设置，刻画并揭示了从二战后初期由二战时共同体的瓦解引起的个体身份认同危机，到20世纪六七十年代高度产业化导致的现代性危机、主体性危机（人的异化），其对共同体与个体主体性间矛盾的认知与表现在不同的时段重心有所倾斜。“殖民地体验”“民族主义”“故乡”“都市”“人际关系的异化”等无疑都是安部公房在不同阶段思考“共同体与个体主体性”问题的关键词及重要切入点。以下着重对涉及“共同体”主题的相关先行研究进行梳理与评述。

---

① 截至2022年11月，中国大陆对安部公房作品的译介出版仍仅限于《砂女》《箱男》《他人的脸》《燃烧的地图》《密会》《樱花号方舟》等长篇及部分收录于各类“当代日本小说选”中的中篇、短篇小说，相较于对芥川龙之介、三岛由纪夫、大江健三郎等作家的译介，尚处于起步阶段。

吴美延的《安部公房的“战后”——以殖民地体验与早期文本为中心》（クレイン，2009）基于安部公房在中国东北伪满洲国的成长经历以及在美国占领期的体验，并结合二战后的时代性来分析包括报告文学在内的安部早期作品，由此探寻二战后文学共通的思想和理念。该书由“故乡・边境・殖民地——《道路尽头的路标》论”“从战时到战后——《为了无名之夜》论”“作为战后表象的变形——《墙壁》论”“国民文学与美国的表象——《闯入者》论”“从Reportage到Documentary——记录文学运动的志向”“从东欧看日本——《东欧之行》论”“反转的返迁者的故事——《兽群奔向故乡》论”“‘战后’观念模式的终结——《砂女》论”8章以及“追论：克里奥尔语之梦”构成，论述了安部初期作品中反复出现的殖民地体验意象，指出安部初期作品中涉及了故乡与身份认同问题、在二战后具有强大政治吸引力的共产主义问题、由对抗被占领意识而萌生的反美民族主义问题，通过将这些问题相对化，安部公房的作品呈现出“无国籍性”特征。在“追论：克里奥尔语之梦”中，作者考察了安部关于克里奥尔语的相关言说，指出安部的局限性在于无法完全舍弃“殖民者的视线”，这种态度立场限制了他的“无国籍性”创作。然而，没能从安部后期的作品中验证其“殖民地体验”带来的“殖民者的视线”与“无国籍性”创作理念之间的消长，可以说是该著作未竟的课题。

苅部直的《安部公房的都市》（讲谈社，2012）结合安部的殖民地体验，基于政治学的视角，围绕“都市”“伪满洲”“废墟”“失踪”等关键词研究了以中期作品为主的安部公房都市文学。苅部直是东京大学知名的政治思想史研究专家，该书（共12章）由作者于2011年1月至12月在文学杂志《群像》上连载的12篇论文集结而成。第1章“梦的不安”、第2章“都市的说梦者”、第3章“千疮百孔的城市”以《笑月》《燃烧的地图》为对象，分析两部作品中通过“梦境”“视线”“风景”所呈现的“不安”的都市空间的样貌；第4章“另一种历史”、第5章“幻象的共和国”、第6章“忠诚的范式”解读《榎本武扬》中所揭示的“另一种历史”以及“忠诚”

概念的相对化问题；第7章“断绝的未来”、第8章“海中的乌托邦”以《第四间冰期》为对象，分析其中所预见的“未来”是拒绝依据当下经验类推的、包含着多种可能性之“断绝的未来”；第9章“作为故乡的荒野”、第10章“某个国家的经验”结合安部在伪满洲国的成长经历与体验，分析《兽群奔向故乡》及《道路尽头的路标》中所投射的都市“废墟”的原风景；第11章“沙的领域”分析了《砂女》中借用“沙”的可塑性隐喻都市与沙洞的同质性，认为主人公的抗争是寻求“多样化生存之路”的努力；第12章“从窗口窥视的眼睛”解读《箱男》中“看与被看”的权力关系，指出该作是安部公房寻求对抗权力与资本异化力量之“民主”的全新尝试。正如本书的腰封上所描述的，贯穿于全书的是“都市的视线与民主之尽头的‘个人’”的问题意识，由此来解读安部都市作品中的“另一种可能性”。

坂坚太的《安部公房与“日本”：殖民地/占领经历与民族主义》（和泉书院，2016），围绕《变形的记录》《开拓村》（广播剧）、《兽群奔向故乡》以及20世纪50年代安部创作的杂文、评论，来梳理安部公房的“民族主义”认识的变迁。第1章“‘复杂’的民族主义——围绕‘国民文学’的问题”考察了20世纪50年代国民文学论争中竹内好与“人民文学”派的对立，指出安部将“国民文学”视为对抗沦为美国殖民地的危机、战争危机的抗争文学，将“国民”视为反殖民抗争的主体，其局限性与其殖民地体验有着密切联系；第2章“是主观上的被害者还是客观上的加害者——《变形的记录》中的死人形象与战争责任论”通过分析《变形的记录》中战死的日本兵对军官的控诉，指涉当时日本国内盛嚣一时的“指导者责任观”，进而又以中国平民死者的声音解构了日本兵受害者的立场，通过导入外部的视线来打破日本国内战争责任论的封闭性；第3章“围绕无法‘返乡’的返迁者——《开拓村》论”与第5章“作为脱离殖民化的返迁——《兽群奔向故乡》论”都论及了日本战败后从中国返迁回国的经历在安部作品中的折射，指出《兽群奔向故乡》的主人公久三无法返乡的经历体现了作为伪满洲国开拓移民的殖民者在二战后体验的双重民族主义内涵，其一是共同体内部均质化的民族主义对“移民”的歧视，其二是在中国土地上、被异质性他者的视线所唤醒的民族主义，对后者的肯定体现了安部主动承载殖民者记忆的历史责任感；第4章“安部公房与《一九五六年·东欧》”叙述了安部从东欧之行的见闻中感觉到共产主义东欧的内部依然存在着排他性的民族主义，由此开始思考并主张从小集团的矛盾对立中汲取能量，构建“自下而上”的权利结构，指出安部在东欧的体验令他获得了一种不基于同质性而是拥护多样性的共同体构想。坂坚太认为，安部公房并非学界普遍认为的“无国籍”的作家，在安部文学的形成过程中起着决定性作用的，正是作为殖民者的伪满洲国经历和在美国占领期的日本作为被殖民者的体验。

理查德·F. 卡利奇曼（Richard F. Calichman）的《超越国境：安部公房作品中的时间、写作和共同体》（*Beyond Nation : Time, Writing, and Community in the Work of Abe Kōbō*，Standford University Press, 2016）以“时间”“书写”“共同体”为关键词，论述了小说《砂女》《他人的脸》和随笔《内部的边境》中的国家批判。上述坂坚太的《安部公房与“日本”：殖民地/占领经历与民族主义》着眼于20世纪50年代作品中的民族主义，而卡利奇曼则以20世纪60年代的安部作品为中心展开民族主义及共同体批判。卡利奇曼是安部公房随笔集《内部的边境》的英译者，他认为20世纪60年代安部作品聚焦于个体从“都市”这一国家“内部的边境”中“失踪”，进而探寻与共同体外部的“他者”沟通的路径。借用德勒兹“差异”与“反复”的理论，卡利奇曼认为，国家通过再现人种、民族这一过去的“同一性”来主张自身的正当性，却在包含着“差异”的“反复”中自我消解，安部的作品中正体现了这种国家之自我消解的后现代“差异”。第1章“沙中的印记：《砂女》”分析了《砂女》中叙述与时间的问题；第2章“骚乱的时间：《内部的边境》”中，卡利奇曼分析了《内部的边境》中国家的“固定”与其外部游牧民的“移动”这一对立意象，指出国家所表征的是基于“国土”“领土”的“空间上的同一性”，而游牧民所表征的是由“时间”带来的“差异”，由此从时间/空间的交叉视点来审视安部公房的犹太人论；第3章“《他人的脸》中共同体的诱惑”分析了《他人的脸》中的叙事与共同体的问题，并结合安部的随笔《超越邻人之物》对“邻人”（共同体内部的他者）与“他人”（共同体外部的他者）的界定，指出该作品体现了弗洛伊德所说的“被压抑之物的回归”，旨在探讨受共同体压抑的在日朝鲜人和黑人等“他者”的“回归”，揭示了国家对少数族群的暴力；第4章“干预：安部公房”不仅论述了安部的国家批判，同时也对美国日本研究的保守氛围展开了批判。

李讴琳的《安部公房：都市中的文艺先锋》（社会科学文献出版社，2017）以都市这一特殊的空间为切入点，梳理、分析了20世纪60年代后安部公房中长篇小说的创作特征，对小说中的都市空间、都市人形象进行解析，挖掘安部对日本现代社会的思考。第1章“漂泊的异乡人”和第2章“都市中的文艺先锋”介绍了安部在中国东北度过的少年时期及在日本二战后文坛进行前卫艺术活动、加入日本共产党致力于政治实践与文学实践融合的经历与背景；第3章“都市复兴中的想象与呈现”通过分析《赤茧》《墙——S. 卡尔玛氏的犯罪》《巴别塔的狸》《闯入者》《饥饿同盟》《兽群奔向故乡》等作品，认为安部早期文学的创作特点在于通过描写人的物化来体现人的孤独和异化、在非现实的时空中捕捉人的存在状态，运用荒诞的故事情节来表现阶级、民族等社会整体问题；第4章“《砂女》：都市化浪潮中的城乡文化冲突与漩涡中的都市人”着眼于作品中的都市与乡村的文化冲突，结合社会学研究的方法，剖析作品揭示的现代性危机以及安部构想的市民形象；第5章“都市华灯下的孤独与徘徊”分析指出《他人的脸》关注现代都市中“自我”与“他人”的关系，由此呈现个体在人际关系新旧意识交替中的迷惑，《燃烧的地图》则继续着眼于都市人之间的关系，“塑造出在都市如同沙粒一般飘忽不定的自由中，寻找无限可能性的都市人”[①]；第6章“都市繁华背后的病态与迷惘”以《箱男》《幽会》和《方舟樱花号》为对象，分析都市空间中陷入“封闭”“绝望”“在自我欺骗中空想”的都市人

① 李讴琳. 安部公房: 都市中的文艺先锋[M]. 北京: 社会科学文献出版社，2017: 176.

形象。

上述先行研究通过作家经历考证、作家言论分析、作品分析等都部分地触及安部公房作品中“民族主义/国家批判”“故乡”“逃亡/失踪”“自我与他者”等涉及共同体与个体主体性的思想主题，但各论者的分析视角往往局限于某一特定时代，倾向于将安部公房文学割裂为20世纪50年代的早期作品及20世纪六七十年代的中后期作品，对于贯穿安部公房文学始终的“共同体与个体主体性”主题思想及其发展变迁尚无系统性的论述。

本书将在充分把握和借鉴先行研究成果的基础上，采用点（单一作品）、线（作家思想）、面（时代语境）相互映照的方法，在文本分析过程中，既立足于日本战后激荡的社会局势及价值观重构的时代语境，又上升到隐喻层面和普遍性的高度，力图拓展安部公房作品的解读空间；进而，在相互关联、层次推进的章节设置中，以“共同体”与“个体主体性”为经纬，重新绘制理解安部公房文学的概念地图。

三、研究方法与研究意义

本书以安部公房作品中的共同体书写为主线，力图通过文本细读呈现安部公房各创作时期对共同体与个体主体性间矛盾的认知以及对克服主体性危机之路径的探索，期望能在一定程度上拓展安部公房研究的疆域，实现一定的创新。如何在历史背景、政治局势、哲学思潮等时代脉络中把握安部公房的作品世界无疑是安部公房研究的关键所在，因此，在“还原”时代脉络、把握作者围绕“共同体”书写之必然性的同时，探究安部作品超越时代的普适性价值将是本书面临的最大挑战。

在研究方法上，本书采用文献法、文本分析法及文化研究的方法，将文本内部与外部有机结合，通过研究作为“有机知识分子”的安部公房在特定历史语境中的借由文学作品这一载体对所处社会境况的书写，探究作品与当时日本特定的社会意识形态间的关联，进而管窥特定历史时期共同体中人的生存境况以及个体的存在之思。首先，通过研读日本思潮史、二战后世态史、昭和文学史、文学论争史等文献，把握安部公房文学创作的时代背景；阅读、整理、分析安部公房关于共同体的思想随笔，整体把握其对共同体及个体主体性的言说。其次，通过叙事学等文本细读的方法，把握文本叙事特征以及隐藏于故事情节背后的深层寓意。最后，结合安德森的共同体理论、福柯的话语—权力理论、齐泽克的意识形态理论、西方马克思主义的现代性批判理论、鲍曼对“流动的现代性”中共同体样态分析及建构理论等政治哲学、文化研究相关理论，对具体文本所呈现的社会样貌以及人的生存境况进行剖析，解读安部作品中的超越国界的普适性人文关怀。

此外，本书以“共同体”为关键词聚焦单一作家的文学创作谱系，从具体作家作品之“有限”“局部”及特殊性，窥视其中“无限”“整体”及普适性的人文关怀，试图以微知著地实践文学作为“大文科”之综合载体的功能——将哲学、社会学、民俗学、伦理学、精神分析学等跨学科的视角融入文学文本解读中，探寻“文学”本身所具备的综合性人文关怀功能。

本书在文本细读的基础上结合时代背景及作家的思想随笔，分析安部公房作品中对共同体本质的揭示以及对个体自主性复归途径的探索，力图实现：（1）以“共同体”为主线系统性地梳理、统合安部公房的文学创作及思想言说；（2）将安部公房创作作为特定时代的“事件”来把握，避免“唯文本论”或过度阐释；（3）运用多维度的文化研究视角开展文本分析，将虚构文本的象征、隐喻、批判性上升到普适性高度，拓展作品的解读空间，挖掘其中跨越时间与空间的持久的生命力。在独特性层面上，本书从“共同体书写”的角度系统分析安部公房创作生涯中的重要作品，为整体把握安部公房创作概貌提供了一个重要视角；在普适性层面上，本书以文化研究的理论视角探究安部公房的共同体书写中呈现的个体的生存境况以及共同体与个体、个体与他者之间相互依存、相互消长的矛盾关系，解读安部对个体主体性复归的展望，勾勒其对理想共同体的构想，对于辩证地看待当代的现代性危机，权衡个人主义与共同体主义之利弊得失，构建允许多元文化共存、和谐发展的共同体具有一定的启示性意义。

四、本书的构成

本书由前言、正文四章以及结语三部分构成。前言部分简述本书的构思背景及问题意识，梳理迄今为止国内外关于安部公房文学的主要研究成果，对涉及“共同体”主题的相关先行研究进行归纳、评述，并介绍本书的研究方法及意义所在。

第一章“‘共同体’概念及安部公房的共同体书写缘起”梳理了西方社会学、哲学思想中“共同体”概念的内涵及流变，简述日本思想文化中的共同体意识，进而聚焦于研究对象安部公房源于身份焦虑的“共同体情结”。安部公房的共同体书写始终与个体主体性缺失（自我身份认同危机）与建构问题紧密相连，而对这一问题的思考维度因时代语境和社会的主要矛盾而异，第二、三、四章基于具体文本所聚焦的主题将其分为三个阶段展开分析论述。

第二章“共同体幻象与空心化的主体”以《道路尽头的路标》《饥饿同盟》和《榎本武扬》为对象，解读作品中呈现的二战后初期战时共同体价值观崩塌引发的个体主体性危机以及个体重建身份认同的尝试。在个体层面，《道路尽头的路标》呈现了个体抗争“宿命”追寻独特生存意义的存在论式思考，指涉了安部成长经历及战败体验中关于“故乡”的多重创伤，从个体主体性的角度质疑、拒斥“故乡”/共同体之规定性。在社会思潮层面，《饥饿同盟》揭示了统治阶层的意志如何在部分知识精英的协力共谋下，形成具有社会伦理约束力、强制力的价值规范作用于共同体成员，可视为安部公房对“国民文学论争”中潜藏的“狭隘民族主义”倾向的揭露，蕴含了安部对昭和初期以来围绕“民族主义”的话语建构机制及其背后“一国民俗学”“近代的超克”论等历史哲学思想背景的反思。在意识形态层面，《榎本武扬》刻画了在时代更迭、共同体核心价值观发生颠覆性转变之际，共同体意识形态与个体主体性之间的矛盾冲突以及由此造成的个体身份认同危机及伦理困境。作品折射出了安部对“战争责任追究”命题的省思；同时揭示了社会舆论、历史评述的价值取向作为代表意识形态“大他者”的组成部分，对个体施以引导和规训，进而借榎本武扬基于自身价值追求的“第三条道路”，探究实现个体主体性复归的途径。三部作品分别以“故乡”“民族”“时代（价值观）”为关键词，递进式地揭示了这一系列富有遮蔽性的“共同体”话语群背后所代表的意识形态建构特征，呈现了安部对日本帝国主义意识形态本质的揭露及对个体身份认同缺失、沦为空心化主体之生存境况的思索。

第三章“现代化进程中的共同体与均质化·原子化的主体”以《第四间冰期》《砂女》和《箱男》为对象，分析作品对身处资本与权力双重异化下个体主体性危机的刻画，解读其中蕴含的安部对个体主体性复归的展望以及构建包容异质性、自—他共存之新型共同体的设想。《第四间冰期》借由科幻小说这一载体，讽喻性地指涉了同时代的历史事件，在揭示当下社会存在的种种弊病的同时，又从“人类命运共同体”的普遍性层面探讨现代性价值观内生的悖论，旨在解构现代性价值观的自明性，并探索克服现代性消极面的可能性。《砂女》进一步揭示了现代都市中个体价值取向的空虚，个体不得不依附于资本主义意识形态所构建的价值标杆——“崇高客体”，经由“大他者”的认同来获得自我认同；作品通过刻画个体在极端生存环境下对都市共同体生存境况的反思，解构了现代人欲望对象的意识形态规定性，并寄望于个体自发性主体意识的觉醒。进而，《箱男》展现了都市共同体中个体犹如置身于“全景式监狱”般的生存境况，“箱男”通过自愿回归“赤裸生命”的消极自我言说，来挣脱资本通过高度产业化及货币制度形式对个体的均质化、原子化形塑，以及国家权力通过各种机制对个体的同一化规训与管治，体现了安部公房对高度产业化社会中个体精神危机的洞察。三部作品分别从现代性、都市共同体秩序以及国家权力/意识形态形塑等角度，探讨随着现代化进程推进而日益暴露出来的共同体与个体主体性之间的矛盾，在宏观层面上观照了资产阶级现代性内生的悖谬，又深入微观层面剖析置身其中的个体精神危机与生存困境。

第四章“‘流动的现代性’中的共同体与寻求纽带的主体”以《樱花号方舟》和《袋鼠笔记》为对象，解读作品对创作当下日本社会具体矛盾的揭示以及对“流动的现代性”中个体普遍面临的生存困境的省思。《樱花号方舟》以“核避难所”影射同时代的战争阴云，批判日本新保守主义在“专守防卫”的幌子下不断强化军事力量的政治实践，另一方面则聚焦于“零和博弈”思维宰治下人际关系疏离、归属感缺失的个体或自我封闭或寻求“替代性共同体”的尝试；作品在揭示追求同一性、拒斥异质性的共同体内含的法西斯主义性质的同时，展望在尊重多样性、包容差异性的伦理环境下与“陌生人”共存。《袋鼠笔记》中，犹如“真兽类”的镜像般存在的“有袋类”动物之意象贯穿了作品整体，隐喻社会生存竞争中的弱势群体，同时象征着个体的责任意识以及既成社会秩序之外的存在可能性。作品从受社会权力秩序、价值观所排斥的“异质性他者”视角出发，经由与权力秩序、传统驯化力量的对峙抵达了对“他者”的重新发现，并寄望于“孩子群体”构建出超越传统因袭及既成秩序的“克里奥尔”式新型共同体。两部作品从不同的向度刻画了“没有锚的方舟的时代”中共同体的演变特征以及个体人际关系疏离、确定性匮乏的不安与焦虑，体现了安部公房对国家主义/民族主义复苏的警惕以及对社会生存竞争中的“弱者”的人文关怀。

安部公房的共同体书写基于意识形态批判及现代性观照的双重维度，聚焦于不同时代语境下共同体、个体与他者的样态及复杂交错的矛盾关系，既体现了“反乌托邦”式颠覆性的社会批判向度，又蕴含了对重建个体主体性、复归他者伦理以及构建更富包容性的新型共同体的执着求索，体现了“有机知识分子”的批判性与责任意识。

第一章

“共同体”概念及安部公房的共同体书写缘起

“共同体”概念广泛运用于社会学、人类学、政治学、哲学、历史学等多个学科领域的研究中，其含义指涉根据研究视角不同而有不同的侧重。从基本涵义上看，“共同体”一词在《现代汉语词典（第7版）》中的释义是：（1）人们在共同条件下结成的集体。（2）由若干国家在某一方面组成的集体组织[①]。英文“community”一词意指：（1）社区；社会；乡镇；公社。（2）社团；团体；界。（3）共有，共享；共同的责任。（4）共同性；一致（性）。（5）（国家之间经济、政治）共同体。（6）［生态学］（生物）群落[②]，从14世纪以来就存在。为了更好地把握“共同体”言说的历史脉络，以下首先从古希腊时期的社群/共同体意识出发，简要梳理西方“共同体”概念的思想系谱。

① 中国社会科学院语言研究所词典编辑室. 现代汉语词典（第7版）[M]. 北京: 商务印书馆，2016: 458.

② 李华驹. 21世纪大英汉词典[M]. 北京: 中国人民大学出版社，2002: 498.

第一节

西方“共同体”概念的内涵及流变

孙艳萍在《玛格丽特·德拉布尔“光辉灿烂”三部曲中的社群意识研究》中对西方哲学传统中的社群/共同体意识进行了梳理，为本书提供了很好的借鉴。孙艳萍指出，西方哲学传统中的共同体意识始于古希腊时期以柏拉图和亚里士多德为代表的关于“城邦”的言说。柏拉图在《理想国》（*The Republic*，约公元前380年）中探讨了政治共同体的基本原理，旨在构想一个能实现正义的理想城邦。他认为城邦应当是一个具有伦理目的（正义/至善）的共同体，人们结群而居、互助协作；他设想根据人的天赋能力将城邦中的人划分为统治者、武士和工匠三个等级，由拥有知识和智慧的哲学家来担任治理城邦的重任（统治者）。亚里士多德在《政治学》（*Politics*，公元前326年）中首先论及了人的群居天性，“认为人的群居演化出了城邦，人天生是趋向于城邦生活的动物，尽管城邦在发生顺序上晚于个人和家庭，但在本质上则先于个人和家庭；指出人只有在城邦生活中通过参与公共事务的辩论与决策，才能培养出固有的天然本性来，亚里士多德“通过城邦的存在说明了群体生活是人的本性，也通过人的本性论证了城邦的合理性”①。与柏拉图的一致之处在于，亚里士多德也将城邦界定为为谋求某种共同的善的目的而组成的共同体。此外，中世纪神学追求全人类在基督教内的合一，以建立全人类的宗教共同体为目标，体现了对道德及社群/共同体的重视。在《法哲学原理》（*Grundilinien Der Philosophie Des Rechts*，1821）中，黑格

---

① 孙艳萍. 玛格丽特·德拉布尔“光辉灿烂”三部曲中的社群意识研究[M]. 杭州：浙江大学出版社，2014: 29.

尔基于对自由主义的个人主义基础的批判来阐述他的共同体观。针对康德认为权利的源泉在于理论推导出来的绝对命令之中的断言，黑格尔则认为权利的源泉在于广泛的共同体伦理生活之中，个人只有融入各种共同体，在自身的各种共同体身份里，才能找到真正的自我意识和身份认同感。黑格尔的共同体观为后来的社群主义共同体观提供了思想源泉。

“黑格尔对现代社会的研究对马克思有很大的影响，一方面，黑格尔对市民社会的研究深刻揭示了现代世界的样貌，给马克思提供了丰富的思想材料；另一方面，马克思在批判黑格尔有关国家和市民社会关系的错误认识的过程中，逐渐产生了超越现代国家理论的‘真正的共同体’思想”[①]。1844年，卡尔·马克思在《评一个普鲁士人的〈普鲁士国王和社会改革〉一文》（*A Prussia's Interpretation of Prussian King and Social Reform*）中提出了“人的实质也就是人的真正的共同体”的思想；在《德意志意识形态》（*The German Ideology*，1845）这一著作中，马克思、恩格斯又对“真正的共同体”进行唯物史观的阐述，提出“在真正的共同体的条件下，各个人在自己的联合中并通过这种联合获得自由”[②]。“真正的共同体”意指“自由人联合体”或“共产主义社会”，是马克思基于对资本主义社会的存在方式的批判而得出的结论，指个人和共同体真正统一的状态，即个人自由完全实现的状态。

最早将“共同体”作为一个学术概念提出并对其进行界定的是德国社会学家斐迪南·滕尼斯，在《共同体与社会》（*Gemeinschaft und Gesellschaft*，1887）一书中，滕尼斯提出“有机共同体”概念，认为“共同体（gemeinschaft，英文译为community）是持久的、真实的共同生活，社会（gesellschaft，英文译为civil society）却只是一种短暂的、表面的共同生

① 朱晓彤. 马克思“真正的共同体”思想与当代价值[J]. 中共南昌市委党校学报，2020（4）: 9.

② 张诏汇. 马克思“真正的共同体”的内涵和当代意义[J]. 现代交际，2019（10）: 204.

活。与此对应，共同体本身应当被理解成一个有生命的有机体，社会则应当被视为一个机械的复合体和人为的制品"[①]。在滕尼斯看来，"共同体"指"肯定的关系形成的群体""统一地向内或向外发挥作用"，其有机属性体现为"亲密的、隐秘的、排他性的共同生活"，具有同一性、同质化的倾向，并有着"无限的施加于人的灵魂的影响，会让每个参与其中的人都能感受到它"（同上引，68–69）。进而，滕尼斯将共同体区分为"血缘共同体""地缘共同体"及"精神共同体"，认为"精神共同体在自身中结合了前两种共同体的特征，构成一种真正属于人的、最高级的共同体类型"（同上引，87）。在滕尼斯之后，诸多西方社会学家、哲学家在传承、对话中形成了各自独特的"共同体"论，或强调共同体中同质性的一面，设想、展望和谐互助的共同体（如社群主义/共同体主义），或强调个体的不可化约性，否定真正理想共同体存在的可能性（如独体思想）。

《岩波哲学·思想事典》对"共同体/共同性"做出了以下阐释：

> 在现代，这一概念成为社会学意义上的词汇，同时与"社会"的概念相对而历史化，共同体/共同性被定义为随着现代社会的成立而解体的集团的存在方式。也就是说，共同体在现代社会中被视为自由的个人的集合体而构想成为"失落之物"。因此，大凡现代批判的言说中，总以某种形式呼吁共同体价值的复归。一方面，存在着强调作为生产者的人之共同性的共产主义，另一方面也存在着强调民族等超越个体的集合性价值归属的法西斯主义。两者并不能单纯并置，但对"失落的共同性"的乡愁又与民族主义/国家主义（nationalism）交织，成了20世纪的政治思想中隐含的主题。[②]（着重号为笔者加）

也就是说，对"共同体"的关注源于一种"失落"，在人类社会迈入

① 斐迪南·滕尼斯. 共同体与社会[M]. 张巍卓，译. 北京：商务印书馆，2020: 71.

② 廣松涉，子安宣邦，等. 岩波哲学·思想事典[M]. 東京：岩波書店，1998: 346–347.

资本主义时代的重大转型期，社会学家及哲学思想家们发现共同体对人类彼此间的和谐共处有着重要意义，是应对原子化、物化了的人际关系的一则处方。由此，自19世纪中后期以来，围绕“共同体”的思考与论争通常采取一种基于文化批判的“替代定义”，存在着强调共同体同质性或强调个体差异性这两种阐释倾向。

在强调共同体的同一性、同质性方面，具有代表性的思想家有雷蒙·威廉斯、本尼迪克特·安德森等。雷蒙·威廉斯被誉为“战后英国最重要的社会主义思想家、知识分子和文化行动主义者”①，在《漫长的革命》（*The Long Revolution*，1961）中，威廉斯提出“深度共同体”概念，指出只有在深度共同体中沟通才成为可能，如果没有深度的交流，共同体的有机性便只是假象。进而，在《乡村与城市》（*The Country and the City*，1973）一书中，他在揭示田园作品中理想乡村共同体的虚妄性的同时，也批判了工业文明之下的城市作为共同体缺失了“有机性”；他怀着对“有机共同体”的憧憬，期望资本主义现代化社会能“通过新的方式变成一个集体负责任的社会”②。威廉斯的共同体思想传承了马克思主义的文化批判传统，却仍然期望从传统的同一性共同体价值观中寻求化解现代性危机的路径。本尼迪克特·安德森在《想象的共同体：民族主义的起源与散布》（*Imagined Communities: Reflections on the Origin and Spread of Nationalism*，1991）一书中提出“想象的共同体”的概念，主要是针对“民族”所作出的界定，认为“民族（nation）”“是一种想象的政治共同体——并且它是被想象为本质上有限的（limited），同时也享有主权的共同体”③，进而将“民族归属（nationality）”“民族的属性（nation-ness）”以及“民族主义

---

① 汤梦颖. 雷蒙·威廉斯《乡村与城市》评述[J]. 牡丹江大学学报，2014（6）: 74.

② 雷蒙·威廉斯. 乡村与城市[M]. 韩子满，刘戈，徐珊珊，译. 北京: 商务印书馆，2013: 8.

③ 本尼迪克特·安德森. 想象的共同体: 民族主义的起源与散布[M]. 吴叡人，译，上海: 上海人民出版社，2016: 6.

（nationalism）”视为一种特殊类型的文化的人造物。安德森将共同体的属性与文化体系相关联展开考察研究，视共同体为一种用于塑造民族身份或观念的想象化运作，是一种文化产物；共同体成员通过共享这些被着意建构起来的文化传统与想象，得以凝结成一个整体。安德森在揭示共同体的意识形态建构性特征的同时，也强调了共同体内含的同质化特征。

另一方面，让—吕克・南希、莫里斯・布朗肖、吉奥乔・阿甘本等思想家则通过强调个体的差异性来阐释个体与共同体的关系特征，哲学思想界也将这种思想倾向称为“独体思想”，与强调同质性的共同体思想相对应。李玲（2019）对“独体思想”的思想系谱进行了简要归纳，认为独体思想可以追溯到海德格尔和德里达。尽管海德格尔没有直接针对“共同体”的言说，但他“在世界之中的存在就是和他者一起存在”[①]的存在论思想，却成为解构共同体同质性的思想家们的重要哲学依据。德里达认为共同体是“由众多自我负责的单一体组成的共同体”，是“一个没有共同性的共同体”（同上引）；进而提出“伦理共同体”概念，提倡个体的责任感和良知。区别于滕尼斯将共同体中自我与他者的关系视为同质、精神共享、心灵相通的，德里达的“伦理共同体”则强调自我与他人间的异质、被动关系。

“独体/单体（singularity）”一词是由让-吕克・南希首先提出的。在《无用的共通体》（*The Inoperative Community*，1983）一书中，南希提出“独体”概念以区别于“个体（individuality）”，强调“独体”是不同于其他所有人的能动者，拥有无法向其他任何独体传达的“他异性”，认为共同体只能是由独体构成的，“在没有同一性的差异中的‘共—在’，诸种同一性的‘共—在’在它们的关系的腹地中区分着，彼此为对方也为自身区分着。一个共通体（/共同体）的同一性是如此地无限区分着自身”[②]。由此，

---

① 李玲. 共同体还是独体？——论华兹华斯《兄弟》中的共同体困境[J]. 外国文学评论，2019(4)：188.

② 让-吕克・南希. 无用的共通体[M]. 郭建玲，张建华，夏可君，译. 郑州：河南大学出版社，2016：(作者中文版序) 11.

南希认为没有共同的文化或想象能将共同体的成员联结成一个真正的整体，因为他者无法触及独体的内心深处。南希的“独体”思想当即引起了的莫里斯·布朗肖与吉奥乔·阿甘本的热烈回应，布朗肖在《不可言明的共同体》（*The Unavowable Community*，1983）中提出“负面共同体”“不可言明的共同体”“没有共同体的人组成的共同体”等概念，认为任何共同体的根基处都存在着无法言说、不可被揭示的秘密，个体的自我只能是一种孤立的存在，个体间因此不可能存在深层的交流，真正的有机共同体也因此不可能存在。阿甘本的《来临中的共同体》（*The Coming Community*，1983）也对南希的“独体”思想进行了深入的阐释和回应，认为“无作（inoperative），就是遭遇中断、破碎、悬置。共同体是由个别性（singularities）带来的中断，或者说，由单个的存在所是之悬置构成的”[①]。概言之，基于“失落的共同体”的背景而产生的独体思想，“认为不存在能将不同个体联结成一个整体的有机内核，人从根本上来说是孤独的，每个人的最深处都藏着他人不可触及的秘密，因此，所谓的共同体只能是被动的、异质的堆砌，成员之间无法产生深度的沟通”[②]。

独体思想所强调的个体的非同质性和不可化约性为新自由主义所继承，自20世纪80年代以来，新自由主义（以罗尔斯自由主义理论为主）与社群主义/共同体主义之间的论争便经久不息。“社群主义强调社群之间的联系、环境的影响和文化传统的积极价值，试图论证社群之共同利益的理论基础，批判自由主义理论所造成的个人主义的极端倾向”[③]。社群主义深受威廉斯共同体理论影响，其代表人物为查尔斯·泰勒、迈克尔·桑德尔、迈克

① 玛利亚·德·罗萨里奥·阿科斯塔·洛佩兹．世界的“少许不同”：吉奥乔·阿甘本《来临中的共同体》导读[M]//吉奥乔·阿甘本．来临中的共同体．相明，赵文，王立秋，译．西安：西北大学出版社，2019：143.

② 李玲．共同体还是独体？——论华兹华斯《兄弟》中的共同体困境[J]．外国文学评论，2019（4）：188.

③ 汪民安．文化研究关键词[M]．南京：江苏人民出版社，2019：325.

尔·沃尔泽等。朱平（2017）将社群主义的主张归纳为以下三方面：（1）反对西方哲学传统中原子主义的自我观，强调自我的情境性；主张个体的身份来自于共同体，在其中被先天赋予，而非"我"的后天选择；自我是在与他者的对话和交流中得到界定的。（2）在个人自由的属性方面，反对极端的个人自由观，主张自由存在于一定的协调和控制之中。（3）反对权利优先论，主张权利和个体选择应以普遍的善为前提，应重视国家及民间社团组织在权利实现中的积极义务；同时主张公民主动参与公共政治生活。由此可见，社群主义"试图弥合当代人的自由与群体性之间不断加深的断裂"[①]，主张人应当归属于某个共同体才具有意义，群体的价值或利益高于个人的价值或利益，强调社会责任和传统道德。

在弥合工业文明、现代性价值观渗透而导致的当代个体与共同体之间的裂痕方面，齐格蒙特·鲍曼通过对价值层面、事实层面的深入分析，进而从具体操作层面展开了理论构建尝试。在《共同体：在一个不确定的世界中寻找安全》（*Community: Seeking Safety in an Insecure World*，2001）一书中，鲍曼尖锐地指出，启蒙运动的"祛魅"和现代化进程导致个体在自由度提高的同时陷入了确定性匮乏的困境。认为"资本的全球运作，带来了经济力量对政治领域前所未有的掠夺和侵吞，政治权力日渐式微，催生了一种'局部有序而全球混乱'的世界格局，由此产生了一个普遍而永恒的不确定性状态。在其中，传统共同体持续弱化甚至遭到质疑和摒弃，而资本却获得了治外法权，得以胁迫一切地域性的机构屈从其强势要求。而个体则在这种资本逻辑和消费欲望的诱惑下，寻求所谓的个体解放，越来越多的个体妄图挣脱现代秩序的羁绊，以不同的方式加入到'陌生人'这一自由流动的群体中，集体认同的萎缩甚至丧失便随之而来"。由此，"社会呈现一种原子化的状态，鲍曼用'Unicherheit'来诠释这种个体生存境况，即不可靠性、不确定

① 朱平. 石黑一雄小说的共同体研究[M]. 郑州: 河南大学出版社，2017: 36.

性以及不安全性”[①]。鲍曼认为共同体应该是一种与自由相伴而生的社会归属空间，是安全与和谐的象征。他提倡个体对他者的无限责任，而共同体必须运用政治手段给予人们与劳动所得无关的“基本收入”，使人们免于生存的忧虑，通过伦理与政治的综合互补，实现个体与共同体的双重自主。鲍曼肯定了社群主义/共同体主义所主张的个体归属于共同体这一理念，但同时又对其无视现代社会对个体的原子化形塑力量这一理论缺陷进行纠偏，倡导通过统合伦理与政治力量来调和“自由”与“确定性”的两难矛盾，进而实现公共领域的重建。

综上所述，无论是“真正的共同体”“有机共同体”“社群主义”等对共同体的理想化展望，还是“无用的共通体”“不可言明的共同体”等认为不存在能将不同个体联结成一个整体的有机内核的“独体思想”，都体现了不同时代的社会学家、哲学思想家在具体的社会发展阶段，基于具体的历史语境（如现代化、全球化等）或面对具体的“事件”（如世界大战、种族灭绝等）的现实批判，进而对“人类应如何共存”命题展开深刻的思索。

此外，西方围绕“共同体”的文学书写也有着悠久的历史，最具代表性的便是乌托邦（utopia）文学及反乌托邦（dystopia）文学。以托马斯·莫尔的《乌托邦》（*Utopias*，1516）为开端，相继出现了弗朗西斯·培根的《新大西岛》（*The New Atlantis*，1624）、詹姆斯·哈林顿的《大洋国》（*The Commonwealth of Oceana*，1656）等乌托邦式的文学作品，表达了对理想共同体的憧憬。而进入20世纪，伴随着资产阶级现代性内生的矛盾与危机，再加上两次世界大战带来的深重灾难，怀着反思理性至上价值观以及高度集权的国家意志无视、践踏个体自由的忧虑，出现了对未来做出恐怖预言的“反乌托邦三部曲”——叶夫根尼·伊万诺维奇·扎米亚金的《我们》（*We*，1920）、阿道司·赫胥黎的《美丽新世界》（*Brave New World*，1932）以及

① 周萍. 共同体：缘起·困境·再造——基于齐格蒙特·鲍曼共同体理论的诠释[J]. 江苏广播电视大学学报，2010（4）：75.

乔治·奥威尔的《一九八四》（*1984*，1948）。这些作品一方面反映了人们对理想共同体的向往趋于幻灭，另一方面，也体现了对遭到破坏的共同体及个体命运进行反思、追问的深切人文关怀。以乌托邦·反乌托邦作品为代表的众多围绕“共同体”的文学创作，为我们勾勒出了文学书写中“共同体”概念的射程。首先，“共同体”是一个空间概念，意指个体所置身的社会生存空间，由特定的“边界”分隔为共同体“内部”及“外部”；其次，“共同体”是一个关系性概念，涵括了一个社会历史空间中集体与个体、个体与他者之间复杂交错、此消彼长的关系。共同体书写正是通过虚构叙事着力呈现人类共同缔造的生存空间的样貌以及置身于其中的个体生存境况，由此展开文学对现实世界的观照与省思。

第二节

日本思想文化中的共同体意识

从上述西方社会对共同体与个体关系的思考中可以看出，人类所面临的问题具有普遍性，然而对这些问题的经验、感知和反思的方式却受到具体的文化模式和传统的制约。一个独立的文化体系，总是对世界、历史、社会、人的存在等有着一整套的解释，在同一文化族群内的人，总是或多或少地接受、遵循这套解释体系，并以此构建自身的价值体系和自我认同。因此，考察日本自古以来共同体的形成与变迁，由此梳理日本思想文化中的共同体意识，必将有助于本研究更好地把握安部公房的共同体书写所处的历史文化语境。

马克思在《资本主义生产以前的各种形式》（*Forms which Precede Capitalist Production*，1858）中从本源性所有制的角度，提出原始共同体所有制的三种形式——亚细亚形式、罗马形式及日耳曼形式。马克思指出亚细亚生产方式的特征是：基于种族共同体的土地共同所有，从事直接的共同劳动，种族共同体是所有、生产和分配的单位。在这种生产方式的基础上逐渐发展出母系氏族的氏族共同体，从母系氏族向父系氏族变迁的过程同时也是氏族共同体向农业共同体发展的过程，其间，共同体的组织原理逐渐由血缘共同体向地缘共同体转变。父系氏族是在氏族共同体向国家变迁的过渡期中出现的，随着以家父长式大家庭为单位的农业共同体的成立，血缘关系被拟制化，最终，父系的系谱关系只有在婚姻和宗教礼仪中才具有社会性功能。在原始的农业共同体中，个人没有所有权，其劳动的剩余生产物归种族共同体所有，其剩余劳动的一部分时而以“纳贡”方式归于以个人存在（共同体家父长）为体现的共同体社会，时而以祭奉观念上的种族之神而从事共同劳动的方式呈现。由此，亚细亚生产方式从最初基于平等社会关系的原始共同体逐渐发展至“东方专制主义”，在自给自足的农业共同体生产方式的基础上，由“半是现实中的专制君主，半是观念上的种族本体之神”[①]的“统一体”作为共同体的最高所有者，进入了“整体性的奴隶制”。

根据马克思、恩格斯基于本源性所有制形式对共同体存在形式的区分与界定，众多日本社会学家对日本的共同体形态的形成与变迁进行了深入考证。关于日本是从什么时代实现由母系向父系变迁、形成家父长式家族共同体已无从考证，仅能从《古事记》所记载的神话中加以推测[②]。日本的农耕始于弥生时代（公元前300—公元250年），家族共同体成为农业经营的基本单位，尽管血缘性的集团关系仍然具有规制力，但主要是基于地缘性的构成原理。如上所述，地缘性构成原理是基于父系系谱关系的拟制化，各农业共同体之间的关系也体现为拟制血缘关系。家族共同体以家长为代表，以土地、水利等为基轴的地缘性共同体的各种问题，由各家族的家长构成的“家长会议”来决议，其中某一家长成为共同体的首领。随着人口增加，共同体之间围绕土地和水利的抗争也越发激化，通过战斗或其他方式，最终占优势的共同体迫使其他共同体处于从属地位，形成了秩序化的政治性联合体，其中又由占优势的若干共同体的首领构成“首领会议”，由某一首领成为联合体的头领。家族共同体家长与共同体首领的关系进一步扩大到共同体首领与新联合体的头领间的关系，便产生了“大王”（おおきみ）这一区域性统一体的头领，其基础便是亚细亚形式的本源性所有制。共同体间的战争使得落败的共同体的成员沦为奴隶，这些奴隶最初是共同体的共有财产，最后都集中到了共同体头领手中；随着头领将奴隶私有财产化为“家内奴隶”，头领

① 濱島朗編. 社会学講座2　社会学理論[M]. 東京: 東京大学出版会，1975: 27.

② 不少思想家、民俗学家、人类学者通过解读《古事记》中收录的神话传说，来推测或印证日本传统共同体意识的起源及样态特征。如吉本隆明的《共同幻想论》通过分析《古事记》神话故事中蕴含的“自我幻想”“对幻想”及“共同幻想”来解释日本人世界观及共同体意识的起源。

与共同体成员的关系也发生了改变，确立了头领与全体共同体成员间的统治与从属关系；这种关系最终扩大到了地域统一体/政治联合体中。

“大化改新”（645年）前日本的社会构成，是由古代专制国家君主之天皇的前身——大王居于“统一体”之位实行全国统一，这基本与马克思所界定的亚细亚形式共同体相吻合，大化改新前的部民制[①]便带有以大王为“统一体”代表的执行机关性质。日本通过颁布律令确立了古代奴隶制/国家奴隶制，之前的共同体成员全体成为奴隶，头领作为奴隶主统治整个国家。其中，原本的共同体成员被赋予“公民”“良”的身份，成员之外的“家内奴隶”被贬为“奴婢”“贱”，从而确立了身份体系，专制君主成了全体成员的“家父长”。由此，日本的国家与“家”的概念重合，公共性质层面与私人性质层面的东西无媒介地统合了起来。在这种奴隶制下，共同体没有解体，而是再编成“乡户”，作为国家劳动力差使单位而存续了下来。奴隶制解体过程中，原本的“公民”占取了君主的“公地”继续既往的劳动生产，原共同体中的家父长式大家庭相对实现了自立，拥有了私有财产，逐渐演化为“庄园体制”的“名主”，大多数“公民”成了名主的私人奴隶，直到战国时代的动乱导致家父长奴隶制式微后才出现小经营农民的独立，实现了由“親方”（名主）的大家庭式经营向“子方”（小农民）的独立小规模经营的过程。构成日本封建制的村落共同体基本上是由自耕农相互平等的关系结成的地缘共同体，但由于这些小规模生产经营的农民自立性弱，“親方”“子方”的拟制血缘关系发挥着重要作用，农民并没有完全从领主权力下解放出来。即使到了近代，村落共同体因资本主义生产方式的确立而逐渐解体，原村落共同体的农民分化为地主、雇农结成新的支配—从属关系，依然延续着家父长式共同体组织原理的特征。

由此可见，日本社会的共同体意识起源于原始农耕时代的地域性劳动

① 日本大和国时期的奴隶制。产生于4世纪末，大化改新后被废除。部是皇室和贵族占有的奴隶集体，一般冠以主人名、职业名，种类有田部、部曲、品部等。

协作，在这样的地缘共同体中，共同的劳动和生活方式使人们结成了牢固的纽带；以农耕为基础的日本早期农业社会，有意识地淡化家族亲缘关系，代之以小群体型的劳作、生活方式，依据村落地域形成了稳固的群体劳作型社会组织。社会学家きだみのる（Kida Minoru）在《日本部落》中，通过深入的田野调查，指出日本的村落（部落/むら）是自然形成的共同体，区别于中央的行政区划。村落组织的特征可归纳为以下七个方面：（1）人口聚集的地方便有了村落"首领"（親方/世話役）和普通的村落居民（平/ひら）之分；（2）一名村落首领一般负责10～15户居民；（3）村落居民的行为方式有两种类型，一是由集团反射或传统支撑，另一种是受个人利益所驱使；（4）首领依据村落习俗或集团反射来统筹、管理村落，并非恣意治理；（5）集团反射由历经多个世纪的生活需要所产生，经代际传袭而深入民心，并随着生活环境的变迁进行新陈代谢（因此，只有较大的社会、经济变动才可能撼动这些传统）；（6）村落的决议采取全体一致的方式而不是"少数服从多数"，以防止村落的分裂；（7）村落居民的四大纪律守则为：不准杀人、伤人，不准偷盗，不准烧人家舍，不准向外部告密（特指在本村落不视为犯罪行为但触犯国家法律法规的事）[①]。きだみのる认为，村落共同体代代沿袭下来的教诲、传统、行为规范、集团反射、集团表象等，是确保村落凝聚、和谐的要素；村落共同体有着单体性（unity）、统一性的特征，游离于中央权力之外，同时又形成了权力机构赖以维系的社会基础。

可见，村落共同体价值观中所体现的个人与集体的关系构成了日本传统的共同体意识。这种共同体意识向现代意义上作为"现代民族国家"的共同体意识转换的契机，便是1853年佩里率"黑船来航"打破了日本长期的锁国局面。换而言之，在此之前，日本在政治上并没有明确地将自身当成一个统一的民族国家来看待，而是以作为与"中华"对照的"边境"来定位自身，

---

① きだみのる. にっぽん部落[M]. 東京: 岩波新書，1967: 154-155.

“日本列岛的政治意识是从‘边境民’这种自我意识出发的”[①]。针对“开国”对日本而言的意义，丸山真男做出了简明扼要的归纳：（1）将自己向国际社会敞开；（2）与国际社会相对，将自身定义为统一国家[②]。“将自己向国际社会敞开”意味着在思想上吸纳西方先进思想来改造自身的意识，在经济和政治制度上与西方接轨成为一个“现代国家”；“与国际社会相对，将自身定义为统一国家”，则意味着必须摆脱思想文化上对“中华”的依附，确立日本独特的民族认同，进而成为在国际社会上与西方国家平起平坐的独立“民族国家”。那么，日本是如何逐渐在国民中确立“民族国家”和“现代国家”这两种共同体意识及身份认同的呢？新的共同体意识/身份认同与传统的共同体意识/身份认同之间又存在着怎样的矛盾呢？

首先，在构建“民族国家”认同方面，主要是从思想、制度、文化等方面确立日本作为统一民族国家的共同体意识。在思想基础层面，早在江户时期，复古主义学者本居宣长便通过确立“国学”地位来排除“汉意”和“佛意”，以肯定前者无序之“道”来否定后者的思想感染，意欲恢复日本接受儒、佛以前的“固有信仰”，视神道无终极绝对者的“无限拥抱”性和思想杂居性为日本思想的“传统”，以净化“统一民族国家”之血脉（同上引，21）。可见，日本在确立民族“自我”的过程中，“他者化中国”与寻求自身“独特性”的努力是并驾齐驱的。明治末年，柳田国男的民俗学研究致力于田野调查以及大量民间故事（《远野物语》等）的整理与考证，通过对民间故事中原始、未开化的幻想做出现代意义上的修正，勾勒出日本人“固有的”民族性格，其日本人论以及日本民族国家论是一种“相对理性的文化民族主义的‘自我’构建”[③]。内藤湖南的《支那论》（1914）以及京都学派“支那学”的成立为构建“否定性他者”的中国形象奠定了“学术”根基，

---

① 内田樹. 日本辺境論[M]. 東京: 新潮社，2009: 60.

② 丸山真男. 日本の思想[M]. 東京: 岩波新書，1961: 10.

③ 郭敏. 柳田国男日本人论研究——基于柳田民俗学的考察[D]. 北京: 北京大学外国语学院，2009: 2.

进而作为20世纪30年代“东亚协同体”“东亚新秩序”等殖民话语的理论支撑，成为对中国发动侵略战争的口实。在制度、文化层面，正如本尼迪克特·安德森指出，“我们会常常在新国家的‘建造民族’（nation-building）政策中同时看到一种真实的、群众性的民族主义热情，以及一种经由大众传播媒体、教育体系和行政管制等手段进行的有系统的，甚至是马基雅维利式的民族主义意识形态灌输”[①]。安德森所称的“民族主义意识形态灌输”在明治政府的国民塑造策略中得以鲜明体现——明治政府通过制定制度法规与民族认同教育双管齐下的方式实行文化统合（Cultural Integration），以天皇为国民统一的核心，通过各种象征、标语、誓约、国旗、国歌、历法、国语、文学、艺术、建筑、修史、地方志编写、宗教、祭典等来实现国家范围内均质化的“文化”建构。田雪梅在《近代日本国民的铸造：从明治到大正》（2011）一文中，通过考察福泽谕吉、森有礼、木户孝允、陆羯南等思想家、教育家、政治家关于近代日本国民的构想理论以及明治维新以来一系列强化国体的政策法规，勾勒出日本近代国民铸造“系统工程”的概貌。她认为国民权利、国家归属、国家认同是“近代国民”形成的三大支柱，指出明治政府以自上而下的国家强制方式推行制度改革，旨在铸造具有国家意识、能够实现明治政府富国强兵、对外扩张路线的“近代国民”。在推行天皇亲政制度、“版籍奉还”“废藩置县”、户籍制度、学制、征兵制、地税改革、四民平等、公议制度、《明治宪法》、地方自治制度等“去地域化”及“去奴仆化”的制度变革的同时，“通过创立天皇神话、形成有效的学校教育体系、颁布《教育敕语》以及确立国旗、国歌、实行祭奠仪式等创造出日本式的国民化教育渠道，建立起天皇主义的意识形态的统治地位，成功地催生了近代日本民众对国家的忠诚和认同”[②]。

① 本尼迪克特·安德森. 想象的共同体: 民族主义的起源与散布[M]. 吴叡人，译. 上海: 上海人民出版社，2016: 109.

② 田雪梅. 近代日本国民的铸造: 从明治到大正[D]. 上海: 复旦大学国际关系与公共事务学院，2011: 238.

其次，在构建“现代国家”认同方面，主要是调和传统地方共同体治理方式与现代化官僚机构制度治理方式之间的矛盾，其中天皇制“国体”起到了至关重要的作用。丸山真男指出，明治维新以降，通过条约的修改而实现的制度性的“现代化”得以顺利推行，日本由绝对主义集权的上层国家机构和最底层的村落共同体（地方自治）结构结合而成，地方共同体以“固有信仰”之传统，通过权力与恩情的统一成为传统人际关系的“模范”，最终融合为“国体”的一部分。从明治到昭和时期，中央一直致力于维持这种由最顶端的“国体”到最底层的“和谐的自治体”（其内部不允许个人的溢出，回避决断主体的明确化及利害关系的正面冲突），以防止“现代化”带来的分裂和对立等政治状况的发生。日本“现代国家”的发展，一方面是中央发动的现代化（合理性官僚化）渗透到地方、下级，另一方面是村落共同体的伦理（家父长制式的人际关系和惩罚形式）从底层向上影响国家机构和社会组织内部，国体教育的注入与共同体拟制血缘关系的导出双方不断实现相互转化。这就带来了制度化与“人情”的矛盾，一方面，欧洲的各种制度的引进与改良无法彻底实现合理性的机构化，另一方面，仅凭“人情自然”来维系的日本帝国又不断遭到分裂感的侵袭。统治阶层为制度化破坏了“淳风美俗”而忧虑，地方上的官治（法治）也偏重形式，游离于当地的实际情况，于是便酝酿出了代表“田园的侠勇”的国粹团体或基于农村“实情”的中小地主的反中央、反官僚主义[①]。

由此可见，日本的共同体意识主要体现为传统的“村落共同体”意识和江户时代后期逐步构建起来的“民族国家”“现代国家”认同。在昭和时期动荡的世界政治局势及汹涌而至的现代化浪潮中，这三种共同体意识与个体所置身的真实生存境况之间冲突日益加剧，由此导致了个体普遍的认同危机及身份焦虑。

首先，传统的村落共同体强调个体是同一性共同体中的成员，种种传统

① 丸山真男. 日本の思想[M]. 東京: 岩波新書，1961: 45–49.

习俗和行为规范体现着权力的集中、意志的凝聚，反对集团的分裂和个体的溢出；同时有着明确的“边界”意识和强烈的排他性，对外部及外来者保持警戒。这种村落共同体的“边界”意识在全球化语境中、在人口膨胀且流动性强的现代都市空间中显然难以继续实现统合庞大的异质性群体和个体的功能，反倒成了一种抵制变革和流动性的因袭力量，即马克思、恩格斯意义上的“僵化固体”（solids）。这种传统的共同体意识导致从不同的村落共同体涌入都市的人群一方面面临着对现代性价值观适应不良的孤立感，怀着寻求“圈子”归属的意识缅怀失落的“温馨家园”；另一方面却无法挣脱排他意识的束缚，对“陌生人”竖起屏障，造成了与他者疏离、自我封闭、归属感缺失的困境与焦虑。从这层意义上看，日本在现代化进程中所面临的传统共同体价值观“失落”之困境与近现代西方社会普遍的共同体“失落”危机有着共通之处。

其次，“民族国家”认同在强调“固有信仰”及“国学”之正统地位的思想基础上，通过制度与文化统合成功地建构了起来。但为了获得与西方列强相同的国际社会地位，这一“民族国家”认同逐渐带上了霸权主义色彩，日本走上了以“民族自立”为名推行的对外扩张道路，其“独立的志向变成了暴发户式的新兴帝国的霸权志向”[①]。这一虚幻的民族认同在明治时期的日俄战争和甲午中日战争之后持续膨胀，到了昭和时期变身为“统领亚洲”之“大日本帝国”，发动了侵华战争、太平洋战争，并最终于1945年战败后化为泡影。在20世纪二三十年代帝国主义意识形态全方位的“国民”铸造进程中，民众逐渐将对日本作为种族优越的“民族国家”的认同，内化为自身作为凌驾于亚洲各国之上的“大日本帝国国民”之身份认同。由此，当“大日本帝国”的虚妄梦想因战败而被击碎时，民众普遍面临着的便是由“优秀种族”堕入“败北者”的身份危机；进而，在盟军占领期沦为实质上的美国

---

① 子安宣邦. 东亚论——日本现代思想批判[M]. 赵京华，译. 长春: 吉林人民出版社，2004: 36.

"殖民地"的屈辱，更令日本人普遍陷入自我认同断裂的身份焦虑之中。

再次，"现代国家"认同方面，天皇制"国体"在一定程度上调和了地方共同体与中央国家机构间的矛盾，成为西方政治制度扎根日本的"润滑剂"，但正如上述丸山真男所指出的，村落共同体家父长制式级层化、集权化治理理念又渗透到了国家机构和社会组织内部，持续压抑着个体的"自我"。这些特征与"现代国家"赋予个体的民主自由、平等权无疑是相悖的——僵化的官僚体制、价值观形塑乃至"全景监狱"式的管理模式与个体的主体性确立之间产生了尖锐的矛盾，由此导致个体时时暴露在大他者[①]"凝视"中的身份焦虑。

赵京华将子安宣邦"现代知识考古学"的思想史研究方法论总结为："注意在特定的思想史话语空间中，确定某一思想学说出现的'事件'性，即这个思想学说是针对什么而发话的，何以这样言说，它与当时的社会意识形态构成怎样一种关联；后人又是怎样解读和重构这个思想学说的。"[②]这不仅是思想史研究的重要视角，也是文学批评应有的视野和高度。安部公房的共同体书写是基于不同时代语境下个体面临的生存困境与身份焦虑而展开的，其思考个体与共同体之间关系的历史文化语境中，包含着日本在现代化过程中呈现的"民族国家"与"现代国家"的双重共同体意识建构轨迹，以及传统村落共同体意识挥之不去的缠绕。由此，个体与共同体之间的矛盾冲突也随之呈现出复杂交错的多重性——既有"民族国家"出于对外扩展需要对"国民"的诱导、塑造，在遭遇"幻象破灭"之后给个体带来的身份认同缺失的危机，又有"现代国家"体制对个体的同一性形塑与个体追求现代自

① 在拉康的精神分析理论中，大他者（the big Other）指将人们关于现实的体验予以结构化的无形的秩序。即通过语言建构一个符号性秩序，确立包括诸种律令/规范在内的一整套符号性坐标，进而对人类社会进行全盘性规介与控制。

② 子安宣邦. 东亚论——日本现代思想批判[M]. 赵京华，译. 长春: 吉林人民出版社，2004: 307.

我独特的主体性之间的矛盾；既有个体从传统村落共同体认同向都市共同体现代性价值观转换过程中面临的归属感缺失的困境，又有在传统村落共同体排他性意识影响下个体拒斥异质性他者、陷入疏离与孤独之生存境况的矛盾。

本书在把握日本思想文化中共同体意识变迁的基础上，结合西方围绕“共同体”的政治哲学探索视角，将目光聚焦于安部公房作品中的共同体书写，力图把握其文学书写中对共同体及个体主体性之间的矛盾对立的观照及省思；并经由安部公房作为“有机知识分子”对时代的言说，来观照日本昭和时期的意识形态变迁与人的生存境况。

第三节

安部公房的身份焦虑与“共同体情结”

“逃亡”“失踪”“匿名”等主题在安部公房的作品中频繁登场，象征着逃离共同体或拒绝共同体价值捆绑的消极抗争，构成了安部文学独特的孤独而荒凉的基调。这种近乎执拗的“共同体情结”，不妨说是源自安部成长背景及战败体验所导致的失却“故乡”的身份焦虑。

从家族系谱上看，安部一家有着两代人背井离乡、投身“新天地”的背景经历。安部公房的祖父母于1894年从四国高松辗转移居北海道旭川，成为第一代北海道开拓民。父亲安部浅吉就读于伪满洲（今沈阳）的奉天医科大学，毕业后留校专攻营养学；1923年，浅吉在东京的国立营养研究所出差期间与ミヨリ结婚，1924年，两人携出生不久的安部公房定居沈阳，属于伪满洲的开拓移民。安部公房在自撰年谱、访谈中多次提及自己复杂的出生、成长背景：

> 我出生于东京，成长于旧满洲，但原籍是北海道，在那里生活过几年。也就是说出生地、成长地和原籍各不相同，就因为这样，写简历的时候很麻烦。但从本质上我可以说是个没有故乡的人。在我的情感底层涌动着的故乡憎恶，也许就是因为这样的背景。[①]（着重号为笔者加）

祖父母辈的经历，尤其是父母之“国际主义者”的自我身份认同，在某种

① 安部公房. 略年譜［自筆年譜］[M]//安部公房全集　第20卷. 東京: 新潮社，1999: 92.（初载于《われらの文学 7　安部公房》［小説集］. 講談社，1966 年 2月15日）

程度上影响着安部公房对“故乡”/共同体的认知，即认为“故乡”的观念未必是恒常不变或给定的，而是可以通过自身的选择来获得的。然而，伪满洲国的成长经历造就的双重身份认知，却令他体验到了“故乡”求而不得的苦涩。

安部公房在伪满洲接受的中小学教育中强烈渗透着日本帝国主义对外殖民扩张的意识形态，一方面是强调日本民族优越性的国家—民族认同教化，一方面绘制“五族共和”的“大东亚共荣圈”理想图景，旨在培养“植根于殖民地本土”的统治精英。然而，在安部公房身上，这种单方面灌输的“身份认同”在战争日渐白炽化的过程中慢慢出现了裂痕。事实上，早在日本帝国构建的价值体系彻底崩塌之前，安部就深深意识到了其中内含的悖谬。1942—1943年安部公房就读于东京成城高中及东京大学医学部时，曾因战争局势深化、校园内外法西斯主义氛围日渐强化而精神状态恶化，前往医院接受精神诊断。这种精神危机无疑源自迄今为止自己所信奉的和平、民族解放之“五族共和”价值观和社会现实间的矛盾冲突。这一时期的安部公房通过阅读尼采、海德格尔、雅斯贝斯、里尔克等人著作，在存在主义思想中寻求精神救赎。1944年，预感到日本即将战败的安部公房和沈阳时代的好友金山时夫一同躲过宪兵的监视，偷偷返回沈阳。随之而来的日本战败，彻底击碎了“大东亚共荣圈”这一共同体幻象，“五族共和”之共同体价值观背后侵略者的残暴嘴脸暴露无遗，给安部带来了巨大的冲击——“我曾经对五族共和这一虚假宣传深信不疑，那些践踏这一理念的日本人的行动令我感到强烈的憎恶和耻辱”①。在沈阳经历日本战败的一年半间，安部公房的父亲在出诊过程中感染伤寒去世，一家人随即被占领军赶出医大的宿舍，安部带着家人过着流离失所、朝不保夕的生活，直至1946年“返迁”回日本。日本战败初期的沈阳曾一度陷入无政府状态之中，然而安部却为此感到快慰，“那种无政府状态尽管让人感到不安和恐惧，但另一方面却给予了我某种梦想。那

① 安部公房. 年譜［自筆年譜］[M]//安部公房全集　第12卷，1998: 465.（初载于《新鋭文学叢書2　安部公房集》［作品集］. 筑摩書房，1960年12月15日）

便是从父亲以及父亲所代表的财产和义务中解放出来，不再有阶级和人种歧视……”（同上引，着重号为笔者加）在此，“父亲”象征的正是日本帝国意识形态这一规定、控制着整个日本社会的“大他者”。日本帝国的瓦解令安部获得了一种新的视角，即挣脱共同体形塑、规定的“身份”，探寻个体本真自我的可能性。

在回忆起“故乡”奉天的风景时，安部写道，“我常常觉得自己是一个徘徊在故乡的边缘、却无法回归其中的亚洲亡灵”，“我们没有称奉天为故乡的资格”[①]，言辞中透露着失却了“故乡”的落寞与创伤。在沈阳的成长经历及教育背景，令安部一度视沈阳为令人眷恋并值得为之投注热情的“故乡”，然而“五族共和”虚假宣传背后的“殖民者”本质，则无情地宣告了这种眷恋与热情只是虚妄或一厢情愿的。这种价值观失序引发的身份焦虑，加上颠沛流离的“返迁”体验，给安部公房的心灵投下了巨大的阴影。但是，安部的文学书写中并没有着意渲染自身的创伤体验，而是将其投射于对哲学、社会层面的个体生存困境的省思之中，并化为“共同体”批判向度，用以剖析“共同体”表象背后的实质。

因此，安部公房的共同体书写始终同个体主体性的缺失（身份认同危机）与重建问题紧密相连，而对这一宏大命题的思考维度，因时代语境以及社会主要矛盾的变迁而呈现出不同的形态与内涵，具体可以分为三个阶段，每一阶段又包含了当下日本历史语境的特殊性层面和普遍性层面两个向度。

其一，共同体幻象与身份认同缺失的空心化主体。二战后初期至20世纪60年代初期，面对日本战时体制的瓦解、新旧价值观的更迭带来的思想混乱，安部公房敏锐地捕捉到围绕“政治与文学”“国民文学”“战争责任追究”等论争背后所反映的知识分子和民众普遍的身份焦虑。本书选取《道路尽头的路标》（1948）、《饥饿同盟》（1954）及《榎本武扬》（1965）三

① 安部公房. あの山あの川——奉天[M]//安部公房全集　第4卷，1997: 484.（初载于《日本経済新聞》，1955年1月6日）

部作品，分析论证该阶段安部公房的共同体书写立足于价值观转向这一时代语境，通过聚焦身份认同缺失的空心化主体，致力于揭露帝国主义意识形态构建的共同体幻象。

其二，现代化进程中的共同体与均质化、原子化的主体。20世纪60年代以降，日本迎来了二战后经济高度成长期。在汹涌而至的现代化进程中，资本通过高度产业化和货币制度形式对个体施以均质化、原子化形塑，同时现代国家通过各种机制对个体进行同一化规训与管治。本书以《第四间冰期》（1959）、《砂女》（1962）和《箱男》（1973）三部作品为对象，解读安部公房对创作当下的时代特征及社会样态的把握。这一阶段安部的共同体书写基于现代性批判的宏观视野，深入揭示了现代性内生的悖论以及都市空间中资本与国家权力对个体的双重异化，致力于探索日渐"原子化"的主体以他者为"镜"，实现价值主体复归的途径。

其三，"流动的现代性"中的共同体与寻求纽带的主体。20世纪80年代以降，随着日本成为世界第三大经济实体，统治阶级为谋求"政治大国"地位而实施鹰派政治、军事战略，新保守主义思潮应运而生。一方面，在美苏军备竞赛的"核威胁"中寻求军事庇护助长了国家主义的膨胀；另一方面，个体置身于一个充满不可靠性、不确定性及不安全性的"流动的现代性"之中。本书通过聚焦《樱花号方舟》（1984）、《袋鼠笔记》（1991）两部作品，剖析这一阶段安部公房的共同体书写和言说所呈现出的批判国家主义以及关注在剧烈社会竞争中丧失社会属性的弱势群体之向度。

综上所述，安部公房的"共同体情结"始于丧失"故乡"的身份焦虑，在积极投身工人文学运动的实践中逐渐形成了"有机知识分子"的社会责任感和人文关怀视角，其共同体书写始终聚焦于日本昭和时期以来"民族国家"和"现代国家"双重共同体意识建构过程中个体与共同体之间的矛盾冲突以及日本传统共同体意识与现代都市共同体价值观的碰撞。本书通过研究安部公房立足于不同时代语境的共同体书写，力图在先行研究的基础上进一步拓展文本的解读空间，探究安部公房作品跨越国界与时代的普适性内涵。

第二章

共同体幻象与空心化的主体

日本二战失败初期，面对民生凋敝、形同废墟的国土，日本国民在普遍陷入一种虚脱状态的同时，又感受到从军国主义战时思想统制中挣脱出来的解放感；另一方面，GHQ（驻日盟军总司令部）在军事、政治、经济、社会、教育等领域推行了一系列“非军事化”“民主化”改革，致力于从根基上对日本的传统价值观及秩序加以变革。战败的冲击、既成价值观的颠覆带来的混乱和普遍的身份危机构成了该时期民众心理的主流。在伪满洲国的成长经历使安部公房建立起了有别于日本本土国民的“双重”自我认同，而在沈阳迎接日本战败以及“侨民返迁”的经历给安部带来了难以抹除的创伤及自我认同危机，使安部将批判的矛头指向导致个体主体性丧失的战前/战时军国主义主导的共同体价值观。在其作品中体现为对信念瓦解、身份认同缺失的空心化主体的刻画，进而揭露隐蔽于“八纮一宇”“五族共和”宣传背后的狭隘民族主义话语操作，批判主流意识形态对个体价值取向的暴力性形塑，强调个体应坚守主体价值判断以对抗共同体威权体制的规训，成为自主判断并承担责任的价值主体。

本章以《道路尽头的路标》（1948）、《饥饿同盟》（1954）和《榎本武扬》（1965）为对象，解读作品中呈现的战时共同体价值观崩塌所引发的个体主体性危机以及空心化的主体重建身份认同的尝试。

第一节

拒斥“故乡”的共同体书写
——《道路尽头的路标》

“故乡”主题可视为安部公房对共同体认知的起点，在安部公房文学中，“故乡”所表征的除了作为政治实体存在的“国家”“民族”“家乡”之外，还包括精神上的归属。因而，“故乡”绝不仅仅是一个空间概念，更在形而上层面与个体的身份认同、主体性的确立有着紧密的关联。安部公房由处女作开始便执拗地书写“故乡”与“归属”，致力于呈现具体时代语境下个体的身份认同焦虑，来叩问“共同体何为”的命题。

《道路尽头的路标》（真善美社，1948）是安部公房首部公开出版的作品（在此之前安部曾自费出版了《无名诗集》），是其作为职业作家的起点。在该作品修订版（冬树社，1965）的后记中，安部称该作是自己的处女作，“再次阅读，我依然不得不承认这部作品是我的出发点。人们常说，作家总会反复回归处女作，尽管我不太喜欢这种宿命论式的说法，但不可否认的是，这部作品仍然是贯穿我当下创作主线的起点”[①]。

该作品由“第一本笔记——道路尽头的路标”“第二本笔记——无法书写的语言”“第三本笔记——未知之神”以及“写在十三页纸上的追录”四部分构成。其中“第一本笔记”在埴谷雄高的推荐下以《道路尽头的路标》为题于1948年2月发表在杂志《个性》上，埴谷评价其为“从正面探讨存在感的力作”[②]。无论是同时代的评述还是当下的解读，都或深或浅地触及了

---

① 安部公房. あとがき——冬樹社版『終りし道の標べに』[M]//安部公房全集第28卷. 東京: 新潮社，1999: 476.（初版1965年12月10日）

② 埴谷雄高. 安部公房のこと——戦後作家論[J]. 近代文学6(5)，1951: 2.

该作品受存在主义思想影响的浓厚印迹，从存在主义的角度探究该作品中“故乡丧失者”追寻“存在的故乡”的内涵已然成为先行研究中的定论。

山田博光（1971）介绍了该作品发表前后的时代脉络，指出“‘存在论’这一哲学主题作为安部公房的起点，从他后来的创作轨迹上看无疑是意味深长的，这一起点可以说是与战后怀疑所有既成思想价值、从根本上重新思考人与世界的关系这一时代语境相契合的”[①]；进而分析作品中反复出现的“此在”“故乡”“认识”“忘却”“命名”等语汇，是作者借由主人公叩问“人的存在”的关键词；指出主人公逃离现实沦为“丧失故乡”的人、名字和实体的乖离等主题在其后的作品中得到了进一步演绎。芦田英治（2000）分析指出该作品受存在主义的影响不仅体现在内容上，还在于其结构体现了现象学性还原的过程，“乡愁”是主体试图解决过去与现在的非连续性状态所引发的身份危机时出现的情感；作品的结构体现了美国社会学家弗雷德·戴维斯（Fred Davis）所阐释的“唤起回忆”—“内省”—“对乡愁/怀旧反应本身的疑问”这三种状态连续、螺旋式运动的过程[②]。有村隆广（1996）、田中裕之（2012）分析了该作品对海德格尔、尼采、里尔克、卡夫卡、哈贝马斯、克尔凯郭尔等存在主义思想家、文学家的接受。有村隆广指出作品（冬树社版）中反复出现“此在”“存在”“物自体”等存在主义术语体现了海德格尔《存在与时间》的印迹；主人公逃离故乡即逃离“神”，与尼采的“神之死”相仿；其通过“书写”来思考、确证自己的存在乃是受里尔克《马尔特手记》的影响；主人公最后放弃逃亡、选择“丈量自己的坟墓”这一“测量师”工作令人联想到卡夫卡《城堡》中测量师这一身份的隐喻；认为由该作品可以窥见安部公房青年时期深受以德国为首的欧

① 山田博光. 終りし道の標べに（安部公房・主要作品の分析）[M]// 70年代の前衛・安部公房（特集）. 国文学解釈と鑑賞36(1)，1971: 76-80.

② 蘆田英治. 螺旋の神——安部公房『<真善美社版> 終りし道の標べに』試論[J]. 論樹(14)，2000: 99-128.

美文学家、思想家作品的影响[①]。田中裕之指出该作品（真善美社版）从结构上对里尔克的《马尔特手记》进行模仿，进而分析了“第一本笔记”对海德格尔的《存在与时间》中提出的诸概念的思辨，“第二本笔记”与里尔克《马尔特手记》中“浪子”在爱情问题上的挣扎与参悟遥相呼应，“第三本笔记”围绕“未知之神”的思索与尼采的诗《献给未知之神》间的互文性，勾勒出了安部公房创作初期对存在主义思想的倾倒及观念性思辨的脉络[②]。

此外，对比《道路尽头的路标》改版前后的异同是先行研究的另一个重要趋势，如西田智美（1990）[③]、竹田志保（2002）[④]、吴美姃（2009）[⑤]、坂坚太（2009）[⑥]等，致力于探究二战后20年间安部公房文学中“故乡”概念内涵的变迁。由于本节旨在探究该作品作为安部公房文学创作的起点在其“共同体书写”体系中的位置，因而将1948年初版（真善美社版）的《道路尽头的路标》作为分析对象。

本节首先着眼于《道路尽头的路标》表层文本中主人公通过四本手记所传达的关于自身的经历及心境、思想的嬗变过程；其次，结合作品的创作背景及安部公房战时、战败前后的经历，探究潜藏于作品隐性进程[⑦]中的创伤

---

① 有村隆広. 安部公房の初期の作品（3）:『終りし道の標べに』ドイツの文学・思想の影響: ハイデッガー，ニーチェ，リルケ，カフカ[J]. 言語文化論究（7），1996: 7–61.

② 田中裕之. 安部公房文学の研究[M]. 和泉書院，2012: 1–66.

③ 西田智美.『終りし道の標べに』の改訂について[J]. 香椎潟（36），1990: 33–46.

④ 竹田志保.『終りし道の標べに』改稿過程をめぐって[J]. 藤女子大学国文学雑誌（67），2002: 93–110.

⑤ 呉美姃. 安部公房の「戦後」——植民地経験と初期テクストをめぐって[M]. クレイン，2009: 13–38.

⑥ 坂堅太.「内的亡命者」の誕生——安部公房『終りし道の標べに』の改訂を巡る諸問題[J]. 二十世紀研究（10），2009: 89–108.

⑦ 隐性进程（covert progression）指文本中始终与情节并列前行，却沿着自身的主题轨道独立运行，构成另一个表意轨道的叙事进程；隐性进程与情节间呈现相互补充或相互颠覆的互动关系。

书写；最后，分析该作品作为安部公房的“抗争宣言”在其共同体书写系谱中的位置。

一、逃离“故乡”、追寻“存在”之旅

由三册“笔记”和一份“追录”构成的《道路尽头的路标》始于对“故乡”的逃离与对个体真实“存在”的追求。“第一本笔记”记叙了“我”当下身患重疾、被软禁于土匪营地与土匪共生的境况。“我”是锦县一个姓房的小资本家经营的苏打制造工厂的技师，在三个多月前和房家小姐的未婚夫高以及两个佣人一起驾马车前往房家亲戚家，不料途中被土匪俘获。土匪头子陈和李氏兄弟相信“我”掌握着重大机密而给予“我”特殊待遇，试图通过“怀柔政策”套出“我”的秘密。笔记对现状的如实记述中穿插着“我”对“存在的故乡”的向往与追寻，充满了观念性的思辨；字里行间隐约中透露出“我”于20年前逃离“出生的故乡”日本、在中国东北广袤的大地上流浪的痕迹。在笔记的末尾，“我”抱着幻灭与希望交织的心态，在陈的劝诱下开始吸食鸦片，期望依靠鸦片的力量唤醒尘封的过去，将所谓的“秘密”和盘托出。在“第二本笔记”中，“我”追忆起20年前踏上流浪旅途前与好友志门、少女与志子之间的情感纠葛，“我”最终选择烧毁少女的照片、信和自己的蓝色手记，带着“忍受并永远爱着那无法满足之爱”[①]的决心逃离了家园。当陈得知“我”怀揣的所谓“机密”无非是作为“异端者”这一极其私人性质的过往经历，对自己毫无用处时，便将“我”关进囚禁高的地牢，切断了鸦片供给，任由“我”自生自灭。“第三本笔记”记叙了“我”在地牢中忍受疾病与鸦片瘾发作的双重痛苦境况。令人意外的是，之前对“我”深恶痛绝的高因看了“我”的“第一本笔记”而重燃了对神的信

① 安部公房. 終りし道の標べに[M]//安部公房全集　第1巻，1997: 312.（初版单行本『終わりし道の標べに』. 真善美社. 1948年10月）（本书对《道路尽头的路标》的文本引用均出自该版本并由笔者拙译，以下仅标示引用页码。）

仰，向“我”讲述了自己的真实身份及坎坷经历，并决心越狱，开始新的生活。最后的“写在十三页纸上的追录”是“我”在垂死之际、体验着精神之躯游走于村寨的“黏土塀”所唤起的乡愁中奋力写下的。高顺利地从地牢中逃脱，随后土匪们发生内讧，“我”在激亢中坚守着对“存在的故乡”的追求，吞下了致死剂量的鸦片。

在小说的显性进程中，身陷土匪大本营的“我”撰写笔记的物理时间都是当下，但笔记内部的叙事时间线的起点则是“第二本笔记”，经由“第一本笔记”“第三本笔记”的时间推移，以“追录”为终点。以下将根据笔记内部的叙事时间的先后顺序，解读主人公在三本笔记和追录中关于自身的经历及心境、思想变迁的言说。

1. 挣脱、逃离“宿命”

“第二本笔记”是“我”追忆20年前逃离故乡、成为“丧失故乡”的“异端者”之始末的记叙。

> 为了开始，必须关闭始于存在象征、终于“此在”的圆环，那即是统一；是能用自己的语言诉说的唯一的忘却，即真理。（中略）堆砌仅有的语言，回到尚未完全失去语言的蓝色手记时代，是我当下的愿望。说不定我也能拥有诉说一切的语言，蓝色手记就像尚未开始的象征群，在鸦片的作用下，包裹着、缝合着象征之罅隙。（309）

“我”试图唤起昔日回忆是为了“忘却”和“开始”，以便真正地获得“诉说一切的语言”，实现当下“此在”（即当下的存在样态）与“存在象征”的统一，进而继续追寻“存在的故乡”。引文中的“蓝色手记”是当年“我”记录与好友志门重逢、进而卷入三角关系的所思所感，也是我离开故乡后决意彻底忘却的伤痛记忆。然而时隔20年，“我”发现那段回忆并未随着“蓝色手记”的销毁而消失，而是化作“乡愁”不断造访自己；为了彻底告别“乡愁”所表征的“永远无法满足的爱”（312），“我”决定以书写再度审视那段创伤，通过言说来寻求疗愈。

20年前，也即在中学毕业8年之后，“我”与志门偶遇。最初双方都带着防备，努力掩饰各自的惶惶不安，这是因为“我”与志门之间始终存在着一种互为“镜像”的特殊关系。

从小我们就因某种特殊的关系走到了一起。两人都多疑又善感，当我从静穆中感受到激荡时，他却在激荡中看到归于寂静的夜；当我与凡事保持距离时，他则对一切充满斗志；当我试图积极地维持忍耐的勇气，他却试图拥有走向陨灭的勇气。这意味着我们两人必定宿命地相互经历，然而又在无限亲密之后莫名地疏远了。（313，着重号为笔者加）

在久别重逢的热烈交谈中，志门不经意“触及了两人本应绝口不提的往事”（316）——中学时代，“我”与志门同时疯狂地爱上了一名美丽的少女，却并没有产生嫉妒或竞争之心，少女的存在令两人感悟到了真正的爱必定是“永远无法满足的爱”。事实上，多年来“我”始终对那名少女无法释怀。“我”感到“让我俩走到一起的绝不仅是幼年相知的偶然，恐怕其中有着某种宿命论的缘起，或是与自我相关的问题”（316，着重号为笔者加）。这一预感很快便应验了，志门告诉“我”自己倾心于寄宿之处房东太太的女儿，但却不是通常意义上的“爱”，因为他深信“爱是永远不会开始的。人们总是轻率地谈爱，但那无论什么时候都仅仅是可能性而无法成为现在时的动词。回过神来时便已经结束了……我深知这一点，这是基于这一洞察之上的爱”（319）。“我”对志门轻率的爱的告白感到厌恶，看着他甚至产生了一种“他就像在空想的舞台上扮演神正欲登天而去”（320）的错觉。志门热心地将“我”引荐给这个没落贵族家庭（与志子和她病危的寡母），不料“我”对与志子一见钟情，却很快陷入了志门设下的“圈套”。与志子的母亲病危，希望志门能娶自己的女儿；但志门却以与志子尚未成年、需要监护人为由，在与志子母亲临死前将“我”列入其遗嘱中，成了与志子的“哥哥”。不仅如此，志门有意离家多日，让“我”以“哥哥”的身份留下来照顾与志子，令“我”陷入尴尬的痛苦之中。“我”竭力躲避和与志子独处，却偷偷藏着她的照片，并将苦恼写进了蓝色手记。就在“我”愁肠百转之时，意外地收到了与志子的信，她洞悉了一切并谴责“我”的懦弱；“我”陷入了两难的困境，然而，志门却对这种不自然的三角关系感到欣喜——“中学时代我们不是为同一个少女倾心吗？就像那经历的重现，这是我们宿命的约定”（328，着重号为笔者加）。“我”无法忍受三人之间窒息般的关系，最终决心逃离注定无法实现的“爱”远走他乡。

田中裕之（2012）结合里尔克的《马尔特手记》中“浪子”的经历，解读主人公拒绝面对“爱的问题”而选择逃离故乡的始末[①]。“浪子”马尔特为逃离家人的爱而潜身于牧羊生活，在艰苦的生活中试图向神靠近，却始终无法得到神的“回应”，于是最终选择再次回到家人身边，尝试接受世人“狭隘”的爱；“浪子”在流浪过程中不断参悟“自我”在世人之爱与神之爱之间的位置，最终选择回到家人中的“浪子”并非单纯的落败回归，而是带着遍历人世的超然态度对“现实”妥协。倾心于里尔克的安部公房或许让笔下的主人公“追随”马尔特的流浪足迹——“我”为了逃避志门的“胁迫”和对与志子的爱，同时为了寻求“存在的故乡”而选择离开“出生的故乡”——似乎是对马尔特在“匮乏的时代”[②]思索“世人之爱与神之爱”主题的效仿，但所要逃离的、寻求的对象却象征性地置换了。

---

① 田中裕之. <真善美社版>『終りし道の標べに』「第二のノート」と<放蕩息子>の物語（リルケ）[M]//安部公房文学の研究. 東京: 和泉書院，2012: 24–42.

② 海德格尔将我们正亲历的时代称为“匮乏的时代”，认为在这样的时代，痛苦、死亡与爱的本质被遮蔽，世界划入了漫长并到处蔓延的“暗夜”，为此，需要有人敢于进入“暗夜”的深渊，身历其幽暗，身受其煎熬；海德格尔找到了诗人，因为他们是投身于下界深渊、执着于神圣之物的“冒险者”，他将这样的诗人命名为“匮乏时代的诗人”，而里尔克便是此类诗人的代表。

“我”认为自己与志门“必定宿命地相互经历”，志门则断定两人身陷三角关系是“宿命的约定”，从中可以看出“我”意欲挣脱、逃离的“宿命”之“爱”与人际关系纠葛，实则象征着对个体存在境况的规定性，是强加于个体、否定个体自主选择的给定性社会关系的规约。“我”试图挣脱这种规定性的束缚，在抗争无望的情况下，唯一能做的就是逃离。那么，“我”逃离人际关系纠葛的漂泊之旅的落脚点在哪里呢？这一点在“第一本笔记”中以围绕“存在”的观念性思辨的形式得以呈现。

2. 追寻独立“自我”之路

“第一本笔记”中记叙了“我”沦为“丧失故乡”的“异端者”，在广袤、贫瘠的异国大地上徒劳地寻求着“存在的故乡”，形而上学的思辨间充满了艰辛与幸福感交织的感悟。从上文的分析中可以得知，“我”逃离故乡的原因在于逃避情感纠葛，这一初衷与寻求“存在的故乡”之间似乎存在着明显的断裂，用于缝合这一裂隙的便是“存在象征”的统一。“存在象征”可谓该笔记中的高频词，却并非出自海德格尔用于阐释存在论思想的术语，其含义只能从文本中加以理解。

从“我”和与志子最后的对话中，可以窥见两者对“此在”与“存在”背道而驰的观点：

（我）“我只是想将存在单纯化，想看到赤裸裸的实存。想知道其中会产生怎样的无或怎样的永远……”//（与志子）“我们总是受现实支配着的。理想也好，希望、梦想也罢，终究只是现实的一个画面。爱、恨、起誓、忘却……人生似乎随着各种心境纷繁多彩地变化着，然而我们最终还是在毫无变化的存在中起起伏伏。某一瞬间或许认为自己存在着，而下一瞬间却统统忘却了，结果不都是同一回事吗？”//（我）“这就是你所谓的现实吧。然而我已经无法理解了。或许我们是这样‘存在’着，但难道不能有别的‘存在’方式吗？其他的……这样或那样的……那是一种唤起现象的存在的象征。象征并不是存在，我们要进入其中，要忘却，然后创造出存在的故乡。我到底来自何方？我已经想不起那个故乡了，然而心却因乡愁而疼痛着。”（276，着重号为笔者加）

在与志子眼中，人的存在“受现实支配”，表面上看似乎千姿百态，但在实质上只是一种“毫无变化的存在”，人的“此在”或曰存在样态是给定的、先验的，对其他“存在”可能性的追寻必定归于徒劳。但“我”却不愿接受唯一的、既定的“此在”，试图寻求超越“此在”的可能性，为了“看到赤裸裸的实存”，必须先进入、获得“存在的象征”，之后才能“创造出存在的故乡”。换而言之，在“我”看来，“存在象征”是对抗支配着人的现实、拒斥唯一“此在”之规定性的途径，故而是通往“存在的故乡”的路径。对“存在的故乡”的“乡愁”日夜啃噬着“我”的心，使“我”不惜抛下爱与家园远走他乡。

当“我”感到身体状况急转直下、死亡迫在眉睫之际，便决定接受陈的劝诱吸食鸦片，以便用最后的力气凝视过往，通过书写来领悟存在的意义。

旅途结束了。一切是否也就此终结了呢？然而，旅行必须在结束的地方开始。对于我这个无法放弃忘却、被弃于飘摇的“此在”地狱中的永远的异端者而言，能填满整体的，唯有肯定存在象征之统一这条险峻的道路了。//是啊，人必须学会忘却，通过忘却来背负诞生的一切，为之命名，为之创造命运和故乡。（中略）借助鸦片唤回失去的过去，将其存在象征重新唤醒、命名、统一的愿望，毋宁是对现状的肯定。我知道，存在象征的统一便是我的一切。（304）

哪怕是在将死之际，“我”依然是一个执意“忘却”（即背弃家园）、拒绝固化的“此在”图景的“异端者”，我唯一的渴望便是实现“存在象征的统一”，而这必须借助书写来观照自我，通过“命名”来赋予其意义进而获得认同。结合前述“我”和与志子的对话，可以看出，“存在象征”表征的便是个体的自我认同，经由“存在象征的统一”所抵达的“存在的故乡”，则是指承认人作为具有个体主体性的“自我”而非“异端者”的场所，是实现真正自我认同的所在。与之相对，“出生的故乡”则表征着对个体的规定性。

如今我所体悟到的故乡的概念到底意味着什么？从迷雾中忽然浮现的故乡，是从生理、物理、化学、社会学等各要素区分开来，同时又相互制约地统合为一个人物形象。而我失去故乡，即是无法将这一人物形象融合到自我的存在象征中来。（302）

在此，“故乡”象征着从各个层面对个体的规定与约束；“我”失去/逃离故乡，即是拒绝将规定性的“人物形象”融合到自我认同中来，换而言之，即是拒斥共同体对个体的同一化形塑。由此可见，“第一本笔记”围绕着“故乡”的存在性思辨，正是对拒绝共同体规约、寻求独立自我之可能性的探索。“对于海德格尔来说，处于共同体就是迷失于‘他们’，而挣脱共同体就是为了变成真实的此在，而我们本来就具备成为此在的潜在性”[1]。“我”执意逃离“出生的故乡”以及“他们”对“我”的束缚，就是为了寻求成为“真实的此在”，实现真正的“自我”。然而，新的身份认同并不是凭空产生的，而是在对“他者”的差异化认知中逐渐形成的。正如在“我”与志门“相互经历”的过程中，他的价值观“犹如破裂的镜子，映照出了我变形的脸孔”（317），“我”由此部分地获得了对“自我”的认知；而在“第三本笔记”中，高的遭遇以及对神的体悟也成了“我”认知自身的镜像。

3. 他者之“镜”

“第三本笔记”记叙了“我”因鸦片毒瘾发作而在地牢里痛苦地挣扎，

① J. Hillis Miller. Communities in Fiction[M]，北京：外语教学与研究出版社，2019: 13.

之前对“我”充满敌意的高突然友善了起来，甚至偷来了鸦片以缓解“我”的痛苦。在陷入虚脱状态的三天里，“我”不时地听到高的啜泣，那是他看了“我”的“第一本笔记”后重获信仰的喜悦与感慨。

其实待在这地牢里我无数次诅咒、怀疑过神……真的。没想到竟然在这种时候迎来了那一瞬间。神竟然连那一瞬间都吝于展示，此前一想到这点我便愤懑不已。然而事实证明并非如此。读了你的笔记后，我更深刻地认识到自己无法诅咒或怀疑神。那一瞬间到来了，我洞悉了永远的罪和永远的祈祷，这令我重获勇气。这是确凿无疑的，我这就证明给你看。然而我真的感到羞愧，我要祈求你的原谅，之前我一直误会你了。之前我非常厌恶你，我也说不清缘由，就是觉得你让人不寒而栗，说到底是因为你过于无懈可击，那不是人能达到的境界，于是我便妄自断定那必定是属于野兽或恶魔的。但如今看来是我想错了，你哪里是无懈可击，根本就是一个徒劳的存在。换句话说，很少有人能像你这么接近神。你冒着生命危险做着徒劳之事，让人不得不感到敬畏。一想到这点我便热血沸腾……你真的很可怜，但更令人羡慕……但这样就好，没有什么不好的。我为你祈祷了，真的，一整夜。（348）

从高的告白中可以看出，“我”的笔记/言说对他产生了非同寻常的影响，与此同时，“听完高的诉说后，我感到自己沉浸在一种新的象征之中，决心重新振作、忍受绝望与困惑。在混沌中开始思索需要为之命名之物”（347）——高的觉醒又成了对“我”莫大的支持，确证了“我”存在的意义。“冒着生命危险做着徒劳之事”“接近神”等高对“我”的评价，无疑令“我”获得了建立自我认同所需的自我认知。在此，所谓“徒劳”恰如神话中西西弗与巨石的搏斗，是存在主义所崇尚的在荒诞、绝望的生存境况中追问自身生存意义的自由精神。在高看来，这种执着而纯粹的追寻源自无限接近神的精神境界，因为“神不是懦弱的命运之爱能轻易抵达的，必须用渗着鲜血的心来祈祷”（352）。

高进而向“我”吐露身世。高的祖父是天主教的牧师，父亲在自己年幼时便不知所踪；当无意中获知父亲在日本从事社会运动时，高怀着憧憬抛下家人到东京投奔父亲，直到中学毕业前父亲因过度劳碌而病逝才不得不孤身回到故乡。然而那时祖父和母亲都已去世，唯一的妹妹也音信杳然，他只好到北京投奔父亲的熟人郭，在其帮助下上了大学，期间加入了共产党，毕业后成了八路军将校。不久，在组织的命令下，高到东北从事地下工作，顺利地找到了妹妹并“潜伏”在房家，因爱上了房家小姐春香又顾及妹妹的安危而长住了下来。高坦言一直以来都为自己的双重意识而苦恼：一方面是对党和共产主义的信仰以及对革命工作的热情；另一方面，对神的信仰也始终没有消失。然而，在房家遭到土匪袭击之后，高的性情完全改变了，对土匪头子陈的恨意和复仇之心使他抛开了对党和共产主义的信仰，脱离了组织，成了房家的帮工。被土匪俘虏后，获救无望的高一直在死亡的阴影下恐惧不安，直到从“我”的笔记中获得了神的启示。

“你就是我的十字架。我要拿这把用来杀我的手枪结果了（陈）那个怪物，然后顺着你的笔记标示的道路出发……（中略）所有的事物都以无可替代的分量，保持着各自的重心呼唤神之名。我对此了然于心。你的笔记就是我的十字架，背负着它，我的憎恶和盲目都能得到修正”。（372）

高背井离乡、忍辱负重、辗转求道的遭遇与“我”的经历不无共通之处，但“我”对“存在的故乡”的苦苦追求是否能在“神”那里找到归宿呢？尽管“我”看到自己的漂泊之旅与高的信仰之路有着相似性，但最终“我”没有选择将对“自我”的追寻轻易地托付给“神”，依然执意凭借自己的双手创造归属之地，即“存在的故乡”。

我素来与神的语言无缘。（中略）神的语言只是通往“崇高的”忘却的道路。雅斯贝斯和克尔凯郭尔从情绪的底端看见了撑起没落的神之手，由此受到神的语言和祈祷的引导，终究是出于与存在相关的生活条件的原因。那些祈祷和语言也是一种存在象征。（中略）存在象征不是可以寻求之物。何况我原本就是没有故乡的人，遑论祈祷甚至连可供怀疑的归属都没有。为了回归，我必须自己创造出那从未谋面的故乡。（349，着重号为笔者加）

在此，“我”洞悉到自己与雅斯贝斯、克尔凯郭尔等基督教存在主义哲学家的分歧在于“与存在相关的生活条件”的差异，即后者原生故乡有着浓厚的基督教风土；然而彻底断绝了与“出生的故乡”关联的“我”，已不存在向传统宗教信仰中的“诸神”寻求救赎的可能性，只能独自承担生存境遇中的种种磨炼，在对死亡的沉思中追问自身的抉择和自由。这也是“写在十三页纸上的追录”所揭示的“我”的选择——在濒死之际，“我”的精神之躯紧咬住象征着“此在”的冰封地面上的绿色嫩芽，拒绝为自己的旅途划上终点——“我永远不会死。无论如何也绝不说出那个名字”（390）。对“我”而言，“存在”才是真正的“不可呼其名”的“未知之神”。

三本“笔记”和“追录”记录的是“我”在预见生命终点即将来临之际对自身存在意义的反思。“我”的流浪之旅，是对“出生的故乡”之规定性的决然拒斥，进而投身于变动不居的“此在”，在磨难与历练中凭借自主决断构建新的身份认同，即追寻不受共同体规训与形塑的生存境况。从小说的结构和情节安排这一显性进程上看，《道路尽头的路标》存在着难以自洽或略显“稚嫩”之处，安部公房自身也称该作品原本不是作为小说来写的，而仅仅是“将存在主义观念投影到体验层面的一个实验”[①]。然而从作品刻意遮蔽的隐性进程来看，则预示着一种省思与反抗能量的强烈喷发。以下将结合作品创作的时代背景以及作者安部公房的经历与体验，揭示作品隐藏于哲

① 安部公房.［インタビュー］錨なき方舟の時代（栗坪良樹による）[M]//安部公房全集　第27卷，2000: 168.（初载于『すばる』1月号，1984年1月1日）

学思辨下的创伤书写。

二、哲学思辨外衣下的创伤书写

初版的《道路尽头的路标》在叙事时间及情节设置上存在着明显的不自然之处，主要体现在对“战争”的刻意回避上。从文本的内部时间上看，可以模糊推断“我”所置身的“当下”大致为抗日战争末期的中国东北[①]，可见“我”于“20年前”逃离日本的背景中并不包含“战争”的因素，而纯粹是为了逃离个人的情感纠葛。进而，作品中影射了东北军阀及八路军、国民党军的对峙，却完全没有触及关东军活动的痕迹，也存在刻意隐去真实历史背景的意图。那么，安部公房为何将主人公的活动轨迹设置于战时的中国东北，却刻意抹去其与战争的关联呢？这种刻意的回避恰恰体现了该作品作为安部对自身战时经历之创伤书写的特征。换而言之，中国东北以及主人公的日本人身份设置本身就影射着其与战争千丝万缕的联系。

《道路尽头的路标》初版的扉页上“致已逝好友金山时夫”的献词，犹如探入“现实”这一深海的锚，将这部充满哲学思辨的虚构作品与日本战败前后的时代背景以及安部公房起伏跌宕的经历联系了起来。

你为何如此执拗地拒绝故乡，
甚至不愿我独自归来吧？
你固执地拒绝被爱，不惜客死他乡，
我想为你建一座纪念碑，
然而这或许又会成为杀死你的理由……（272）

---

① 根据《第三本笔记》中高的叙述，在成为房家帮工前，高曾作为八路军将校秘密执行离间国民党军与军阀势力的任务，这一人物背景加上土匪横行、混乱无序的局势描写，可以做出“抗日战争末期的中国东北”这一粗略推断。

金山时夫是安部公房在奉天第二中学的同学。在战败前夕的1944年底，日本国内笼罩着严峻的气氛，“一亿总玉碎”的军国主义宣传似乎不容置疑地将国民带向死亡。安部公房和金山时夫不甘于如此无谓地死去，便一同冒险逃离日本返回伪满洲国的奉天（今沈阳）与家人相聚，安部在1946年临“返迁”回日本前才得知金山时夫在战乱中死去了。尽管不能将《道路尽头的路标》中主人公的所思所感与金山时夫或安部自身简单地对号入座，但两者面对祖国/“出生的故乡”的复杂而矛盾的心情无疑是相通的。

以前，我就像陈那样，一直希望成为与故乡毫无瓜葛的人，但现在却明白了那无非是虚妄的欺瞒，而且是毫无意义的双重欺瞒。首先，我似乎把两个毫不相关的故乡愚蠢地混为一谈了，然而即使将它们明确地区分开来，也无非是可怜的谬误。这种心理不正像试图通过扑克牌来占卜或入迷地看着根本不相信的手相的心理吗？愚蠢地认为只要沿着命运线走下去，就能将自己埋没于那单薄的线条之中。（中略）朦胧中我似乎看到了两个故乡的本质：一个是驻留着伟大和永远的肯定的所在，即出生的故乡，另一个是更加遥远的存在的故乡。（中略）人或许能离开出生的故乡，却无法与之毫无牵连；存在的故乡也同样。//为了烦恼、开怀大笑、生活，人们需要故乡。故乡是崇高的忘却。（278～279，着重号为笔者加）

正如前文分析所示，“我”将“出生的故乡”视为“宿命”及对“自我”的限定，所以力图逃离这一“宿命”寻求真正的自我存在。在意识到这一点前，“我”曾经幻想在既定的命运中实现自己的价值追求，却发现那只是一种虚妄的自我欺骗，因为真正的自我是“出生的故乡”所无法赋予的，将两者混为一谈只能被淹没于既定的“宿命”之中；哪怕那种存在是“驻留着伟大和永远的”，却只能是“故乡”预先设定好的存在方式，一如海德格尔所谓的“常人”——一种“平均状态”的生存方式，一种丧失了自我的此在[①]。

安部公房和金山时夫不愿接受“一亿总玉碎”的命运而选择逃离日本，不能简单地视为贪生怕死，毋宁说是从根本上否定日本帝国以虚妄的“民族主义”情感对国民的规训，因不愿顺应身为日本人的“宿命”而逃离“出生的故乡”。然而，正如“人或许能离开出生的故乡，却无法与之毫无牵连”所暗示的，逃离日本的安部和金山，即便是在沈阳这一“成长的故乡”也无法找到栖息之地，其日本人的身份注定了他们无法与“侵略者”这一阶层属性脱离关系。在沈阳的一年半中，安部公房经历了父亲的死、日本的战败及侨民的“返迁”过程，这一艰辛而痛苦的经历无疑给他带来了难以抹去的创伤。直面创伤甚至是书写创伤显然不是一件容易的事，对于深受存在主义影响的安部公房而言，将创伤融入对“存在”之根本的叩问中显然容易得多。不难想象，对主人公参透无法真正逃离“出生的故乡”的刻画中，投射了安部对自身的痛苦经历与无奈的回顾。

由此可见，《道路尽头的路标》的隐性进程中，蕴含了安部对自身在日本二战失败前后的沈阳所经历的身份认同危机以及痛失亲人、好友的创伤的回忆性追思，并试图通过存在论的思辨来凝视、书写创伤，以探索新的自我认同。主人公逃离的“爱”以及“驻留着伟大和永远”的“出生的故乡”象征着用虚幻的民族主义情感、爱国情怀要求国民无限忠诚的日本帝国；其对“存在的故乡”的追寻则是挣脱作为“日本国民”这一自明的、既定的政治身份规约，重新审视自我身份认同、探寻生存意义的尝试。

针对1948年真善美社版的《道路尽头的路标》在故事情节设置上的断裂、不自然之处，1965年冬树社出版的修订版中做出了局部修改。例如，主人公如果仅仅出于逃离情感纠葛的目的而决意出走，丝毫没有以中国东北作为目的地的必然性。在修订版中，主人公逃离日本的时间改成了“10年

---

① 海德格尔. 存在与时间（修订译本）[M]. 陈嘉映，王庆节，译. 北京：生活·读书·新知三联书店，2014: 150.

前”，逃离的原因也加入“逃避兵役”，通过这些局部的改动，应该说使作品的整合性得到了完善，但“出生的故乡”与“存在的故乡”的含义也随之发生了改变，这一点不少先行研究已经详细论述过了，在此不再赘述。笔者想要强调的是，1948年初版的《道路尽头的路标》作为安部公房的处女作、作为隐晦的创伤书写具有其独特之处，尤其从安部公房对共同体思考系谱上看，无疑更加富有“起点”的价值和意义。

三、拒斥“故乡”的共同体书写

“故乡”与“存在”无疑是贯穿《道路尽头的路标》始终的关键词，从作品对个体存在境况的象征性、思辨性书写中，可以清晰辨识出安部公房文学中始终关注的“共同体与个体主体性”主题。不仅如此，该作品所抛出的“逃离故乡”“拒斥宿命”的命题，可视为安部向共同体对个体的规约与形塑的抗争宣言，在安部的共同体书写系谱中占据了重要位置。那么，“故乡”一词对安部公房而言具有怎样的特殊意义呢？

安部公房于1924年出生于东京，同年便随父母移居中国东北的沈阳（奉天）。除了1931年因父亲赴德国留学而暂时回到父母的故乡北海道之外，安部公房一直在沈阳成长、接受小学和中学教育。1940年，16岁的安部独自回到东京入读成城高中，但不久便因肺结核休学一年，回到沈阳父母身边疗养；翌年复学，并于1943年考入东京帝国大学医学部；1944年底，他再次回到沈阳，直至1946年9月“返迁”回日本，总共在沈阳度过了17年。回顾那段漂泊不定的年少经历，安部公房多次言及“从本质上我可以说是个没有故乡的人”“在我的情感底层涌动着对故乡的憎恶”，“一切强调固着的价值的事物都会刺伤我”[①]，“在我内心深处，至今仍怀着共同体本身带来的疏

① 安部公房. 略年譜［自筆年譜］[M]//安部公房全集　第20卷. 東京: 新潮社，1999: 92.（初载于『われらの文学7　安部公房』［小説集］. 東京: 講談社，1966年2月15日）

离感”[①]。

在笔者看来，多重的身份背景或许暗示着安部祖父母或父母辈颠沛流离的人生经历，却无法轻易地与安部作品及言说中的“故乡憎恶”联系起来，将拒斥“故乡”/“固着”的原因归于复杂的出生背景未免有刻意淡化创伤印迹的倾向。显然，“没有故乡的人”是安部对“出生的故乡”日本这一共同体所赋予、所形塑的“身份”的拒斥——忆及在伪满洲接受的中小学教育“反复强调对日本之归属意识的说教”，安部声称，出于逆反心理，自己“对归属概念的拒斥恐怕在儿时就已经萌生了”（同上引，282）。但与此同时，他对于“成长的故乡”中国东北却始终怀着作为侵略者一分子的罪责意识——“我无法将沈阳视为出生地的原因，是因为日本人是作为殖民地统治民族在那里生活的，尽管我自身毫无这种意识，但事实如此，事实与意识是两码事”[②]；“我们没有称奉天为故乡的资格”[③]。出于罪责意识，安部不敢妄称沈阳为“故乡”，不敢擅用“乡愁”一词。然而，安部的早期作品并没有直接控诉战争的罪恶（尽管当时的战后文坛盛行“转向”或与战争责任相关的话题），而是以抽象的象征化或讽喻式的手法揭示身份认同缺失的空心化主体的生存境况，进而将批判的矛头指向导致个体主体性丧失的战前/战时军国主义主导的共同体价值观。

《道路尽头的路标》中反复书写的“出生的故乡”，可视为安部公房对“国家”这一共同体认知的起点，其对“故乡”/共同体的思考主要有以下四个维度：

其一，“故乡”/共同体为个体提供了生存、成长所需的养分，赋予个体

① 安部公房，古林尚.［対談］共同体幻想を否定する文学[M]//安部公房全集　第23卷，1999: 283.（初载于『図書新聞』，1972年1月1日）

② 安部公房. 瀋陽十七年[M]//安部公房全集　第4卷，1997: 86.（初载于『旅』2月号. 日本交通公社，1954年2月1日）

③ 安部公房. あの山あの川——奉天[M]//安部公房全集　第4卷，1997: 484.（初载于『日本経済新聞』，1955年1月6日）

以特定的社会身份，但同时也对个体的认知、言行、存在方式做出规定与限制。正如福柯在《规训与惩罚》中指出的，人的社会身份是社会用一整套知识教化机制和权力惩罚机制强行建构的。安部在《道路尽头的路标》中正是试图让主人公逃离这种给定性，通过自主选择来建构个体的差异化价值。这一维度可视为此后一系列以“逃离”为起点的故事的思想雏形。

其二，“故乡”/共同体总是通过话语机制操作使自身的存在正当化，构建出虚幻的愿景以维持成员的凝聚力、向心力。少年时代的安部公房对日本帝国宣传的“八纮一宇”“五族共和”深信不疑，正因如此，当他意识到这些美好的愿景都是帝国为了实施殖民侵略而虚构出来的幻象时，便开始警惕并致力于揭露各种隐蔽于共同体绘制的美好图景背后的话语机制。

其三，个体或许能够在一定程度上抵制“故乡”/共同体的规定性，却无法切断与“故乡”/共同体的连带关系，个体的内部总是镌刻着共同体留下的、不得不背负的印记及必须承担的连带责任。正如《道路尽头的路标》中主人公所阐发的“人或许能离开出生的故乡，却无法与之毫无牵连”（279）的感悟，安部对自己曾作为侵略者的一分子生活于伪满洲国的经历怀着罪责意识，并由此对当地的被统治者有着深刻的共情，对试图掩盖或美化侵略罪行的言论予以坚决驳斥。

其四，对“故乡”/共同体所表征的“恒常性”、固着性持怀疑态度，强调主体身份认同的动态性和建构性。在与针生一郎的对谈中，安部提及日本二战失败后自己在沈阳一年半的生活体验，没有政府、没有警察维持治安的情况持续了相当长的一段时间；期间，安部目睹了彻底失去价值衡量基准的社会境况，由此完全丧失了对恒常性事物的信赖[①]。日本战败前后的伪满洲国土地上，关东军、军阀、国民党军、八路军、俄军等不同的军事/权力集团走马灯般轮番进驻又频繁更迭，价值观的紊乱、失序，货币的迅速贬值等，

① 安部公房，針生一郎. [対談]解体と総合[M]//安部公房全集　第5卷，1997: 441.（初载于『新日本文学』2月号，1956年2月1日）

瞬息万变的生存境况颠覆了共同体价值观具有延续性、恒常性的幻象，也打破了个体文化身份、社会身份的自明性。这一对共同体的思考维度在《榎本武扬》中得到了充分体现——通过将故事背景设定于明治初期及二战失败初期的时代语境中，安部着力探讨了时代变迁、共同体价值观失序状态下个体自我认同的缺失与重建，凸显了个体身份认同的流动性及可塑性。

综上所述，安部公房的处女作《道路尽头的路标》不仅呈现了个体抗争"宿命"追寻独特生存意义的存在论式思考，而且隐晦指涉了安部成长经历及二战失败体验中关于"故乡"的多重创伤。作品从个体主体性的角度质疑、拒斥"故乡"/共同体之规定性，可视为安部公房共同体书写的起点。

第二节

狭隘地域共同体思想批判

——《饥饿同盟》

20世纪50年代是日本二战后在GHQ全面接管下开展“非军事化”和“民主化”改革、逐步实现政治体制转型、经济重建的重要时期；与此同时，从法西斯主义天皇制国家的重压下解放出来的马克思主义者、社会主义者和自由主义者们通过积极的言论及活动，逐渐形成了一股具有明显的左翼进步色彩的和平民主主义思潮。安部公房于1951年6月加入日本共产党后，和敕使河原宏在东京大田区下丸子地区的工厂区组织工人文学团体“下丸子文化集团”，并于1952年加入由藤森成吉、江马修、德永直、野间宏等人创办的“人民文学”团体，以旺盛的精力和热情投身于政治革命与艺术革新运动之中。基于自身独特的成长经历及战时体验，安部尽管积极投身工人文学运动，却有别于直接批判战时法西斯主义行径或将文学作为民主政治宣传载体的无产阶级文学的创作方法，而是试图从更根源性之处审视共同体的弊病以及个体的生存境况。

国内外的研究者对这一时期的安部作品研究主要集中于《红茧》（1950）、《墙——S. 卡尔玛氏的犯罪》（1951）、《棒》（1955）等一系列“变形”小说，《砂女》（1962）的问世更是引起了广泛的关注，相较而言，《饥饿同盟》（1954）似乎并未引起研究者的充分重视。千叶宣一（1971）着眼于安部公房的认识形成过程，分析指出《饥饿同盟》的创作是基于安部作为“故乡丧失者”的“殖民地情结（colonial complex）”，作品反映了其试图在异乡中发现、重建故乡的志向，进而通过刻画这一寻求连带关系的幻想以绝望告终，来谴责“饥饿神信仰”所象征的地缘共同体利己主义之社会病理；认为该作品体现了安部自处女作以来拒斥“替代性”的故乡、坚持自我占有的思想主张以及旨在构建新的世界主义文学的宿命[①]。从对文本的分析上看，千叶得出这一结论的依据似乎更多地来自作家的经历以及对安部作品群像的概括，而非基于对《饥饿同盟》这一文本的解读，略有过度阐释之嫌。部分学者触及该作品与安部从事工人文学运动间的关联性，如：佐佐木基一（1970）认为该作品以反讽的笔触描绘了“异乡人”团体“革命事业”的挫败，映射出人在现实的穷途末路中疯狂找寻突破口的悲壮性，是安部自身在二战后艺术运动及政治运动中持续斗争的写照[②]；利泽行夫（1974）将《饥饿同盟》中异乡人结成的团体与《砂女》中沦为“沙漠村落”中异乡人的主人公进行了比较，指出该作品蕴含了这一时期安部对“团体、结社”的深入思考[③]。然而两者对于作品塑造的诸意象与安部公房对二战后日本特定的话语空间及社会意识形态的思考之间的相互指涉方面，却未能展开更深入的分析。鸟羽耕史（2007）从纪实文学创作实践的角度比较了该作品与杉浦明平的《ノリソダ騒動記》之间的互文性，指出该作品以一位生活者而非探访者的视点描写地方生活的创作手法，可视为安部效法杉浦明平的纪实文学，探索新的现实主义创作手法的尝试；并指出该作品是对柳田国男所指摘的日本传统社会关系中的“义理家长”（「親方子方」「助け親」）连带关系渗透入现代政治秩序问题的指涉与戏仿，是一出“以揭示日本同时代的杉浦之‘记录’和代表连续性的柳田之‘家’为舞台背景的政治人偶剧”，通过高度抽象化，在“戏剧

① 千葉宣一. 飢餓同盟（安部公房・主要作品の分析）[M]//70年代の前衛・安部公房（特集）. 国文学解釈と鑑賞36（1），1971: 86–90.

② 佐々木基一.（『飢餓同盟』）解説[M]//安部公房. 飢餓同盟. 東京: 新潮社，1970: 262–268.

③ 利沢行夫. 虚数の論理——安部公房論[M]//日本文学研究資料刊行行会. 安部公房・大江健三郎[C]. 東京: 有精堂，1974: 98–111.

化的人偶剧中体现了政治的现实性”[①]。鸟羽耕史留意到了作品与柳田民俗学的关联，并通过细致的考证指出作品中的“饥饿神”与柳田国男监修的《民俗学辞典》中记载的“ひだる神”[②]的别名相同，却仅将其视为对柳田论述“农村与城市的问题”中提到的“排外主义”的援引，未能挖掘其背后更深层的寓意。本节结合《饥饿同盟》的创作背景以及作者针对当时社会意识形态的相关言论，以文本对“花园町”“挨饿神”以及“饥饿同盟”的刻画为中心，探究安部公房通过反讽与戏谑的叙事手法对“狭隘民族主义”思想倾向的揭露与批判。

一、冷战夹缝中的“民族主义”诉求与“国民文学论争”

20世纪50年代初期，随着美苏冷战的激化、朝鲜战争的爆发，GHQ的对日政策从民主改革转向“再军备”：红色整肃（1950年）、解除对旧军人的革职令（1951年）、对日讲和条约（和平条约）与日美安全保障条约同时签订（1951年）、《破坏活动防治法》的颁布（1952年）、“内滩”军事基地化抗争（1952年）等事件，都指向了日本逐步被纳入美国对亚洲的军事战略部署之中的事实。“日本国内产生了‘精神革命’尚未完成、民主改革被美国的冷战政策打断、日本将被美国长期控制的不安和抵触情绪。这一峻急的历史局势唤醒了很多日本人渴望真正的民族独立的欲求”[③]。由此，部分日本知识分子分别从思想、文学、历史学等领域展开讨论与探索，在反思战时极端民族主义的基础上，致力于构建“健全的民族主义”话语，以应对这一特定社会历史状况下的精神需求。在文学界，竹内好率先提出“国民文学”作为回应，主张理性看待文化民族主义在精神和情感领域的正面作用，呼吁不以西方现代主义文学理念为准绳，应当突出日本文

① 鳥羽耕史. 運動体・安部公房[M]. 東京: 一葉社，2007: 184–208.

② 日本近畿以西地区人们的信仰，传说该神居于山中，通过附身于人令其饥渴、疲劳。

③ 谭仁岸. 极端民族主义之后的民族主义——以战后初期的丸山真男、竹内好与石母田正为例[J]. 山东社会科学，2018（6）: 76.

学的自我主张，用民族情感的表达来实现整体人性的恢复。竹内好针对当下民主主义文学（民主主义者、马克思主义者等）封杀“民族主义”的现代主义倾向的批判，引发了席卷文坛及学界的“国民文学论争”[①]。论争一方的《人民文学》[②]日本共产党党员文学者认为，“国民文学”应该是“抵抗的文学”，是实现反美斗争、国民解放这一政治目的的手段，强调政治对文学的优先性，认为竹内好一味主张“文学的自律性”的理论无视现实的课题，“缺乏具体性”[③]。安部公房也在“国民文学论争”的主擂台《文学》杂志上发表“檄文”《关于国民文学的问题》（1952），指出“国民文学论争”从侧面反映了冷战格局下东西两大阵营在殖民地日本的斗争图式，进而对福田恒存的“国民文学论”进行抽丝剥茧的分析与批判。安部指出，福田无视前所未有的民族危机这一现实，反对组织大众的文学需求，带着明显的反国民的政治倾向；此外，福田视与中国的民族解放斗争共命运为“玷污”，意味着甘于现状而放弃殖民地解放革命的尝试，是一种反动、保守的意识形态[④]。

尽管安部公房在“国民文学”的主张上追随日本共产党的立场，但却着意回避了“政治与文学”在目的、手段上的二元对立论（即“人民文学”派认为政治优先于文学的主张），而是将重心置于创作方法的创新上，致力于以“记录文学”的方法来表现作为国民文学核心的民族主体形象。在《新的现实主义论》（1952）一文中，安部提倡国民文学创作与记录文学运动的联动，否定了既存的现实主义论一味描绘民族、国民的同质性，而是聚焦于其

① 長谷川泉. 日本文学新史<現代>[M]. 東京: 至文堂，1991: 120–121.

② 日本共产党分裂后创办的刊物。1950年1月共产国际批判日共领导人的“右倾投降主义”和“议会斗争”路线，导致日共分裂为国际派和所感派。国际派的主要领导人是宫本显治、志贺义雄，机关刊物为《新日本文学》；所感派的主要领导人为德田球一、野坂参三，机关刊物为《人民文学》。

③ 野間宏. 国民文学について[J]. 人民文学3(9)，1952.

④ 安部公房. 国民文学の問題によせて——二つの竹内好批判[M]//安部公房全集第3卷. 東京: 新潮社，1997: 312–316.（初载于《文学》1952年11月号）

断裂之处[①]。

需要指出的是，尽管在“国民文学论争”前后的时代语境中，“民族”“国民”等语汇是作为肯定意义上的概念使用的，然而，对于论争各方围绕“国民的力量”“民族的文化/文学”“民族主义”等话语的阐释与重构，安部始终保持警惕，这是因为，这些在战争期间被滥用、被“污染”了的话语，其背后的“帝国日本”哲学思想基础及历史观（其中最具代表性的当属柳田国男的“一国民俗学”、京都学派哲学历史学家们的“近代的超克”论）并未在二战后得到充分的质疑与反省。在《和平的危机与知识分子的任务》（1952）一文中，安部公房洞察到当下“再军备”的政治局势引起的和平危机及其背后的“话语”机制，呼吁知识分子应当认识到“以任何借口为战争的合理化寻找根据的话语都是虚伪的”，“忘却了话语的历史性、社会性定义而仅仅将其机械地与现实结合乃是重大的过失”，主张知识分子有责任揭露统治阶级有意识的“话语”操作[②]。

那么，该如何分辨“健全的民族主义”诉求与可能导致狭隘民族主义乃至极端民族主义的思想倾向呢？又该如何对“话语”操作保持警觉呢？安部公房从文学创作的角度，尝试用隐喻、反讽、戏谑的方式来揭开“狭隘民族主义”话语建构的面纱以及“话语”操作的隐蔽性与欺骗性。《饥饿同盟》中对“花园町”狭隘地域共同体价值观下的世态刻画，可视为安部公房对冷战格局下催生的“狭隘民族主义”倾向的影射与揭露，同时也蕴含了安部对昭和初期以来围绕“民族主义”的话语建构机制及其背后“一国民俗学”“近代的超克”论等历史哲学思想背景的省思。

---

① 安部公房. 新しいリアリズムのために——ルポルタージュの意義[M]//安部公房全集　第3卷. 東京: 新潮社，1997: 244–251.（初载于季刊《理論》第18号，1952年8月1日）

② 安部公房. 平和の危機と知識人の任務[M]//安部公房全集 第3卷. 東京: 新潮社，1997: 184–185.（初载于《恒久の平和のために》. 東京: 日本社会党出版部，1952年3月）

二、花园町——狭隘地域共同体权力空间

《饥饿同盟》的故事背景是20世纪50年代——作品中收音机播报的新闻“艾森豪威尔总统正在作关于去联合国通过印度提出的归还朝鲜俘虏的修正案的讲话”[①]，暗示故事发生于朝鲜战争停战的1953年、一座曾因温泉而远近闻名的小镇“花园町”，由于20多年前一场大地震导致温泉枯竭，小镇日益衰败；尽管经济上一蹶不振，但政治方面的权力争夺却如火如荼。主人公花井太助为了改变自身的社会底层身份向掌权派复仇，纠合了同为边缘人的6名同伴结成“饥饿同盟”，旨在挑起掌权派的内斗，同时计划通过复苏温泉成立地热发电厂来控制经济命脉，一举夺权。然而事与愿违，花井太助无所不用其极的冷酷作风导致盟友一一离开，同盟分崩离析，复苏温泉计划的成果也被掌权派所篡夺，花井最终落得“发狂”的下场。

《饥饿同盟》生动地刻画了衰败小镇上的权力构图：镇长多良根以家族企业“多良根工业”为经济靠山，是“花园糖果厂”的老板；镇上唯一的开业医生藤野健康身兼镇议会议员及教育委员；《花园报》的老板重宗晴天同时又是镇议会议员——这三者掌控了镇上的经济、政治、医疗、教育、媒体宣传等职能机构，居于统治地位。当权派官商勾结，善于玩弄权术，置镇民的利益于不顾；利用报纸等媒体左右社会舆论、打压主张民主的声音，试图将现存体制无限延续下去，以实现自身利益的最大化。例如，掌控着花园町媒体宣传职能的《花园报》无视镇民的意愿，鼓吹“无投票选举”为镇政之“传统美风”，在极力美化当权派的同时，视反对的声音为“不和谐音”并加以打压。以下为《花园报》的一则社论：

论一周之后的镇议员补缺选举——赞花园町的传统美风//提笔之际，

① 安部公房. 飢餓同盟[M]//安部公房全集　第4卷. 東京: 新潮社，1997: 157.（初版单行本《飢餓同盟》. 東京: 大日本雄辯會講談社，1954年2月）（《饥饿同盟》的文本引用均出自该版本并由笔者拙译，以下仅标示引用页码。）

让我们衷心悼念镇议会前议员K先生，南无阿弥陀佛……读者诸君想必都知道，导致当今社会犹如战国时期般混乱的战后民主主义流行语——选举，实为人类罪业之别名，不仅白白浪费了诸位良民宝贵的时间和税金，更无须提为争夺候补席位而大打出手的公职人员之丑态了。然反观我花园町之镇政，却连续七年保持着无投票选举的传统美风。有识之士沉着冷静地协商、推让，概无争端。诸位民众终日忙于生计自是无暇顾及镇政，欲将一切托付予值得信赖的有能力之士的心愿，是何等真诚而无邪。倘若有能力者利益熏心、只顾争夺选票，则只会令广大民众疑虑不安。这便是我镇无投票选举之镇政美风令人倍感骄傲的缘由。//本次出任补缺选举的宇留原平、藤野幸福二位皆为家系正派的有识之士，非常值得信赖和尊敬。如果这两位间起了争执，各位镇民必然难以抉择。所幸的是，基于我镇传统之美风，我们可以期待两位有识之士秉着良知通过友好协商、以无投票的方式达成共识；同时，坚守我镇优良的传统风气必然也能令两位赢得更多民众的信任。倘若出现不顾我镇传统美风、只顾争夺选票的异端候选人，结果将不堪设想，唯令人徒然悲叹了。诸位，在此让我们以良心起誓，全力捍卫我镇之传统美风！//一周一训：人各有其道，争斗引人误入歧途，各行其道则不谬。（156～157，着重号为笔者加）

从上述引文中可以看出，《花园报》以“民众代言人”为幌子，着意妖魔化、污名化民主选举，巧妙地构建“混乱”“罪业”“争夺”与“良知”“友好协商”“传统美风”的二元对立话语，旨在对“选举”进行重新定义，目的就在于剥夺了处于权力边缘地位的民众的话语权。米歇尔·福柯始终关注着那些由权利/话语塑造的、处于社会边缘的“他者”，在《规训与惩罚》中揭示了权力/知识/话语对“他者”的塑造和规训。福柯指出：“各种纪律的出现，标志着个人化的政治轴心被颠倒的时代。在某些社会里，即在封建制度是唯一样板的社会里，可以说，在君权得以施展的地方和权力的较高等级中，个人化的程度最高。一个人拥有的权力或特权越多，就越能通过礼仪、文字报道或形象化的复制品标示出他个人”[①]。花园町的当权派无疑深谙权力·知识·话语的共谋关系，巧妙地利用《花园报》主导舆论、强化统治阶层意识形态的功能，对民众进行规训，并将处于权力边缘的民众禁锢于“消声”“缺席”的位置。

进而，花园町看似相互制衡的掌权阶层在结成共谋关系的同时，通过狭隘的地域共同体价值观制造“敌人/他者”来强化“民众”的同一性，来自小镇外部的“异乡人”便成了首当其冲的排斥对象。主人公花井太助尽管不是外来者，却因家境贫寒受尽权势霸凌，又因长着一截“尾巴”而遭到人们的嘲笑、歧视。难以平抚心中愤恨与耻辱的花井试图奋起反抗，笼络几名或穷困潦倒或寄人篱下的小镇“边缘人”结成“饥饿同盟”，试图颠覆以镇长多良根、藤原兄弟为首的当权派的统治。

花井竭力笼络的对象有：沿街表演人偶戏兜售糖果的矢根善介，从T市医大医院被“流放”至花园町的精神科医生森四郎，因其私生子的身份被众人鄙视的井川等。其中最为关键的人物，是时隔20年返乡的地下勘察技师织木顺一，当年其父母因是外来者在花园町备受排挤，母亲惨死、父亲失踪后，他只身到东京投靠地下勘察研究所所长秩父善良，在秩父的哄骗下被训练成为勘测矿脉的“人体探测仪”，因不堪秩父的逼迫而回乡自杀。在小镇狭隘的地域共同体价值观的挟裹下，这些人被牢固地贴上了“非镇民”的标签，其存在犹如草芥般卑微——或是在经济上处于被支配地位，被迫从事繁重劳动且收入微薄；或是在政治上、舆论上的“缺席”地位使之无法为自己争取合法的权益，沦为异质性、从属性的他者。对“非镇民”的压迫与歧视绝不仅仅是当权派，花园町无数贫困、麻木、人云亦云的民众也化身为落井下石的权势帮凶。

在思想随笔《超越邻人之物》（1966）中，安部公房将这种基于独善

① 米歇尔·福柯. 规训与惩罚[M]. 刘北成，杨远婴，译. 北京：生活·读书·新知三联书店，1999: 216.

性的地域利己主义即狭隘民族主义价值观称为“邻人思想”，意指将共同体内部与外部的人际关系区别为“邻人”与“他人”，强调共同体内的连带感、均质化，将内部与外部俨然区分、对立的价值观[①]。这种价值观在为共同体提供主体性建构依据的同时又存在着排他性的一面，即在非“邻人”即为异质性他者的二元对立逻辑统摄下，一旦确立了“邻人”的概念边界，便始终弥散着排斥异己的暴力性。进而，为了巩固共同体内部的权力结构和利益链，掌握话语权的阶层往往通过强调来自“外部”或“他者”的威胁来强化内部的同一性和凝聚力。《饥饿同盟》中对狭隘地域共同体权力空间的刻画，指涉了对内谋求同一化、均质化，对外实行差异化、对立化的狭隘民族主义价值观的两面性，进而影射了二战时京都学派的哲学历史学家们通过标榜“日本精神”、强调日本民族主体性来对抗“西洋”这一压迫性“他者”，以便从思想和学理性上正当化“太平洋战争”的意图。

在花园町这一以狭隘民族主义思想为核心理念的地域共同体权力空间中，“饥饿同盟”成员的“异质性他者”身份令他们不仅成了权力压制、利益盘剥的对象，更是令镇民们获得“优越感”、确立自我认同意识的参照系。然而，这种偏狭的价值观何以成为不言自明的“恒常训诫”内化于共同体成员言行之中的呢？又如何令受压制、受排斥的“他者”甘于接受如此不公的命运呢？这正是通过神话、民俗传说等“话语”构建起来的“传统”的驯化力量。

三、“挨饿神”——基于民俗言说的狭隘地域共同体价值体系

有别于柳田国男笔下温情脉脉的乡土民俗书写及充满灵动的民间传说，安部公房在《饥饿同盟》中刻画了一位残暴的地方神灵——“挨饿神”。

① 安部公房. 隣人を超えるもの[M]//安部公房全集　第20巻. 東京: 新潮社，1999: 385-396.（初载于《現代芸術と伝統》. 合同出版，1966年12月）

"挨饿神"信仰始于一则在花园町人尽皆知的传说：从前有个叫"挨饿神"的神灵，每天在小镇的边界转悠，一见到外乡人就逮住他把他饿死。"挨饿神"承担着保护当地资源不受外来者掠夺的职责，对试图侵入、"扰乱"小镇既成秩序的外来者施以残酷的刑罚，被当地民众尊奉为守护神。

"怎么样，这种想法够巧妙的吧？外乡人饿死活该！这样就把他们那狼一般残忍的排外主义合理化了。对真正的原因却视而不见，直接将结果归咎于神灵作祟。（中略）把看不顺眼的都蔑称为'饿死鬼'，对掌权的一方来说还真是个方便的习俗呢。"（158）

花井太助照搬读书会听来的这番话，无疑一针见血地指出了"挨饿神"传说背后的话语机制。在"挨饿神"信仰这一"传统"的教化下，外来者的危害成为不证自明的事实，对外来者的仇恨与排斥得以合理化，"饿死鬼"这一歧视性话语体现了小镇居民对外乡人的唾弃，进而演变成为对身份低下、潦倒落魄之人的恶毒攻击。

小说借返乡自杀的织木顺一的遗书，嵌套式地插叙了织木一家的遭遇。其中织木父亲的经历及心理历程正体现了基于"挨饿神"信仰的"传统"伦理价值观对外来者的精神暴力。织木顺一的父母由于是外来者且身材矮小，被花园町居民冠以"挨饿矬子"的绰号，饱受嘲笑和屈辱。织木父亲经营的糖果店因小镇整体的不景气而破产，不得已辗转到朝鲜当巡警谋生，被革职后又开起了卡车。他时刻将"弱小者不可侮"挂在嘴边，对自己在花园町遭受的耻辱始终耿耿于怀，在经济稍有宽裕后，织木父亲决计再次回到小镇挽回尊严。为了筹措购买大巴车的资金，他引进治疗仪开起了理疗馆，却因镇上唯一的开业医生藤原健康暗中破坏而倒闭，无奈向多良根借款购车好歹开始营运；然而好景不长，原本就饱受盘剥、入不敷出的生意，最终因市营公交车开始运营而被取缔。再次陷入穷困的织木父亲每日酗酒，怨天尤人，将所有的不幸归结于夫妻俩身材矮小之故。为了不让儿子的命运像自己一样悲惨，他每天强行给儿子施用治疗仪，然而当儿子身高很快超过了自己，他又怀疑儿子不是自己亲生的，活活将妻子逼死，自己也因不堪打击而离家出走、不知所踪。

造成织木一家不幸的，尽管有部分客观原因，但更多的在于镇上居民的歧视及藤野、多良根等当权派的欺凌。比起穷困，没有尊严、自我认同感的缺失才是令织木一家堕入悲惨境地的根本原因。然而，织木父亲没能领悟到竭力抹杀“他者”的狭隘地方主义价值观才是自身悲剧的根源，而是将所有的不幸归咎于自己“个子矮小”这一先天不足。可见以民俗信仰及“传统”为名的道德伦理教化的话语力量，不仅有效地内化并作用于共同体内部成员，也造成了被排斥者产生“失区别”①的心理防御，主动认同了他人眼中的“异质性他者”身份而将自我“他者”化。

在《饥饿同盟》中，安部公房以反讽的手法虚构了“挨饿神”信仰这一地方民俗以及以此为根基的狭隘地域共同体伦理价值观，可视为借反“民俗”话语来对抗柳田国男“一国民俗学”在二战后日本知识界依然稳固的地位，揭示其“固有信仰”“国民之团结”“同胞、同乡之心”等言说背后隐藏着的排斥他者、构建民族同一性的话语机制。子安宣邦指出，“面对国家危机，昭和时代的柳田学说最终归结为阐明民族的‘固有信仰’或有关家族的‘祖灵信仰’”，“支撑他对乡土研究和平民日常关注的视线是其所承担的‘国民’主题”②，柳田对日本民族统一的文化与国民性的探究，最终成了“民族”“国民”“国家”同一性建构这一日本战时国策的背书。在《想象的共同体》中，本尼迪克特指出，“民族归属或称民族的属性以及民族

① 杰瑞姆·布莱克曼. 心灵的面具：101种心理防御[M]. 毛文娟，王韶宇，译. 上海：华东师范大学出版社，2011：28.［失区别，又称自体—客体融合，是最早由玛格丽·马勒（Margaret S. Mahler）提出的心理防御机制，通过自体—客体融合，主体变成他人期望的样子，以便令自己在心理上能顺应不合理的现实。］

② 子安宣邦. 东亚论——日本近代思想批判[M]. 赵京华，译. 长春：吉林人民出版社，2004：146，156.

主义，是一种特殊类型的文化的人造物”，进而将“民族”的概念界定为“一种想象的政治共同体”，而这种想象“总是漂浮在遥远不复记忆的过去”①，植根于与死亡及不朽紧密相关的宗教信仰中，并通过语言、符号、仪式、戒律等机制得以实现。这一特征不仅可以用于概括民族、国家等基于种族、文化等共通性的集团，也适用于所有强调共同命运以及连带关系的共同体，揭示了共同体形成并得以维系的基本原理。安部公房洞察到“民俗”言说与“民族主义”之间不容忽视的联系，被赋予“民族振兴”职责的“民俗学”的生成过程充满了建构性和隐蔽性，支撑其话语建构的核心理念便是将整个日本视为一个“乡土共同体”的狭隘民族主义思想。

如上所述，《饥饿同盟》刻画了“花园町”这一狭隘地域共同体权力空间对“异质性他者”的欺凌与压迫，揭示了其背后基于“挨饿神”信仰的伦理价值体系的话语生成机制，进而为“饥饿同盟”反抗既成权力秩序的斗争进行了铺垫。那么，促成“饥饿同盟”结社的动机是什么？“饥饿同盟”这一命名的用意何在？其“革命事业”以失败告终又意味着什么？本文通过分析“饥饿同盟”的革命主张与实践，揭示主人公花井太助以“革命”为名正当化个人权力欲望的“话语”操作之欺骗性。

四、“饥饿同盟”——正当化权力欲望的“话语”操作

在《饥饿同盟》中，安部公房以戏谑手法描绘了以花井太助为首的秘密结社“饥饿同盟”充满矛盾的革命主张及实践，对花井妄图利用“话语”操作将个人权力欲望正当化的虚伪性进行了辛辣的讽刺。

首先，花井太助决意结社发起抗争的动机在于“复仇”的愿望。花井一家因穷困而长年受多良根“关照”，实则受其敲骨吸髓的盘剥。小学时代的花井太助成绩优异，成了镇长多良根沽名钓誉而设立的奖学金的获得者，

① 本尼迪克特·安德森. 想象的共同体——民族主义的起源与散布[M]. 吴叡人，译. 上海: 上海人民出版社，2016: 4，11.

然而多良根却以他长着尾巴属于“非人”为借口欲取消他的资格，他愤而服毒，但自杀未遂；多良根无奈之下只好遵守诺言资助其学费，花井从中学直至专科学校毕业，年年以优异成绩获得奖学金，却也因此不得不饱受屈辱。花井在多良根的资助下完成学业后，在花园糖果厂当主任，他与多良根相互憎恶，“两个人如果进了但丁的地狱，或许会变成互相叼着尾巴的两条蛇”（162）。花井深知多良根贪婪自私、心狠手辣，却又对他言听计从，“成了多良根的代言人、间谍、忠实的走狗”（162），只因为他与多良根的政敌藤野兄弟之间有着不共戴天之仇——藤野健康是最早揭露他长有尾巴的罪魁祸首；藤野健康为了建木材加工厂而买下山顶上的地，将花井一家赶走导致其不得不寄人篱下；花井姐姐里子在遭受藤野幸福摧残后癫狂而死，犯下强奸罪的藤野幸福仅被处以二十日元的罚款而没有受到任何刑事处罚。然而，由于藤野兄弟的势力强大而稳固，花井便只能指望其政敌多良根能在权势角力中将他们击垮，完成他的复仇。怎料多良根与藤野兄弟间的对抗不久便转向相互协作状态，这令花井太助多年来积聚的怨恨与屈辱找不到宣泄的出口，由此便产生联合弱势群体结成“秘密组织”，发动“革命”来颠覆既成权力秩序的念头。为了掩饰出于私怨的“革命”动机，花井太助为组织起名“挨饿同盟”（后更名为“饥饿同盟”），强调这是由被小镇权力阶层边缘化的“饿死鬼”们结成的反抗组织，抗争的目标是自下而上地瓦解当权派，“革命”的纲领为“否定货币经济”（147）、“否定思想、反对一切权力和压迫、实现绝对自由”（184）。

其次，“饥饿同盟”的革命主张及实践路径的“话语”权始终集中在花井手上，且从一开始就带着欺骗性。成员对同盟的规模、主张等皆不甚了了，如坠五里雾中：

花井说了很多，却完全没有触及具体的内容。痛斥镇政，却不对镇政加以分析；高喊必须革命，却又不说该怎么开展。稍加追问，花井总是面露不悦地说道，你焦急也无济于事呀，所谓瓜熟蒂落，时机到了组织自然会委派

任务给你的。等待也是需要勇气的，坚定地信赖组织可是了不起的节操啊，云云。（98）

“饥饿同盟”自始至终仅仅是花井虚构出来的“宏大组织”，空有革命口号和目标，却缺乏实现目标的具体实施进程。然而，当织木顺一的出现以及其遗书中提及的勘察温泉泉脉、开发地热发电等梦想映入花井的眼帘时，他意识到这便是他苦苦等待的获得权势的手段，于是对“革命”的主张发生了急剧的转变。

“（前略）我们可是把握住了小镇的命脉啊！听好了，我打算建一座地热发电站，没想到吧？……织木也同意了。仔细想想，同盟的工作进展不顺利不就是因为我们资金不足吗？如果我们经营发电站，挨饿同盟就会成为镇上最大的财阀！哈哈，那才叫如虎添翼呢！”//“可是，花井兄，这就怪了，你不是常说金钱就是毒药吗？‘金钱是毒、权力是恶、劳动是罪……为了人的绝对自由必须通过饥饿革命，所有人都必须成为穷光蛋……’不是吗？”//“不，那是一般论，我们可是绝无仅有的。正因为我们晓得这些道理，到了关键时候，随时都可以把荷包投到河里嘛！所谓‘以毒攻毒’的战略也是必要的。”（143）

由此可见，花井鼓吹的“否定货币经济”“否定思想、反对一切权力和压迫、实现绝对自由”的革命纲领，非但缺乏可操作性而且充满了见风使舵的权宜性格。“金钱是毒、权力是恶、劳动是罪……为了人的绝对自由必须通过饥饿革命，所有人都必须成为穷光蛋”的立场和主张，转眼就变成了“成为镇上最大的财阀”的野心。最为讽刺的一幕莫过于在同盟的第一次（也是最后一次）“扩大会议”上，花井为了让“建立发电站、一举夺权”的野心及权力欲望正当化，巧舌如簧，周旋于“革命”的目标与手段的粉饰，巧妙地利用“话语”操作为自己当下的立场、主张辩护，以获得成员的支持。

再次，花井太助组织“饥饿同盟”旨在对既成权力秩序发起抗争，实质上却只是遵循着掠夺者、压迫者的思维逻辑对权力话语进行重构。花井以同盟领导者自居，竭力将自己塑造成为一个富有自我牺牲精神、对盟友肝胆相照、为了革命事业鞠躬尽瘁的英雄角色，无时无刻不向盟友许诺“革命成功”后的种种美好蓝图，同时又以强调各人的悲惨境遇、极力煽动仇恨的方式来笼络同盟成员。例如，他认定人偶戏艺人矢根是“不自由、不幸”的，不顾矢根善介的否认，言之凿凿地说道，“如果不成为真正的自由人，活着就没有意义，像你这样的不幸之人不成为同盟成员才是不正常的呢！（中略）你绝对是不幸的。你要不是不幸的那就没有所谓不幸的人了。实际上，自己未感觉到不幸，才是真正的不幸”（123）。对不得志的医生森四郎，花井痛斥小镇腐败的官僚体制导致他“怀才不遇”，利用森四郎“渴求患者”的职业精神让他为织木顺一治病（此为“革命”成败的关键），同时吹嘘同盟是“新势力的代表”，谎称“我们有准确的情报网络，而且现在也有了强有力的财政基础作保障……革命已经仅是时间问题了”（158），并承诺革命成功后为他建一所大医院，让他当院长。而对自杀未遂、刚从神经控制药物的毒性中恢复过来的织木顺一，花井则残忍地利用他对死去的花井姐姐里子的一片深情，以革命的成功、给藤野兄弟造成致命打击就是为姐姐复仇为诱饵，逼迫他再次服用神经控制药物成为勘测地热的“人体探测仪”，即使在织木出现了明显的中毒现象、医生强烈要求中止服药时，花井仍不放弃，最终导致织木中毒而亡。随着温泉复苏可能性的增大，花井太助的不择手段演变到了残忍的地步，当盟友受他牵连而被卷入各种困境中时，他却以“革命大义”为名弃之于不顾，对矢根善介惨遭驱逐、宇留源平含冤入狱也无动于衷。

由此可见，花井一方面痛恨权势的压迫，另一方面却无时无刻不幻想着掌握权势；他欺骗盟友的“话语”以及利用、压榨盟友的残忍手段实则与多良根的权术手腕如出一辙。更甚者，花井秘密与多良根女婿穴钵在“地热发电项目”上结成的钱权交易关系，更是对市镇一贯的官商勾结之权力构图的翻版。因此，就算“饥饿同盟”最终完成了地热发电计划顺利成为一方权势，最终也无法改变小镇整体的权力架构，而仅仅是满足了花井的一己私欲；所谓的“饥饿革命”在本质上仍然是权力争夺的手段，无法遏制对弱势群体的倾轧。花井太助试图摆脱被压迫地位的“革命”运动以失败告终：地热发电计划的成果遭到掌权派篡夺，织木死了，井川变节了，矢根遭到驱逐，狭山、土井看透花井的薄情寡义，断然与之划清界限，森四郎也默默离开了，“饥饿同盟”分崩离析。梦想破灭、众叛亲离的花井发现自己的尾巴竟变得越来越长，将他牢牢地钉在了“饿死鬼”的位置上，这一在心理和生理上双重“他者化”的结局，蕴含了作者对花井太助以“革命”之名利用“话语”操作来正当化个人权力欲望的辛辣讽刺。

20世纪40年代京都学派历史哲学家们倡导的“近代的超克”历史哲学观，一方面致力于对抗欧美帝国主义国家的现代主义理念以及在亚洲的霸权，另一方面却极力主张日本在“大东亚”地域圈中的优越性和领导权，“在模仿西方体制的同时，将歧视与宰制逻辑内在化，从而在世界政治秩序重组中酿成新的压迫和宰制”[①]。到了50年代，面对美国占领军对日政策由民主改革向“再军备”化转变所触发的民族危机感，日本学界试图通过再述“近代的超克”话语以重构日本作为独立民族国家的同一性，却依然无法摆脱将“他者”视为对立面加以差异化的话语逻辑，因而存在再度陷入“狭隘民族主义”的危险。《饥饿同盟》中花井太助合理化、正当化“饥饿同盟”革命主张所使用的种种“话语”策略，仅仅是对既成权力话语的对抗性重构，未能跳脱出“恃强凌弱”的强权逻辑，正影射着无法摆脱“西洋与东洋”“文明与野蛮”二元对立思维模式的京都学派理论之排他性逻辑内含的陷阱，体现了安部公房对“狭隘民族主义”话语再生产的警惕。

---

① 赵京华．“近代的超克”与“脱亚入欧”——关于东亚现代性问题的思考[J]．开放时代，2012（7）：69．

20世纪50年代初期，在战败的挫折、美苏冷战格局形成、GHQ推进“再军备”进程逐步将日本纳入西方军事阵营等政治局势下，日本社会普遍出现了民族危机感，知识分子再次将目光投向“民族主义”话语，试图对战时披着学术外衣的历史、文化、思想哲学话语展开反思和解构，在超越、克服战时极端民族主义的基础上探索“健全的民族主义”，文学界中的“国民文学论争”在本质上即是一场围绕“民族主义”的话语重构之争。安部公房的《饥饿同盟》可视为对“国民文学论争”中潜藏着的“狭隘民族主义”倾向的回应与揭露。作品以反讽和戏谑的手法描写了“花园町”这一狭隘地域共同体权力空间中的权力运作，着力刻画被边缘化的“他者”们的生存境况，揭示了支撑其权力体制背后的“挨饿神”信仰话语的暴力性；进而，在试图颠覆当权派、重新分配权力的“饥饿同盟”革命最终走向溃败的过程中，暴露出了“话语”操作的欺骗性，蕴含了安部公房对昭和初期以来围绕“民族主义”的话语建构机制及其背后“一国民俗学”“近代的超克”等历史哲学思想背景的省思。

子安宣邦认为，“战争诱发下出现的现代化论话语（即“近代的超克”论，笔者注）其所暴露出来的现代视角，或者观察‘近代’的认识架构，基本上被战后继承了下来，或者依然在时代转化的今天被不断再生、反复着”[①]。这一认识同样可以用于解释安部公房对“国家”“民族”“国民”等话语始终保持警惕的原因，即一味强调本民族的独特性、同一性有可能再次堕入二元对立的排他性逻辑陷阱之中。在《饥饿同盟》之后的文学创作中，安部公房始终将“邻人”与“他人”作为思考共同体与个体主体性之间关系的关键词，并逐渐形成了构建基于尊重多样性他者的自律型、松散型共同体的思想主张——“他者组织”，以对抗“邻人思想”，即狭隘地域共同体思想对“国家”“民族”“国民”等话语的挟持。

---

① 赵京华. “近代的超克”与“脱亚入欧”——关于东亚现代性问题的思考[J]. 开放时代，2012(7): 56.

第三节

空心化主体复归途径的探索
——《榎本武扬》

继处女作《道路尽头的路标》为个体挣脱共同体规定性、寻求自身存在价值所发出的“抗争宣言”，安部公房在20世纪50年代的文学创作中，一方面运用超现实主义手法隐喻性地刻画荒诞现实中个体自我认同缺失的生存境况（如《墙——S. 卡尔玛氏的犯罪》等“变形”小说系列），另一方面则致力于揭示既存共同体内含的矛盾及其背后的权力结构、社会机理（如《饥饿同盟》）。在《榎本武扬》（1965）中，安部进一步聚焦于时代更迭、价值观转换的历史语境中个体的生存境况与身份焦虑，探寻自我认同缺失的空心化主体实现主体性复归的途径，可视为《道路尽头的路标》拒斥“故乡”/共同体所表征的“恒常性”、主张个体身份认同的动态性和建构性这一思想的延展。

《榎本武扬》是安部公房作品中唯一一部以历史人物为对象、基于史料创作的作品，却与传统意义上的人物传记大异其趣。作品以江户幕府末期、明治时代初期备受争议的将领榎本武扬为对象，通过战时当过宪兵的福地伸六以及原新选组成员浅井十三郎所撰手稿的双重视角对榎本武扬的人物形象进行“还原”，但两者的立场却又构成了强烈对比——福地伸六视榎本武扬为不囿于既成价值观的“超越者”，试图以其“变节”的逻辑为挡箭牌，为自身的阴暗过去寻求救赎；浅井十三郎则猛烈批判榎本违背“士道”的行为，招募志愿者结成“五人组”试图刺杀狱中的榎本武扬。正如唐纳德·金所指出的，该作品远不能称为历史小说，无论是榎本武扬还是原宪兵的乡下旅馆主人福地伸六，对安部而言都是饱含现代性意义的，作品对历史事件加以编撰，使之超越特定事实，成为一个带有普遍性的课题[①]。

先行研究大都将该作品与安部公房脱离日本共产党的经历关联，认为该作品旨在探讨“忠诚”观念的相对性以及“转向”问题。例如，武井昭夫（1966）指出，安部将自己的思想主张融入全新的榎本武扬形象创作中，通过将明哲保身的“近代官僚政治家”榎本武扬的形象合理化，向现代提出“忠诚相对化”理念；认为安部的主张缺乏对时下强调时代更迭、推崇“变节”之现代思潮的批判视点，是一种新型的转向文学[②]。笠原伸夫（1971）认为，作品通过双重滤镜映照出榎本武扬的形象，突显了探讨“何谓忠诚”的主题；浅井十三郎的“临时武士”身份设定具有讽刺意义，他将自身对旧时代的制度和秩序的怨愤凝结于对“士道”的坚守之中，在其对照下，榎本形象中近代自我的部分得以显现，也体现了安部公房认为异质性的时代中不存在始终如一的绝对忠诚这一主张[③]。黑泽圣子（1974）指出，《榎本武扬》中反复地将“忠诚”的观念加以现代式的相对化，导致了一种伦理性的缺失[④]。日高昭二（1994）通过分析文本刻意呈现的“被编辑”的特征，指出作品以“忠诚”和“归属意识”为核心巧妙地将所有人物编入同一化及差异化的画卷之中[⑤]。河野基树（2006）将安部的《榎本武扬》放在以幕府末期、维新史为背景的文学虚构作品中加以比较、考察，指出作品着眼于“转

---

① ドナルド・キーン.（『榎本武揚』）解説[M]//安部公房. 榎本武揚. 中央公論新社，1973: 351-355.

② 武井昭夫. 危機意識の欠落について[J]. 新日本文学21（2），1966: 196-209.

③ 笠原伸夫. 榎本武揚[M]//（特集）70年代の前衛・安部公房. 国文学　解釋と鑑賞（36-1），1971: 116-120.

④ 黒沢聖子. ヒューマニズムを中心に——安部公房論[M]//日本文学研究資料刊行会. 安部公房・大江健三郎. 東京: 有精堂，1974: 60-69.

⑤ 日高昭二. 獄舎の夢——安部公房『榎本武揚』論[J]. 国文学研究（113），1994: 1-10.

向”思想的“范式转换”，旨在消解政治性原理主义[1]。苅部直（2011）将该作品与花田清辉和桥川文三、吉本隆明关于“转向”的论争相关联，认为该作品中针对“忠诚”的讨论可视为安部公房对花田清辉言论的声援，即主张胜海舟、榎本武扬的言行看似违背了忠诚这一“道德责任”，却忠实地履行了“政治责任”[2]。

上述先行研究都从“转向文学”的话语框架中探讨该作品的立意，且倾向于从道德层面上把握“转向”的内涵，将“转向”与“变节”一并视为一种“道德污点”；同时代的评论多将作者代入榎本武扬的形象中来解读安部公房的政治立场，对作品独特的叙事特征缺乏充分的关注，淡化乃至于无视作品所蕴含的叙事艺术及深层的人文关怀。《榎本武扬》独特的复调叙事特征旨在解构“历史叙事”的意识形态建构性，质疑“历史叙事”的唯一真实性；两位视点人物在不同的时代变迁节点所面临的伦理两难之境，凸显了共同体与个体主体性之间的矛盾冲突；进而，从作品对榎本武扬摒弃“勤王”或“佐幕”的二元对立思维桎梏、选择“第三条道路”的行为刻画中，可以窥见安部在价值观失序的时代语境下探索个体主体性复归途径的尝试。

“转向”在日本近现代语境中泛指宗教信仰上的改宗、弃教，或对迄今为止深信不疑的思想、信念的否定，可视为个体在信仰、价值取向上做出的断裂式的选择。从这层意义上看，“转向”即个体对自身既往的价值认同的否定，是重建全新自我认同的起点。本节通过分析《榎本武扬》独特的叙事手法内含的深刻寓意，并尝试在既往的“转向”研究的延长线上，结合作品创作的时代背景及作者的深层写作动机，探讨安部公房借视点人物迥异的伦理选择对个体主体性复归途径的探索。

---

① 河野基樹. 戊辰函館五稜郭の文学: 佐幕・転向・プロレタリアリアリズムをめぐる物語[J]. 埼玉学園大学紀要. 人間学部篇（6），2006: 29–44.

② 苅部直. 安部公房の都市[M]. 東京: 講談社，2011: 89–93.

一、历史叙事的意识形态建构性批判

海登·怀特指出，“叙事是这样一种文学形式：在叙事中，面对周围人物的无知、迷茫和健忘，唯有叙事者的声音响起，并引领我们去关注一段以一种特定方式建构的记忆”[①]。在作品中，榎本武扬自身的声音是隐匿的，其形象只能通过文献及他人回忆、言说所提供的线索任凭读者去推断，这种现实主义风格的叙事表现一方面也体现了历史书写势必包含着某种时代局限性或意识形态性。海登·怀特进而指出，“在现实主义风格的叙事表现”中，“叙述者即在场又缺席：在场是因为叙述者作为一种交流的手段，不在场是因为这种交流手段是不易被读者察觉的，并且也对读者阅读书中的事件构不成阻碍——书中事件的组织方式正是叙述者要揭示给读者的”（同上引，着重号为笔者加）。由此，把握《榎本武扬》的叙事结构特征，无疑是解读该作品意欲表达的主旨之关键所在。

1. 跨时空、复调的叙事特征

《榎本武扬》采用多种文本格式拼贴的创作手法，实现了叙事视角的自由转换。作品由三章构成，第一章讲述了“我”收到福地伸六寄来的书信和题为《五人组结成之始末》（『五人組結成の顛末』）的手稿，回忆起一年前在北海道结识福地旅馆主人的始末；第二章、第三章录下福地来信以及手稿全文（由复数作者的手稿、共计63处书籍、报刊的摘录以及福地的附注构成），占全书近80%的篇幅；第三章的末尾记叙了“我”再次访问北海道福地旅馆，原主人福地伸六已离家出走，“我”与旅馆的新主人、福地的养子进行了短暂的交谈。从文本的叙事结构来看，统领全书的叙述者“我”记叙了与福地伸六交往的始末，再经由福地的视点以及福地所提供的据称是新选组成员浅井十三郎的手稿，引出关于榎本武扬的历史评述。因而，作品实际

① 海登·怀特. 叙事的虚构性: 有关历史、文学和理论的论文（1957—2007）[M]. 罗伯特·多兰，编. 马丽莉，马云，孙晶姝，译. 南京: 南京大学出版社，2019: 170.

上设置了两位视点人物，他们的故事在不同的时空中并行不悖，却以一个共通的主题——对“时代”与“忠义”的思考——而紧密连接在一起。

视点人物福地伸六的形象，从与“我”的对话、福地的信以及养子的评价等多个侧面得以呈现。值得注意的是，《五人组结成之始末》手稿中福地的附注，也巧妙地将其价值观编织于其中，不仅令福地的性格、人物形象更加丰满，也暗示了其最终的伦理选择。福地伸六在二战时曾经当过宪兵，其功能大致相当于“思想警察”，致力于揭发“反军思想”言行。他检举了自己的妹夫，导致其入狱并死于狱中，妹妹因悲痛而疯癫，不久便留下幼小的孩子死去了。二战后，福地尽管没有受到法律的审判，却饱受舆论的指责。他为自己对妹妹一家造成的不幸感到悔恨，但却牢牢抓住“忠诚”这一武士道所奉从的伦理价值观，认为自己曾经的行为乃是对组织“忠诚”的体现，只是现在“效忠”的对象已经消失，“忠诚”这一品行本身不应该受到谴责。为此，他期望从同样遭到社会舆论谴责的“变节者”榎本武扬身上找到能证明自身正当性的依据。于是，榎本武扬便作为另一个“视点人物”进入了文本，其形象在福地的文献考察中呈现了出来。然而，从福地寄给“我”的信中可以得知，他迄今为止的价值观发生了致命性的动摇——福地视为精神救赎的榎本武扬形象，在手稿《五人组结成之始末》的证言下被粉碎。占作品最大篇幅的《五人组结成之始末》手稿，以插叙的形式展现了第三者（浅井十三郎等）对榎本武扬的评述。手稿的文体、笔迹并不统一，叙述也不连贯，加上夹杂着大量书籍、报刊的剪辑而显得支离破碎；但另一方面，在客观史料的佐证下，手稿的主要作者批判榎本武扬背信弃义的尖锐言辞却显得言之凿凿。手稿内部的多种叙事“声音”与手稿外部福地伸六的叙事在身份立场及伦理层面上形成了激烈碰撞，呈现出众声喧哗的复调特征。

那么，为何作为作品叙事核心的榎本武扬始终处于被言说的“消声”位置，其形象只能从复数叙述者的声音构建出来的多重“镜像”中探寻呢？作品独特的叙事结构及复调特征对主旨的呈现起到了怎样的作用呢？

2. 对历史叙事的意识形态建构性的揭示

作品中，榎本武扬始终处于被叙事、被评价的地位——《五人组结成之始末》手稿中浅井十三郎、土方岁三等武士同伴的批判，福泽谕吉所代表的意识形态主流价值观的批判，福地伸六由认同到否定的态度转变——所有这些评述呈现出了榎本武扬面貌纷呈的多重“镜像”，同时也映照出评述者与之迥然不同的世界观、价值观，经由读者自身价值观的甄别、参与，共同构建一个榎本武扬的形象。

然而，从复数评述者笔下黯淡的榎本武扬形象中可以看出，尽管他在才学、思想、领导能力等方面都功绩斐然，却始终处于历史叙事的阴影之中，得不到公正的评价。作品借小说家“我”之口叙述了日本社会对榎本武扬的普遍印象——“尽管他有着如此煌煌的仕途及功绩，五棱郭战役后的榎本却意外地令人印象稀薄。就连我自己都以为榎本的人生早在五棱郭时代就画下了句号了”[①]。更为讽刺的是，二战后在GHQ主导下，“战时的军人、政治家的铜像被视为军国主义思想的象征，纷纷遭到拆除取缔，榎本武扬的铜像却保留了下来”（20–21）。由此可见，历任明治政府要职的榎本武扬，无论在明治时期还是昭和时期价值观动荡之时，其价值都未能获得主流意识形态的充分认可，在日本人心目中，他甚至称不上是一个有影响力的人，其根本原因就在于他逾越了意识形态价值规范、依据自我意志行事的“异端性”。从榎本武扬在历史评述上遭受的“冷遇”可以看出，尽管榎本为明治政府的稳定统治与繁荣发展立下了汗马功劳，然而在不断强化天皇的绝对地位、鼓吹对天皇“无限忠诚”的明治至昭和时期的意识形态主流价值观中，榎本曾经的“不忠”成了逾越伦理规范的“道德罪行”，舆论的口诛笔伐以及历史叙事中的蓄意淡化、矮小化，正体现了意识形态“大他者”通过伦

① 安部公房. 榎本武揚[M]//安部公房全集 第18巻. 東京: 新潮社，1999: 20.（初版分14期连载于《中央公論》，1964年1月1日—1965年3月1日）（《榎本武扬》的文本引用均出自该版本并由笔者拙译，以下仅标示引用页码。）

理规范秩序等致力于对主体的形塑与规训，对于溢出秩序框架的个体施以惩罚。

海登·怀特认为，史学家总是带着特定的意识形态倾向、选择特定叙述形式来书写历史的，“因而历史不是‘科学’，而是每种意识形态争取以科学名义把自己的一得之见说成‘现实本身’的重要环节”[①]；他提出了“元历史”（Metahistory）的概念，以文学理论的特定模式（话语转义形式、情节编排方式、论证解释模式、意识形态含义类型）来说明历史话语的潜在结构，“揭示了语言模式、历史环境、认识条件以及学术体制对历史话语的制约，呈现出历史自身的‘历史性’”（同上引，535）。从作品呈现的关于榎本武扬众说纷纭的评述来看，对历史人物或历史事件的评价至少有两个维度导致真相无从寻觅。其一，“时代正确性”即当下意识形态的评判标准；其二，来自评价者主体性的干扰——史学家或评价者总是试图借由对历史（人物）的评述来表达自身的价值主张，各取所需，众声喧哗。从幕府时代的主流意识形态来看，榎本背弃旧主，是个变节之徒；从明治时代看，他运用自己的才学为新政府效力，是一个迷途知返的“识时务者”；在昭和时期尤其是二战后的美国主导的意识形态下，他是一个主张民主、强调技术与教育革新的改革派先锋。而从具体的评价者的角度看，如上所述，福泽谕吉、榎本的旧部、福地伸六等对榎本的评价，都基于各自的立场而有所侧重甚至相互对立。这些对历史人物（事件）的不同认识无疑是难以调和的，却呈现了作为“真相的一部分”之个体的历史视角，挑战了主流历史叙事的唯一真实性与合法性。

由此可见，《榎本武扬》中所呈现的“历史”是拒斥同一性、质疑“元

① 汪民安. 文化研究关键词（修订版）[M]. 南京: 江苏人民出版社，2019: 535。

叙事”（Metanarrative）[1]的历史参与者个体的历史叙事，不同立场的叙事者将叙述历史与叙述自身相融合，提示了评判人物（事件）的多元视角；它们又作为历史真相的一部分相互补充、相互消解，揭示了历史叙事的意识形态建构性与排他性。这种从历史参与者的个体视角再现历史的尝试，可视为安部公房对意识形态威权体制所建构的“权威”历史叙事的挑战，体现了安部试图还原被意识形态话语所扭曲的“异质性”他者之真实面貌的创作意图。

二、福地伸六的伦理选择与身份认同危机

《榎本武扬》以人物叙述、书信、手稿以及书籍、报刊摘录等多种文体并置的叙事手法，刻画了榎本武扬和福地伸六这两位不同时代人物的平行故事；两者经历的参照，将幕府统治结束到明治新政府成立这一时代更迭下的动荡时局和以战败为节点的昭和中期共同体核心价值观发生颠覆性转变的时局巧妙并置，凸显了不同时代语境下个体对“时代”“正义”“忠诚”等价值观的省思。进而，借由这一独特的叙事结构，两位视点人物在各自身处的时代语境中面临的伦理选择以及其表征的共同体与个体主体性之间的尖锐矛盾得以呈现。

福地伸六之所以对榎本武扬充满兴趣和好感，最初仅仅是因为儿时多次从祖母口中听闻关于榎本的轶事以及榎本当年投宿自家旅馆时留下来的一幅幽默的字画，再便是关于300名囚犯在北海道集体逃亡事件的传说，榎本武扬对他而言只是一个富有传奇色彩且倍感亲切的历史人物。而致使他对榎本产生了近乎执念般情感的，则源于一次心灵受创的体验。在十四五年前（据文本内时间推测为1950年），他曾受高中教师K的邀请，为其指导的学生剧

① 汪民安. 文化研究关键词（修订版）[M]. 南京: 江苏人民出版社，2019: 536.（法国哲学家让–弗朗索瓦·利奥塔认为，作为一种调和力量，“元叙事”通过包容和排斥来发挥作用，它以追求同质化和普遍化的名义压制和排斥其他的话语和声音，企图把原本异质性的世界整合成一个井然有序的叙事王国，但事实上，这种寻求“共识”法则的做法违背了语言游戏的异质性原则，给原本异质性的东西强加上了虚假的普遍性。）

团介绍关于榎本武扬的轶事。表演的剧本是久保荣创作的《五棱郭血书》。在学生彩排过程中，教师K反复强调必须将榎本武扬道貌岸然、虚伪的性情表现出来，由此引发了其与福地的争执。K援引福泽谕吉对榎本武扬的评价，嘲讽其为见风使舵、见利忘义的小人，而福地则强调祖母印象中的榎本是一个豁达、爽朗、好开玩笑、毫不矫饰的豪杰。福地因维护榎本武扬这一历史反派人物而遭到了K师生的言语攻击和羞辱。

> 您干嘛要为这种权欲熏心、见风使舵、自私自利的叛徒辩解呢？（中略）——说的也是，像福地先生这样在战时靠强迫别人思想转向为生的人，当然不可能理解这部剧本作者的心情啦……更何况，您自身战争刚结束就摇身一变成了镇里的权势人物，完全不费吹灰之力。正因为自己听不到自己的笑声，才会这么志得意满，您自身跟这个剧本里写的榎本的笑声简直就是如出一辙，借此机会我们算是见识了！（22～23）

K师生的恶意攻击将福地“彻底打垮在地，给他留下了再也无法痊愈的伤痕”（22），使他陷入了身份认同危机之中。由于在二战时当过宪兵，福地在战后虽然未受到法律上的责任追究，但他的境遇正如所有追随并实际支持过军国主义行径的加害者一样，受到了周围民众乃至亲友的冷眼及蔑视。尽管通过诚信经营及热心公共事务，福地伸六获得了一定的社会声望，但旧时身份带来的阴翳却始终如影随形，令他芒刺在背。一方面，他对自己客观上造成妹妹一家家破人亡这一事实始终无法释怀，通过抚养妹妹的遗孤来赎罪；另一方面却竭力证明自己“秉公办事”的正当性。

实际上，福地伸六的伦理困境始于他发现妹夫涉嫌参与宣传“反军思想”之时——是该遵从职业伦理或曰“国家大义”告发“谋乱者”呢，还是该遵从家族伦理保护自己的亲人呢？福地的矛盾，本质上源于不同共同体伦理范畴对个体的道德行为约束。从属于“宪兵”这一国家意识形态支配的共同体时，福地实际上以“遵从命令”为名放弃了个体的主体价值判断，因而，在决定检举妹夫的时候，尽管有违传统家族伦理，但他仍能以“大义”为名为自己的行为开脱，找到自我认同从而维持心理平衡。然而，当战时共同体价值观在战败后被认定为“谬误”“泯灭人性”时，福地原有的自我认同之根基遭到瓦解，对家族伦理的背叛成了良心的鞭笞。为了抵御来自舆论的谴责以及良心的苛责、重建自我认同，福地强调自身战时的行为并非出于“思想”而是“信念”，即忠诚于“时代的信念”，服从“组织”的命令、恪尽职守，即使那个时代已被推翻，彼时的“时代正确”也不应该遭到谴责。

“时代一变就将迄今为止的信念一概否定，可是新时代不也同样有着要人坚守的信念吗？无论什么时代，正确的唯有那个时代的信念而已。除非到了一个相信时代本身是一种罪的时代，否则让人为自己过去的信念忏悔，岂不是无稽之谈吗？……然而那一位（即榎本武扬，笔者注）却不这么想。唯有他对一切了然于心，知道即使是时代变了，落后于时代的人却没有罪。于是，他就在时代的触手无法企及的深山里，为那些人创造了一个新的国家。如果他仅仅是个背信弃义之徒的话，又何必那么大费周章地帮助他们呢？”（26）

为此，同样受到社会舆论谴责的“背信弃义之徒”榎本武扬的态度、立场，便成了福地的精神救赎——在他看来，如果榎本武扬有足够的勇气面对舆论的道德谴责，甚至能为那些“落后于时代的人”两肋插刀的话，那么势必也能成为自己的精神支柱；通过效法榎本，自己必定也能找到相应的伦理“退路”或消解“罪行”的依据。

通过对榎本武扬生平的考察，福地构建了一个充满人性的榎本武扬形象：榎本在幕府落败之时依然不忘“忠义”，全力对抗主张勤王的萨长藩和明治新政府，无奈实力悬殊而兵败被俘，沦为阶下囚；在狱中，榎本意识到幕府大势已去，成王败寇乃是自古以来的政治法则，但曾经效忠旧主的自己以及所有兵士并没有罪过，都是“忠义之士”；于是他将自己的学识传授给了狱中的囚徒，并在实质上策动他们逃脱——福地推测明治2—3年发生于北海道的300名囚犯集体逃亡事件（传说）乃是囚犯受了榎本武扬的唆使。至于后来榎本受到明治政府重用而官运亨通，福地认为那正是他能认清时代变更的既成性，不再受既往价值观束缚的豁达表现。榎本武扬成了福地赖以维持自我认同的“镜像”，他觉得自己应当效仿榎本武扬，在肯定过往之“忠义”的同时，抛开旧价值观的束缚，在新的时代展露自己的才能（事实上他也确实在二战后凭借自己的经营才能获得了一定的社会地位）。

然而，榎本武扬这一道德伦理参照系，却因《五人组结成之始末》手稿的出现而被粉碎，手稿中呈现的事实令福地意识到榎本并不是自己想象中的“忠义之士”，他确实背叛了辅佐他的幕府残部。“始于奥州战争结束于五棱郭战争的这一大叙事诗，实际上是以尽早结束内战为目的的一系列有计划的败仗，是世界史上罕见的、大胆的伪装战争”（142），福地心目中的榎本武扬形象顿时发生了颠覆性的转变，这危及到了他一直以来秉持的“忠诚无罪”的信念。

榎本是能证明我无罪的证人。（中略）迄今为止我一直将自己的命运与榎本的命运做比较，将他作为一面镜子，然而，仔细看来，我实际上更接近《五人组结成之始末》中记叙的新选组残部的写照。如果我遭到榎本那样冷酷的背叛，想必也会响应十三郎的号召，加入暗杀榎本的行列吧。（中略）原谅榎本即相当于承认我自己的愚蠢、承认我的忠诚是有罪的，我不可能那么做，可是却又无法憎恨他。（147～148）

榎本对同伴的背叛瞬间成了福地背叛家人的道德“指认”，多年压抑于内心中的罪恶感终于将他吞没，在寄出给“我”的书信和手稿之后，福地就抛下所有一切不知所踪了。福地的选择，可视为受到传统家族伦理价值观/良心的审判而“伏罪”的体现。

福地伸六的悲剧在于，他并非基于个人的特定“信念”而做出选择的，正如他所说的，“宪兵这一职业，根本无所谓人格或思想，充其量只是组织领导下的宪兵”（19）。在面对涉及伦理判断的选择时，他甘于将个体价值判断的权力让渡与共同体的威权领导人，通过依附于威权体制的规定性来回避做出个人价值判断，这导致了个体主体性的丧失；而当其依附的威权体制被否定时，无法填补的价值真空则不可避免地令其陷入自我认同危机之中。福地用于开脱自身罪责的“恪尽职守”“秉公办事”等说辞，不由让人想起汉娜·阿伦特转述臭名昭著的阿道夫·艾希曼在耶路撒冷审判中的最后陈词：

他等待的公正落空了；法庭没有相信他说的话，尽管他一直在竭尽全力道出真相；法庭不能理解他，即便他从来就不是仇恨犹太种族之人，也从未想成为人类的谋杀犯。他的罪过在于服从，而服从曾经是备受称颂的美德。他的美德被纳粹头目滥用，但他并非首脑人物，而是受害者，只有头目们才应受到惩罚[①]。（着重号为笔者加）

尽管艾希曼在犹太人屠杀中所发挥的作用与福地“思想警察”的职责不可同日而语，然而，其将个体价值判断交付于“组织”“首脑人物”，以“服从曾经是备受称颂的美德”来为自己的罪行开脱的逻辑，却与福地的抗辩如出一辙。福地伸六的伦理困境源于战时共同体价值观与家族伦理价值观的冲突，他竭力以“尽忠职守”来掩盖自己违背家族伦理的行为，但这一将个体主体性让渡于共同体威权体制的辩词，只能证明其“自我”的缺席，最终却还是无法使他逃脱良心的审判。在福地看来，榎本对曾经效忠的幕府的背叛，违背了自己秉持的价值观，“道德偶像”的“不义”令他万念俱灰、

① 汉娜·阿伦特. 艾希曼在耶路撒冷：一份关于平庸的恶的报告[M]. 安尼，译. 南京：译林出版社，2017: 263.

自我认同再次瓦解，进而选择了抹去自身存在之路。

作品对福地面临的伦理困境的设定，与安部公房在“战争责任追究”论争中立场以及对于个体主体性的思考有着密切的联系。自战败伊始，“战争责任”问题就始终是日本人心头挥之不去的阴霾，这一点在美国主导的东京审判期间一度达到高峰。然而由于美国占领政策的需要，天皇被排除在“审判”甚至是“道义谴责”之外，所有罪责被引向了“军阀政治”以及军国主义者的倒行逆施，实际参与了对亚洲人民以及同盟国的暴行的军官、士兵自不待言，所有服务于“军阀政治”，鼓吹、协助战争的学者、民众也难辞其咎，导致了将战争责任均一化、集团化的“一亿总忏悔”。然而，正如约翰·W. 道尔所指出的，“大多数日本人尽力去理解和接受战争责任、罪行、忏悔和赎罪时”，占据他们的心的是“如何告慰亡灵？”这一问题，“胜利者关注的是日本对其他国家和民族犯下的罪行，而日本人首先是被自己死去同胞的悲痛和内疚所压倒”，他们倾向于将“死去的同胞看成本质善良的人”[①]。由此不难想象，在美国占领军刚刚撤离日本的1952年5月，裕仁天皇和皇后便首次在新宿御苑举行缅怀战死者的追悼仪式。进而，1963年，日本政府将“8·15”纪念活动作为年度仪式常规化；1965年，在武道馆举行阵亡者追悼会，与传统节日盂兰盆节祭奠祖先的仪式融为一体，实现了将“战犯”净化为“为国捐躯者”的目的。这一“净化”的进程引起部分有良知的知识分子发起了新一轮关于“战争责任追究”的讨论。《榎本武扬》创作于1964—1965年，从某种意义上看，可视为安部公房对“战争责任追究”论争的回应，蕴含了他对“战争责任”背后所掩盖的意识形态话语操作以及个体主体性缺失的省思。

讨论战争责任对日本人而言一直是个难题乃至禁忌，因为判断所依托的价值观已经发生了颠覆性的转变，战前、战时所鼓吹的“骁勇”“忠义”在

① 约翰·W. 道尔. 拥抱战败：第二次世界大战后的日本[M]. 胡博，译. 北京：生活·读书·新知三联书店，2009: 470–471.

战败后成了“残酷”“邪恶”“泯灭人性”。大部分的人乐于以“受骗”来撇清自身与战争暴行的关系，认为自己与其说是加害者，不如说是威权体制发动战争的受害者（盟军的空袭和原子弹无疑强化了这种受害意识）；东京帝国大学校长南原繁在哀悼战死的众多学生时，甚至将其美化为“为国民的罪恶而赎罪的牺牲”[①]。这种受害者意识以及将战死者视为“恭顺”“为天皇尽忠”之“殉国者”的牺牲者意识，最为集中的体现便是对战死者的隆重哀悼。

如上所述，福地伸六因所信奉的价值观崩塌而陷入了自我认同危机，他曾试图以“忠义无罪”为自己的行为辩解，最终却徒劳地在良心的谴责之下“伏罪”了。福地无法挣脱的伦理困境，可视为安部公房借由作品意欲表达的对“战争责任”的态度：在战争中个体搁置自身的主体性、听凭威权体制摆布，本身就意味着共享胜利成果、共担失败责任的态度。

在战争责任上，每一名士兵、战争参与者都面临双重共同体伦理的冲突。国家层面策动的战争使杀人合法化，而“人性”所依据的伦理价值观（人类共存、尊重生命等规约）则禁止对同类的暴行与残杀。于是，为了缓和两者的冲突，策动战争的一方必须制造一个足够凌驾于“人性”的理由令杀人合法化，这些理由可以是讨伐异教徒的“圣战”、讨伐暴君戾政的“政变”“起义”、保卫生命财产的“防卫战”、促进未开化种族发展的“解放战”等，大凡战争必定是打着“正义”的旗帜来掩盖违背“人性”这一基本伦理观的不安，而置身于战争漩涡中的兵士则将自身的价值判断交付于共同体的威权体制而放弃了个人层面的追问，沦为丧失个人主体意识的“平庸之恶”（阿伦特对艾希曼的评语）。可见，关于战争伦理的探讨往往会滑向对共同体威权体制与个体主体性之间无法调和的矛盾之叩问。福地伸六重建自我认同的尝试以及最终“伏罪”的伦理选择，体现了安部公房对个体主体性

① 约翰·W. 道尔. 拥抱战败：第二次世界大战后的日本[M]. 胡博，译. 北京：生活·读书·新知三联书店，2009: 473.

与共同体之间矛盾关系的洞察及主张：个体对共同体伦理价值观应时刻保持清醒认识，基于自身的主体性做出价值判断；一旦将价值判断的权力交付于他者，则无可推卸地要与之共担责任。

三、榎本武扬的“第三条道路”

同样身处时代变迁、价值观转向的历史性节点，榎本武扬的伦理选择与福地伸六的伦理困境形成鲜明对照，其中体现了安部公房省思共同体与个体主体性之间矛盾、探索个体主体性复归途径的尝试。

《五人组结成之始末》叙述了佐幕派、新选组成员浅井十三郎纠集“志士”结成“五人组”潜入狱中暗杀榎本武扬的前因后果。手稿将榎本武扬描述为背信弃义之徒，与大鸟圭介同谋，故意延误幕府军残部反攻的时机，导致幕府军残部在政府军的进攻下节节败退；在虾夷（北海道）成立共和国之后，榎本疏于军队建设，导致五棱郭战役的惨败，大量将士伤亡、被俘；甚至在狱中，当遭到暗杀者佐佐木等的质问时，榎本对自己背叛“佐幕”信念毫无懊悔之意，而是试图向曾经的同伴阐述自己所选择的“既非佐幕也非勤王的第三条道路”（187）。

从《五人组结成之始末》提供的相关史料及评述中可以推断，榎本武扬在幕府时代效忠幕府将军为核心的共同体，但在留学欧洲时个体意识逐渐觉醒，意识到幕府的统治终归无法抵挡西洋的坚船利炮。当榎本学成归来时，幕府已经落败，时代更迭，他原本效忠的对象已经消失了，于是榎本明确了自身的使命，并不惜冒天下之大不韪践行自己的价值观——用科技发展现代国家、消解对个人的忠诚，志在成就更大的共同体福祉。榎本武扬于明治元年集结幕府残部成立虾夷共和国，经民主选举出任“总裁”。“榎本政府较之于战争，更注重开拓事业”（165），他注重教育，开设榎本塾教授法语，关注西方的电力、气象观测、电报机等技术，建造作坊提炼燃油、制造洋烛、开发人工孵蛋器等，践行自己“殖产兴业”的主张。同时，虾夷共和国的很多政策都体现了榎本挑战既成伦理价值观的尝试，如采用投票制度选举各级机构的领导，以民主的观念动摇了“效忠”的理念；开设红十字医院、优待俘虏，消除了敌我观念，进一步消解“忠诚”的价值观。明治2年，榎本率军在函馆的五棱郭奋力抵抗明治政府军，最终战败被俘，被囚禁2年半之后归顺了明治政府，先后出任北海道开拓使、海军中将、驻俄特命全权公使、海军卿、驻华特命全权公使、递信大臣、文部大臣、外务大臣、农商务大臣等要职，获子爵爵位。作为曾经的幕府将领，榎本武扬尽管获得了明治政府的赏识和重用，但功成名就的同时也背上了“变节者”“叛徒”的骂名——福泽谕吉在《瘦我慢の説》中对榎本武扬背叛原效忠的幕府、背弃武士道的“转向”行为提出非难，他的评价无疑成了社会舆论的重要参照。

然而，在作品中，榎本武扬自身对这些道义上的污名毫不在意，在他看来，自己没有在勤王或佐幕之间选择，故而并非舆论所指摘的、传统意义上的“忠义之士”或“叛徒”。手稿中记叙了榎本武扬与土方岁三关于“忠诚”理念的辩论，从榎本的言论中可窥见其“志存天下”的视野：

当下，君主层面的意志、决断变幻莫测，令人难以揣摩，这也导致臣下的忠诚四分五裂，这样下去只会让我们自身相互消耗殆尽。正如你所言，忠诚必定是唯一的，是能终结这种内斗、统摄国论的独一无二的忠诚。近来西方关于忠诚对象的见解也众说纷纭，有人认为效忠的对象依然是君主，有人认为是国家，又有人认为是民众，终究没有定论。（139）

对榎本而言，新时代“忠君”理念不再是绝对价值，他选择的“第三条道路”不再以“主君”为效忠对象，而是以拥有先进生产力的新型共同体为目标，以日本民族振兴为对象，是“能终结这种内斗、统摄国论的独一无二的忠诚”。在他看来，辱骂他为叛徒、试图刺杀他的新选组成员不值一驳，只有在相同的价值观范式中才能进行有效“对话”。例如，尽管在“主战”还是“主和”上，榎本武扬与胜海舟存在着根本分歧，但在对时代变迁的觉知以及振兴日本民族的志向上，两者却存在着共识（胜海舟曾主张为了避免日本沦为半殖民地的悲惨命运，幕府应考虑日本整体的利益，在适当的时机实行“大政奉还”，建立统一的国家）。榎本对忠诚于自己的旧部坦言，最初创建虾夷共和国的目的是为了与萨长藩抗衡而储备实力，通过和平交涉，在不受外国势力介入的情况下成立真正平等的新政府，但随后这个梦想破灭了，由此他意识到胜海舟的主张是正确的，即“无论是萨长胜了还是德川胜了，一旦这场战争结束，藩主或将军都将从日本消失；为此我宁愿尽早结束战争，为双方做出仲裁”（184）。文本中榎本武扬认同胜海舟见解的言论无从考证，恐怕是安部公房有意将两者并置的虚构。在与伊藤整的对谈中，安部公房指出，榎本武扬与胜海舟有着不同于所谓“明治人”形象的特征，而实际上两者都是成就明治的重要人物，却在“明治人”形象中被抹去了；所谓“明治人”的形象并不产生于明治时期，而是在后来才被构建出来的[①]。借由对两者殊途同归的思想理念的观照，作品将“正史”即意识形态主流价值观中的反面人物榎本武扬与正面人物胜海舟置于另一评价体系中，把榎本武扬塑造成了在时代更迭、伦理失序之际，勇于挑战既成价值观、埋葬旧秩序的先驱者形象。

相较于新选组旧部和社会舆论以“忠诚”与否来评判一个人的德行和价值，榎本武扬无疑跳脱出了这种二元对立的价值评判标准，而是站在国家、民族发展的高度上审视自身可能发挥的价值。他的“第三条道路”彰显了价值观失序状态下个体主体性的坚守，正提示了一条个体主体性复归的路径——从一个依附于意识形态、信奉“忠诚”“道义”的武士，觉醒为一个依靠自身价值判断的、具有独立自主性的行为主体。

综上所述，安部公房的《榎本武扬》通过交错的时空设置、复调的叙事特征，提供了一种消解中心与边缘二元对立、追求异质性、多元化的视角；作品试图还原被掩埋于历史叙事阴影之中的榎本武扬形象的尝试，包含着安

① 安部公房，伊藤整.［对談］人間関係におけるアレルギー反応[M]//安部公房全集第21巻.東京:新潮社，1999: 45–46（初载于《雲》.第14号，1967年9月）。

部对意识形态主流价值观蓄意“抹除”异质性个体的话语操作的揭露。作品通过聚焦榎本武扬与福地伸六在由不同价值观支撑的共同体间辗转难安的伦理困境和伦理选择，揭示了“时代”“正义”“忠诚”等意识形态主导的伦理价值观对个体主体性的捆绑与规训，蕴含了安部公房对共同体威权体制与个体主体性之间的尖锐矛盾的洞察；进而，在对榎本武扬坚守个体主体性而选择“第三条道路”的行为刻画中，寄托了安部对个体突破威权体制的伦理价值捆绑、实现个体主体性复归的展望。

在20世纪二三十年代帝国主义意识形态全方位的“国民”形塑进程中，民众逐渐将对日本作为种族优越的“民族国家”的认同，内化为自身作为凌驾于亚洲各国之上的“大日本帝国国民”之身份认同。由此，当“大日本帝国”的虚妄梦想因战败被击碎时，民众普遍面临着的便是由“优秀种族”堕入“败北者”的身份危机；进而，在盟军占领期沦为实质上的美国“殖民地”之屈辱，更令日本人普遍陷入自我认同断裂的身份焦虑之中。时代语境及价值观变迁带来的身份焦虑触发了安部公房对共同体与个体主体性间矛盾冲突的持续关注，无论是前期作品中对“故乡”的拒斥，还是在外界/他者的挤压下异化、“变形”的个体，无不凝聚了安部对个体存在境况的观照及持续思考。《榎本武扬》的意义远远不限于探讨具体历史人物的功过是非，而是安部用以探索共同体与个体主体性之间关系的一个重要维度。在《榎本武扬》中，安部公房聚焦于时代更迭、价值观转换的历史语境中个体的生存境况与身份焦虑，致力于探寻自我认同缺失的“空心化”主体实现个体主体性复归的途径。作品通过巧妙的叙事结构和历史呈现方式，解构了对榎本武扬扁平化的历史评述，可视为安部对历史叙事内含的意识形态建构性的揭露——“历史叙事”总是以时代主流意识形态为价值基准展开叙事，同时又在意识形态的建构及强化上起到了不容小觑的作用；进而，作品对时代更迭、伦理价值失序之下个体生存境况的书写，无疑是正面迎击“变迁”并探讨个体主体性的流动性与可塑性的尝试。

小　结

从“孤绝斗士”到“有机知识分子”

本章以《道路尽头的路标》《饥饿同盟》和《榎本武扬》为对象，考察了安部公房文学中的共同体书写关注的第一层维度——共同体幻象与身份认同缺失的空心化主体。这三部作品尽管没有直接书写战争，却分别从个体层面、社会思潮层面及国家体制层面对战前/战时共同体价值观展开省思。

在个体层面，《道路尽头的路标》呈现了个体抗争“宿命”追寻独特生存意义的存在论式思考，指涉了安部公房成长经历及战败体验中关于“故乡”的多重创伤，从个体主体性的角度质疑、拒斥“故乡”/共同体之规定性。在社会思潮层面，《饥饿同盟》揭示了统治阶层的意志如何在部分知识精英的协力共谋下，形成具有社会伦理约束力、强制力的价值规范作用于共同体成员之上的话语建构机制，可视为安部公房对“国民文学论争”中潜藏的“狭隘民族主义”倾向的揭露，蕴含了安部对昭和初期以来围绕“民族主义”的话语建构机制及其背后“一国民俗学”“近代的超克”论等历史哲学思想背景的反思。在意识形态层面，《榎本武扬》刻画了在时代更迭、共同体核心价值观发生颠覆性转变之际，共同体意识形态与个体主体性之间的矛盾冲突以及由此造成的个体身份认同危机和伦理困境，蕴含了安部对“战争责任追究”命题的省思；进而，借由榎本武扬超越既成价值观评判基准、基于自身价值追求的“第三条道路”，探究个体实现主体性复归的途径。

可以看出，这一阶段安部的创作主题，经由刻画战败创伤带来的个体身份认同危机，逐渐转向对战前/战时意识形态的批判。《道路尽头的路标》《饥饿同盟》《榎本武扬》分别以“故乡”“民族主义”“时代价值观”为关键词审视并揭示了日本基于军国主义思想的共同体幻象的建构原理及其规定性，观照具体时代语境中个体的生存境况，体现了安部公房从存在主义思想影响下的文学实践，逐渐走向“有机知识分子”的文学运动实践的创作轨迹。

有机知识分子是葛兰西在《狱中札记》中提出的与传统知识分子相对而言的概念。“葛兰西所说的知识分子的有机性，并不指的是依附性甚至是从属性，更不是简单地执行特定集团或阶级的政策，甚至成为某一党派的喉舌，而是以反霸权、以大众的解放为根本目标，以创造新文化、创造新文明、创造新人类为根本目的，而不是以党派利益为中心，这就使得葛兰西的有机知识分子带有很强的启蒙色彩”；葛兰西关注知识分子的社会职能和批判精神，这牵涉到知识分子与社会、体制、霸权以及大众之间的复杂关系，“需要知识分子在保持其自身独立性的同时，必须积极地介入现实，走向社会公共领域，揭示并批判社会霸权的压制，让人们看清真相，并进一步引导人们走向反霸权实践，促进人们新的解放与进步”[①]。在葛兰西看来，传统知识分子是指在社会变动过程中仍然凭借着文化的持续传承而保持相对稳定地位的知识群体，主要来自那些与过去的经济结构或生产方式相联系的知识分子，即使旧的生产方式走向没落，这些知识分子仍然作为一种独立的力量而存在，代表着一种历史的延续性；而有机知识分子的“有机性”则体现在与特定社会历史集团保持紧密联系的同时，又与大众、群众运动保持紧密联系。安部公房刻意切断与“传统”的纽带，拒斥以“国家”“国民”为表征的意识形态询唤，在保持个体的独立性的同时，以犀利的眼光审视、批判既存体制的弊病，无疑是葛兰西意义上的“保持独立性”“走向公共领域”“批判霸权压制”之“有机知识分子”的写照。

安部公房的共同体书写的深层根源，在于其曾经深信不疑的“五族共和”共同体愿景破灭后引发的身份焦虑。青年时代接触的存在主义思想使安部获得了剖析现存体制、关注个体价值及存在境况的人文关怀视角，尽管安

① 汪民安. 文化研究关键词（修订版）[M]. 南京: 江苏人民出版社，2019: 519-520.

部声称自己的存在主义信念已在战败体验中被击碎[①]，但在荒诞、失序的现实中思考个体主体性以及个体存在价值的人文关怀向度，以个体单薄之躯揭露、抵抗体制的暴力及同一化形塑的“斗士”精神，却在创伤体验中浴火重生。从处女作《道路尽头的路标》到一系列超现实主义手法创作的“变形”小说，创作前期的安部公房始终着眼于身份认同缺失的空心化主体的生存境况，随着对共产主义思想的吸收接纳，其存在主义式的“介入”立场进一步获得了现实的根基。无论是在从事工人文学运动实践时，还是在与日本共产党决裂后的文学创作过程中，安部始终紧扣时代主要矛盾对既存体制展开省思与批判，逐渐由关注个体生存境况的“孤绝斗士”成长为一名坚守独立性和批判性的“有机知识分子”，其创作题材、创作手法及作品的深度和广度进一步提升，为他赢得了国际性的声誉。

① 安部公房，針生一郎. ［対談］解体と総合[M]//安部公房全集　第5巻. 東京: 新潮社，1997: 441.（初载于『新日本文学』2月号，1956年2月1日）

第三章

现代化进程中的共同体与均质化·原子化的主体

战败初期，一度陷入瘫痪状态的日本经济，在美国的援助及“战争特需订单”的带动下，逐渐走向复苏并迎来了高速增长期。1955年，日本的各项经济指标已经超过了战前的最高水平；1956年，日本经济企划厅颁布的《经济白皮书》指出：“（现在）已经不是战后，将来日本经济增长的动力要借助技术革新所带来的经济现代化。”[①]从1955年起，日本先后经历了“神武景气”（1955—1957年）、“岩户景气”（1958—1961年）、“奥林匹克景气”（1963—1964年）和“伊奘诺景气”（1965—1970年）等大的经济增长期，直至1973年世界石油危机爆发，在18年的时间里，日本经济保持了年均约10%的高增长率。汹涌而至的现代化进程、都市共同体的迅速膨胀、物质层面的富足，给人们带来了前所未有的消费体验。与此同时，资本的力量及现代性价值观也在对人们的精神层面进行着潜移默化的形塑和掌控。在国际形势与国内政治方面，这一时期，美苏两大阵营的敌对与日本国内和平民主主义运动形成反向对照，置于美国军事保护下的日本政治局势由此呈现出尖锐的矛盾；1960年反对修改《日美安全保障条约》的“安保斗争”，令战后和平民主主义斗争达到顶峰。

① 袁仕正，杜涛. 日本经济高速增长时期的消费革命[J]. 学术研究，2010（8）: 124.

这一阶段安部公房的共同体书写中，体现了审视社会复杂矛盾的两个重要向度：一方面是对日本的政治生态、社会形势的观照与回应，体现为作品背景中包含着身处美苏争霸夹缝中的日本消极被动的政治姿态；另一方面是关注现代化进程推进、现代性价值观日益渗透所造成的人的异化。本章以《第四间冰期》（1959）、《砂女》（1962）及《箱男》（1973）为对象，解读在美苏冷战格局与现代性危机交织的时代语境中，安部公房的共同体书写中呈现的对共同体与个体主体性命题的思考。

第一节

现实观照与现代性反思
——《第四间冰期》

受爱伦·坡（Edgar Allen Poe，1809—1849）、罗伯特·谢克里（Robert Sheckley，1928—2005）等科幻小说家的影响，安部公房重视科幻小说（Science Fiction，简称SF）这一创作手法的现实批判功能，认为SF的真髓在于通过“假说的设定”（或曰“怪物性”）给“日常性”带来冲击[①]，倡导以探索未知的“SF精神”来叩问自然主义文学所难以企及的课题。在面对复杂的国内外政治形势和现代性的冲击之际，SF无疑是安部公房用于颠覆“日常性”、审视当下的重要武器。

安部公房先后创作了《R62号的发明》（1953）、《饥饿同盟》（1954）、《盲肠》（1955）、《钥匙》（1956）、《铅蛋》（1957）、《第四间冰期》（1959）、《和人一模一样》（1966）等科幻小说，被誉为日本科幻小说的先驱。其中，《第四间冰期》尤具开创性意义，获得了日本“第一部优秀的长篇科幻小说”[②]的盛誉。然而，正如加藤优（2020）所指出的，基于对不同体裁作品的文学性评价及主导权问题，当时的日本文坛普遍认为纯文学的价值高于科幻题材小说，学界对安部公房的SF作品并未予以充分的瞩目。在围绕《第四间冰期》为数不多的先行研究中，鸟羽耕史（1997）分析了支撑“水栖人”和“预言机”构想的科学理论分别来源于苏

① 安部公房. SF、この名づけがたきもの[M]//安部公房全集　第20巻. 東京: 新潮社，1999: 52–54.（初载于《SFマガジン》1966年2月号）

② 加藤優. ジャンル化への違和: 安部公房と『SFマガジン』[J]. 早稲田大学大学院教育学研究科紀要　別冊27号（2），2020: 15–27.

联的生物学和美国的神经机械学，通过对主要人物形象的类型划分，指出《第四间冰期》揭示了20世纪50年代处于美苏两大政治力量夹缝中的日本共产党“脱离现实的政策，在本质上并不信任大众”[①]的革命现状。杣谷英纪（2014）认为，《第四间冰期》等SF的创作意旨在于利用“偏见/怪物”的“假说”来影射政治，作品呈现的“断裂的未来”之恐怖可视为当下政治恐怖本质的投影[②]。两位研究者无疑都留意到了该作品对创作当下日本社会现实的批判维度，却忽视了作品关于“人类未来的生存危机”的预设中所包含的对人类共同体普遍的价值关怀这一面相。

《第四间冰期》通过科幻小说这一载体，讽喻性地指涉了同时代的历史性事件，在揭示创作当下社会存在的种种弊病的同时，又从普遍性的层面探讨现代性价值观内生的悖论，解构现代性价值观的自明性，探索克服现代性消极面的可能性。作品对“预言机”“水栖人”等科技产物与政治间共谋关系的刻画与揭示，蕴含了安部对美苏争霸格局下日本的政治窘境的讽喻。主人公所面临的科技伦理与人的生存发展权、保守与进步、科技理性与价值理性的冲突，映射出了作者对现代性内生的悖论的省思。进而，从作品与“反乌托邦”著作《美丽新世界》的比较解读中，可以窥见安部对“现代性之功过”不拘于成见的开放性态度，以及倡导以人的主观能动性和伦理反思来遏制现代性消极面的主张。

一、科技与权力的共谋：现实观照与政治讽喻

正如李先胤（2016）所指出的，“安部文学中的‘怪物性’体现在用超越现实主义式的表现手法描绘出异样的现实世界，却与同时代的历史事件有着密切的关联。其作品巧妙地折射出了大东亚战争、冷战期的国家竞争、科

---

① 鳥羽耕史. 安部公房『第四間氷期』——水のなかの革命[J]. 国文学研究（123），1997: 106–116.

② 杣谷英紀. 安部公房『第四間氷期』論: SF・仮説・グロテスク[J]. 日本文藝研究. 第66巻（1），2014: 135–156.

技、劳动条件、国家意识形态等20世纪诸暴力性问题的结构”[①]。安部公房借科幻小说这一“假说文学”形式，对现实中的事件展开隐喻式、戏仿式刻画，意在对现实社会中的各种“痼疾”进行揭露与讽刺。

《第四间冰期》将背景设置于近未来，继苏联研发出第一台预言机之后，日本耗时三年也完成了预言机的研发。一方面，基于“第四间冰期终结”的预言，若干大国开始秘密开展“海底殖民地”开拓计划，并人工培育包括“水栖人”在内的“水栖哺乳动物”；另一方面，预言机预言其发明者胜见博士将成为阻挠“海底殖民地”开拓计划的反对势力而对他做出了死亡“裁决”。

《第四间冰期》创作的现实背景，是1957年10月4日苏联成功发射了世界上第一颗人造卫星，开创了人类航天的新纪元，同时也意味着美苏竞争的日渐白炽化。二战后日本唯美国马首是瞻，原本为了保障没有军事力量的日本免遭军事侵略的《日美安全保障条约》将日本与美国的军事利益捆绑在了一起，日本成了美国对抗苏联的最前线“岗哨”——美国除了在日本驻扎海陆空军外，还利用日本展开谍报活动[②]。在安部公房对1956年匈牙利动乱的相关评论中，可以窥见他对该事件背后隐藏的美苏军事对峙这一本质的洞察：

这次斗争尖锐地体现了两大军事集团强势对峙这一悲剧性的现实。两大集团的军事储备之巨大，完全可以媲美人类历史所取得的成就，早已超出了人们情感上能理解的范围，双方之间电光火石般的紧张状态，远远超过了现代激进派青年的想象。为了防止世界大战而爆发的战争，不得不采取那种残

① 李先胤. 21世紀に安部公房を読む: 水の暴力性と流動する世界[M]. 東京: 勉誠出版，2016: 62.

② 1960年5月，美国驻日本厚木基地的U2型侦察机以气象勘测为名侵入苏联领空被击落；同年7月，15000名民众在横滨厚木U2型机基地附近游行，美军被迫从日本撤回U2型机。

酷的方式进行，正反映了现实的无比残酷[①]。

当时身为日本共产党员的安部公房强烈感受到国内政治局势随着美苏势力的消长而动荡，为刚刚实现战败后废墟重建的日本社会可能再次蒙上战争的阴影而感到忧虑。作品以缜密的逻辑推理以及丰富的遗传学、人机系统（man-machine system）科学、物理学等知识为支撑，构建了一个基于人工智能技术（"预言机"）及生物技术（"水栖人"）开发"海底殖民地"的未来帝国主义争霸图景，蕴含着对当时美苏争霸格局下科技、军事技术与权力结合成为新的统治手段的揭示。

小说中，苏联首先发明了预言机，进而预言世界"未来必将是共产主义社会"[②]，引起了美国的恐慌和抗议，并禁止日本运用预言机进行政治性预言。对"友邦"美国言听计从的日本政府当局下令，要求研究所的"预言方案"都必须上报上级部门（"项目委员会"）审批，即使是研发人员也不得擅用机器。然而，预言机研发者惶惑地发现，归根到底没有哪个领域的"预言"是与政治完全无关的，最终总会指向某种政治性，"预言方案"接连受阻。"预言机"未能投入实用阶段便被迫搁浅，不啻为对日本的内政外交受美国的牵制乃至干涉而陷入窘境的讽喻。

随着情节的推进，胜见博士发现，掌握着预言机研发中心命运的"项目委员会"与自己所追查的收购婴儿胚胎的"非法组织"竟然都是"海底殖民地"开发计划的构成部分，从属于国家最高权力机关，是不能宣张的"国家机密"。科学家们及他们的研究成果作为最为重要的国家战备资源而受到严

① 安部公房. 東欧をいく——ハンガリア問題の背景[M]//安部公房全集　第7巻. 東京: 新潮社，1998: 105.（初载于『東欧をいく——ハンガリア問題の背景』、大日本雄弁会講談社，1957年2月）

② 安部公房. 第四間氷期[M]//安部公房全集　第9巻. 東京: 新潮社，1998: 16.（初载于《世界》1958.7.1—1959.3.1）（《第四间冰期》的文本引用均出自该版本并由笔者拙译，以下仅标示引用页码。）

密的监控，哪怕是学界的精英，如果不能与权力当局站在同一立场，则将面临被抹杀的命运。主人公胜见博士的悲剧结局，是国家权力机构对科学及个人暴力干涉的影射，可视为对20世纪30年代至60年代苏联科技史上的“李森科事件”[①]的指涉，隐含了安部对科学与政治权力合谋、政治权威取代科学权威裁决科学论争的讽喻。

同时，1957年还是日本自然探索和核能技术取得重大进展的年度，1957年1月，日本南极观测船首次抵达南极并开始勘测活动；同年8月，日本第一个核能反应堆正式启动。这些科技的飞跃与苏联人造卫星引发的“宇宙热”一起，刷新了人们对人类改造自然的力量的既有看法。荒正人、埴谷雄高、安部公房、武田泰淳等围绕“人造卫星、人类与艺术”的座谈会（1958）在一定程度上体现了日本文学界对这一科技发展动向和时代变化的高度关注，与会者提出了“随着‘宇宙时代’的到来，人类会发生怎样的变化？”“文学与艺术应当如何顺应这一时代的变化？”等问题，彰显了文学工作者对人类共同体命运的关怀。安部公房从进化论的角度出发，通过将人类与其他生物对照来把握人类的存在方式与变化方式。

从进化论的角度来看，生物进化是为了让自身适应外部的被动性变化。然而到了人类，便不再使自己适应环境，而是转而通过改变外部环境来实现能动性变化。这才成就了如今人造卫星上天的世界[②]。

---

① 邢如萍.“李森科”事件再思考[J]. 太原师范学院学报（社会科学版），2010（2）: 23–26.（20世纪30年代至60年代，李森科以“伪科学”获得斯大林和赫鲁晓夫的信任，荣居苏联科学院、列宁全苏科学院和乌克兰科学院的三科院士，他利用意识形态斗争打击反对者和竞争对手，导致苏联大批遗传学家遭迫害，生物学和遗传学发展长期停滞。该事件从根本上彰显科学与意识形态、国家政治之间的错综复杂的关系，是一起有着深刻的社会历史背景和深远意义的科学事件。）

② 安部公房，等.［座談会］科学から空想へ——人工衛星・人間・芸術[M]//安部公房全集　第8巻. 東京: 新潮社，1998: 199.（初载于《世界》1958年1月号）

安部认为，不同于其他生物只能在外界环境中实现“被动的、自然的变化”，人类的变化是“能动的、人为的变化”，人类正是通过积极、能动地改变外界，来确保自身不发生质的改变。进而，在“文学何为”的问题上，安部认为文学关注的重点仍应是人类社会，例如“就像爱伦·坡笔下的怪物或是谢克里的空想科学小说等”，描绘人类“与更大的未知对决”（同上引，207）的恐怖，通过文学的“假说性”功能来观照现实的生存境况。

《第四间冰期》以未来人类面临的共同危机为背景，构建了一个“现在”与“未来”对峙的叙事空间，在影射创作当下日本的政治生态的同时，从日本社会现实的个别性上升到人类共同体的普遍性层次，对裹挟着全人类的现代性危机展开反思。以下将通过分析作品对科技的异化以及现代性内生的悖论的揭示，探究安部公房对克服现代性消极面之途径的思考。

二、从“仆”到“神”：科技的异化与现代性悖论

基于对“现代”的不同定义，围绕“现代性”的阐释也林林总总，其基本含义是指与“古代的”“传统的”相对的颠覆性、进步的事物。源于西方的“现代性”概念以破除宗教神话的“启蒙”为起点，以理性为价值核心，以摆脱宗教控制的“世俗化”为特征。然而，随着“理性”被推向神坛，现代性的悖论日渐暴露——“一方面，主体的理性反思将人们从传统宗教迷信中解救出来，实现了精神的祛魅，释放了主体的力量；另一方面，主体自我意识的膨胀导致人与自然、人与社会的二分对立，激发主客体间不可调和的矛盾，使主客体间和解的可能不复存在”[①]。于是，以马克思主义为首的西方哲学将关注焦点转向了现代性批判，并在西方马克思主义法兰克福学派的多向度批判理论（结合工业社会文明的现实困境而进行的对日常生活、生态环境、女性问题、科技理性、空间理论等方面的现代性批判）中走向巅峰。

① 韩秋红，孙颖. 现代性理论的逻辑理路与西方马克思主义的独特运思[J]. 马克思主义理论学科研究，2018（2）：125-135.

与哲学思想领域从理论上对现代性的抽象、宏观批判相呼应，文学领域则往往通过设定虚构的日常现实叙事空间，从微观层面对现代性展开反思。

在《第四间冰期》中，安部刻画了“预言机”（人机系统）与“水栖人”（优生学）这两种体现人类“能动性变化”力量的革命性产物，通过情节化叙事将科技伦理（人权）、进步观、理性主义等现代性问题尖锐化，来探究未来人类生存境况的可能性与悖论。小说将背景设置为被生态危机所挟裹的人类近未来，呈现了生态环境灾难、殖民扩张、种族压迫、科技理性对人的异化等一系列现代性危机。通过描写主人公胜见博士和信奉“预言机”的研究者们在价值观上的碰撞，将现代性危机置于既成价值观与“断裂的未来”对决的场域中，进而探讨人权、技术进步、理性主义等现代性诸命题中内含的“自我否定”因素。

1. 伦理观与人权观的“自我否定”

造成胜见与研究者们根本对立的核心问题在于“水栖人”改造这一科技伦理范畴的命题：迫于生态危机，人类是否有权力将后代改造为能适应环境变化的“水栖人”？“水栖人”（原本面临堕胎而被扼杀于萌芽的人类胚胎）是否具有与“陆栖人”同样的生存发展权？

根据“预言机”所预言的“第四间冰期终结说”，地球将面临地质变动、冰川融化之剧变，大约40年后海平面将上升1000米，人类的生存空间岌岌可危。

“毋庸置疑，与自然的斗争促进了生物的进化。四个冰期、三个间冰期使人类从南方古猿进化成为现代人。（中略）但是，人类最终征服了自然，将几乎所有自然物从野生的改良为人工之物，获得了将进化从偶发性变成有意识的变化的力量……从结果上看，生物从海底爬上陆地的目的不就已经完成了吗？（中略）接下来就到了人类自身从野生中解放出来、合理地改造自身的时候了。这样一来，斗争和进化的圆环就闭合了……人类不再是作为奴

隶，而是作为主人再次回到故乡大海的时候到来了”。（162）

致力于“海底殖民地”开发的研究者认为，迫于地球海平面将上升1000米的事实，开拓“海底殖民地”关乎人类的生死存亡，势在必行，“水栖人”“水栖哺乳动物”作为顺应环境的人为“进化”也是不可逆转的、必须捍卫的未来，哪怕必须牺牲当下生活在陆地上的人类的部分利益。与此相反，胜见在伦理上无法接受“改造人类胚胎”的构想，当目睹“水栖哺乳动物”培育场的运作情况、得知自己的孩子胚胎正被培育成“水栖人”后，他感到恐怖、愤怒，认为“水栖人”改造计划是残酷而反人道的，将人类胚胎进行改造并将其用于“海底殖民地”的开拓，是对人类的侮辱与背叛，且必将遭到“水栖人”的仇恨与反抗。

在关于“水栖人”生存发展权的命题上，研究者们向胜见展示“水栖人培育基地”的实地拍摄纪录，向他介绍“水栖人”的生存实态。研究者们指出，科学的胚胎培育和管理方式有利于“水栖人”健全地发育、成长；“水栖人”不受重力束缚的习性令有限的居住、活动空间更开阔；海底的培育环境大大提高了“水栖人”成长的“生物效率”，“水栖人”在体力、智力上的发育均比在陆地上更臻于完善；等等，强调他们具有与“陆栖人”同等的生存发展权。然而，为了获取培育“水栖人”的胚胎，研究者却以“未来大义”为名，声称“杀人之所以有罪，并不在于抹消了人的肉体，而在于剥夺了人的未来”“这是一个有着无数种可能性、变幻不居的时代，在这个为了拯救某个未来不得不牺牲其他未来的时代里，杀人也是不得已的事”（138），不惜以强权胁迫，甚至是剥夺阻碍其计划实施的人们的生命，无视个体的生存权。

胜见认为对人类胚胎进行改造是残酷而反人道的，却对于“堕胎”——对人类胚胎的抹杀——所涉及的伦理问题敷衍搪塞、避而不谈。

在（堕胎）这个问题上把道德判断牵扯进来根本就是想象力过剩。如果说堕胎和杀婴难以界定，那堕胎和避孕之间又该怎么界定呢？人类是未来性的存在，杀人之所以被视为罪恶是因为它剥夺了人的未来，就算这个逻辑成立，但是未来无非就是现在的时间性的投影而已。连现在当下都不具有的事物的未来，谁又能负起责任来呢？这根本就是以责任为名逃避当下的借口罢了。（84）

同时，他在“水栖人”存在的合理性问题上也陷入了绝望的两难之中——作为一名高瞻远瞩的科学家，他承认“水栖人”的存在有着合理的一面；而作为现实社会中有血有肉的人，他却无法接受自己的孩子成为“水栖人”的事实，试图追踪被夺走的婴儿胚胎以便亲手结束其生命。可见，在围绕“水栖人”所涉及的科技伦理与生存发展权的问题上，两者的伦理价值观都陷入了自我否定的逻辑悖论中。

2. “进步”价值观的“自我否定”

研究者们和“保守”的胜见间的论战揭示了另一组耐人深思的命题：“现在”与“未来”在价值上是否有优劣之分？为了“未来”而牺牲“现在”是否更符合“进步”的价值观？

崇尚理性与进步的研究者们更强调“未来”的价值，在对科技发展将给人类带来的更便捷、更高效、更舒适的未来深信不疑的同时，仅仅将“现在”视为通向“未来”的不断变化中的瞬间。即认为，为了“未来”更美好的前景，要求当下利益做出妥协或牺牲也是理所当然的。胜见遭到严厉批判的原因在于，众人认为他尽管拥有卓越的学识，却不具有“未来引领者”的素质——他不愿为了“未来”而牺牲“现在”，其“保守”“僵化”的思维模式令其无法克服当下的经验感觉和价值观而接受超越当下“日常性”的“断裂的未来”。然而，基于“进步”理念的“未来”观，与宗教尊崇死后世界/来世、轻视现世价值而强调当下须“隐忍”的逻辑，在本质上难道不是相通的吗？从这一角度上看，“进步”观无非是现代性构建出来的新的

“信仰”，以牺牲人的主体价值来成就社会的进步。胜见与“未来派”的价值观冲突，体现了“进步”理念在逻辑上的悖反——脱胎于西方启蒙主义“废神运动”的“理性”与“进步”，成了凌驾于人的主体价值之上的新的“神”。

3. 理性主义的“自我否定”

围绕对胜见的“裁决”，呈现了现代性悖论中最核心的价值观交锋——科技理性与价值理性孰轻孰重？对“理性”的尊崇是否必然伴随着对人的主体性的扼杀？

由于“预言机”预言胜见将公开“海底殖民地”开发的秘密而引起公众骚乱，因此，为了让未来得以顺利发展，胜见成了不得不抹除的障碍。研究助手赖木等人决定营救胜见，设法让他改变“成见”，顺应并拥护未来的发展蓝图，于是求助于“预言机”得出胜见的“第二次预言值”。怎料，“第二次预言值”遵循某种理性逻辑，策划了将胜见卷入杀人事件、强行为其妻子实施流产手术、夺走并改造婴孩胚胎等一系列行动。在“引导”胜见窥见未来图景的一角之后，“第二次预言值”宣告“冥顽不灵”的胜见仍将成为阻挠历史车轮前进的保守势力，进而对他做出“裁决”，剥夺他继续生存的权利。令胜见错愕、狼狈的是，将自己推入万劫不复深渊的不是什么庞大的犯罪组织，而是“第二次预言值”这一自身“理性”的投影。出于自我辩护，他力陈“预言机”的存在价值仅仅在于提醒人们规避于己不利的“未来”，人应当发挥主观能动性对不利的“未来”防患于未然。这一观点体现了胜见的“理性观”，即工具理性/科技理性是服务于人的价值理性的“仆从”，必须以人的价值实现为导向，在人的主观能动性的限制下发挥作用。然而，笃信“预言机”权威的研究者们却将胜见对主体价值理性的推崇视为蒙昧之举，认为他作为“预言机”的研发者却质疑“预言机”的价值，对于科学家而言无疑是无可救药的堕落。胜见与自身的“第二次预言值”之间的对峙深刻地揭示了现代性价值观中“理性至上”理念内生的悖论：以理性逻辑为支撑的科学技术恰如“普罗米修斯之火”给人类的生活质量带来了飞跃式的提升，是人实现自身价值的手段；然而对科技理性的深度依赖使人反过来受技术/工具的支配，忽视了本应与技术同步发展的道德伦理规范，甚至忘却了人本身的价值。

小说的末尾展示了“预言机”指引人类逐步踏入“水陆共生”的前景，同时宣告了胜见沦为未来“蓝图”之牺牲品的命运。挟裹着胜见的种种冲突与论争，蕴含了安部公房对现代性价值观内生的悖论的揭示以及对科技伦理问题的深刻省思：人权、进步、理性主义等现代性价值观在理性逻辑的推演下最终走向了自我否定的一面，现代性内生的诸种价值对立就像“麦比乌斯之环”般陷入了悖谬之境。

在揭示现代性内生的悖论这一点上，《第四间冰期》与旨在批判现代性“暴走”导致灾难的“反乌托邦”题材小说有着亲缘性。然而，《第四间冰期》在揭示现代性所激化的矛盾对立的同时，又否定了逃避对立、退回“前现代”的可能性，胜见博士的命运同时也意味着固守成见、拒绝“断裂的未来”的僵化思想的败北。在安部公房看来，“偏见无非是情绪的模式化观念，是对新的认识的过敏反应”[①]，克服偏见和思维定式、勇于接受未曾预见的未来之挑战才是现代人应有的态度。这种旨在打破既成思维框架、设想未来可能出现的挑战的积极介入态度，可以说是《第四间冰期》有别于“反乌托邦”题材小说的最大特征，也是安部用于探索克服现代性“消极面”的思想武器。

三、伦理审视与价值反思：克服现代性消极面的途径

《第四间冰期》所展示的“海底殖民地”的未来图景中，科学家通过基因科技将人类胚胎改造成“水栖人”，并将其训练成为海底拓荒者，进而

① 安部公房.「偏見」を育成しよう[M]//安部公房全集　第7卷. 東京: 新潮社，1998: 118.（初载于《世界》1957年4月号）

开启人类征服海洋的新纪元。这一乌托邦式的构想，与阿道司·伦纳德·赫胥黎（Aldous Leonard Huxley，1894—1963）的《美丽新世界》（*Brave New World*，1932）有着明显的亲缘性。

《美丽新世界》与叶夫根尼·伊万诺维奇·扎米亚金（Евге́ний Ива́нович Замя́тин，1884—1937）的《我们》（*We*，1920）、乔治·奥威尔（George Orwell，1903—1950）的《1984》（*1984*，1948）并称为“反乌托邦”三部曲，其中刻画了以福特主义（Fordism）为原理建立的“理想国度”——世界邦，为了追求彻底的安全、和谐与稳定而对所有公民进行“制约/规训”，其建立在基因科技和精神麻醉药物之上的阶层固化手段，使奴役与歧视成为理所当然的社会秩序，呈现出反自由、反民主、反思想、反艺术甚至反科学的极权主义特征。

两部作品的互文性体现在其展现的未来图景都建立在人类文明遭到自身失控的欲望重创（战争导致的废墟、粮食危机、生态危机等）之后的反省和修正，然而在本质上却依然无法超越现代性的制约，奠定其未来社会根基的原理（福特主义、进化论、人类中心主义）无不体现出用“理性”的铠甲全副武装的人类对自然万物的傲然姿态。一方面，“进步的”人类信仰着并深度依赖于科技理性，利用基因技术介入人类胚胎改造使之顺应理想社会的运作，致力于构建一个安定、和谐的共同体；另一方面，对不认同或有阻碍社会发展之嫌的个体进行规训、制裁，又暴露出极权体制对个体价值理性的践踏。此外，两部作品都对生物技术运用以及“改造人”的生存状态展开了细致而深入的描述，揭示了科技理性对伦理尺度的挑战。两位作者都立足于创作当下的社会现状，在洞悉现代性的种种悖谬的基础上，设想以推崇“理性”“科学”“进步”等资产阶级核心价值观为特征的现代性不加限制地发展下去可能导致的结果，通过科幻小说这一体裁表达自身对人类共同体命运的忧虑。

在构建未来图景、对当下的社会矛盾、生存境况展开讽喻与省思这一点上，《第四间冰期》与《美丽新世界》不无相通之处，然而在对各自描绘的未来图景的价值判断方面，换言之，在面对“未来科技将给人类带来的颠覆性变革”所持的态度立场上，两者有着本质的区别。

《美丽新世界》所描绘的基于福特主义原理的社会体制尽管稳定且给人以安全感，但其集权性、等级制的组织机构，刻板的管理方式以及枯燥的工作形式却是违背人性的。一方面，工人只是标准化的生产流水线中的一个环节，完全不需要脑力劳动或创造性；另一方面，该社会极力倡导消费和娱乐，由此带动社会经济的发展。为了让具有主观能动性的人适应模式化的工作并纵情享乐，就需要借助从生理与心理双重“制约”以及致幻药“索麻”的作用对人施以欺骗和麻醉。然而对于天生具有精神追求的人性而言，不具创造性的劳作与纯粹娱乐、消费终究无法填补精神的空虚。由此可见，赫胥黎对作品中描绘的“乌托邦”图景持强烈的讽刺与批判态度。

与《美丽新世界》鲜明的“反乌托邦”性质不同，《第四间冰期》中提示的未来图景更着眼于对科技的善用及人的主观能动性，可视为安部公房对克服现代性之“消极面”的积极探索。例如，作品中描绘的种种能在水中应用的科技成果无疑大大地拓展了人类的生存空间，提示了一种克服人类极限的可能性。

“这是压缩空气，是水中的主要动力源。还有气化性火药、液化气……（中略）相信不久以后就能实现压缩空气等的自给自足了。眼下还是靠从陆地上拉管道输送，但将来应该会发展小型的核能发电，或用高效能的重油来发电，或者利用浮力的气体发电，等等，终归还是要发展不依靠陆地的解决方案啊。那样一来，就能在远离陆地的海底建设稳定的研究所，甚至连建设大型城市也不是不可能的。”（156～157）

这些对新科技成果的展望中，体现了人类发挥“能动性变化”的力量克服生态危机的积极探索行动。在科技给人类带来变革的利弊问题上，安部公房对雷蒙·格诺（Raymond Queneau，1903—1976）以下的观点深有同感：

“那些光会抱怨人造人之邪恶以及机械主义之非人性的人，无非是由于缺乏想象力且畏惧自由罢了”[①]。安部强调科技的伦理承载，指出“大气污染、核武器等固然是不容分辩的怪物，是毋庸置疑的恶。然而其责任真的在于技术本身吗？不追究企业的利润追求、国家的利己主义、产业的军事化等对技术的滥用，而一味单纯地进行技术主义批判实属偷梁换柱的做法”[②]。在安部看来，“人造人”“机械主义”等本身并不会导致“恶”，科技理性的消极面也未必不可规避，关键在于作为科技利用者的“人”是否能够视伦理为科技发展的内在维度，对这些“恶”与“消极面”的产生始终保持警觉和批判立场，将“欲望”收敛于伦理尺度的“警戒线”之内。

在“预言机”展示的未来图景中，当地球的大部分陆地都被海水淹没时，“水栖人”与“陆栖人”共生于“海底殖民地”的未来提示了一种向自然妥协、与自然共存的可能性。然而，在地大物博的海底“水陆共生”这一全新未来中，却已经暗含了某种危机。从科学家的角度来看，“海底殖民地”开发可能意味着发挥人类“能动性变化”能力的积极探索，但是“海底殖民地”一词本身，就包含着驱使资本无限扩张欲望的现代性之“恶”的极端形态——帝国主义的暴力统治和掠夺，而绝非单纯的征服大自然。与之伴生的人权侵害、歧视以及国与国之间的摩擦与利益冲突等，都成了无法克服的消极面。依据“预言机”展示的未来片段，已经迁移至海底的政府，向陆地上大海啸的受灾民众宣告第四间冰期终结的消息，同时公开了“海底殖民地”和“水栖人”的存在事实：

一、第四间冰期已经终结，目前地球进入了新的地质时代，请民众切勿轻举妄动。

二、政府为了在今后的国际关系中能居于有利地位，已秘密制造了水栖

① 安部公房. 1957、アルファの逆説[M]//安部公房全集　第8巻. 東京: 新潮社，1998: 236.（初载于《みづゑ》1958年1月号）

② 安部公房. 死に急ぐ鯨たち[M]. 東京: 新潮社，1986: 16.

人并开发了海底殖民地。目前已经创建了8个拥有30万以上水栖人口的海底城市。

三、水栖人很幸福也很顺从，为本次灾害提供了各方面的协助。不久救援物资就会送到各位手上，这些物资都是由海底提供的。

四、最后，日本国在附录文件指定的区域内持有领海权。

五、此外，对于拥有水栖人孩子的母亲，政府正考虑给予特殊物资配给。敬请期待后续通知。（166，着重号为笔者加）

“公告”中强调“水栖人”是“幸福”“顺从”且友好协作的，其掩饰奴役和阶级歧视、美化统治者暴力性的用心昭然若揭；同时，对“领海权”的主张则暗示着生存资源紧张、生存空间萎缩必然诱发的为争夺资源、空间的（国际）社会矛盾与冲突。从标榜着“和平”与“共存”、以“救世主”自居的政府身上，不难窥视到殖民地统治者的本质。然而，尽管“水栖人”被改造、培育为开拓“海底殖民地”的劳动力，但很难设想在智力、体能的发育上甚至是艺术感受性上都占优势的“水栖人”会永远臣服于“陆栖人”的奴役。终于，某一“人种歧视事件”点燃了“水栖人”反抗的火种，“水栖人”开始走上了平权、民族解放运动。

部分愤怒的水栖人发起了罢工，以抗议歧视事件。狼狈不堪的政府无奈只好承认水栖人有着同等的法律权利，由此来息事宁人，由此双方的关系有了巨大的改变。数年后，水栖人选出法务、商务及工务的三个代表加入了政府。（中略）最终，水栖人成立了自己的政府，并获得了国际社会的承认。不仅如此，多数国家开始效仿他们，走上了发展水栖人的道路。（167）

“水栖人”为自身的生存发展权而战，通过参与社会公共事务，逐渐扭转了“陆栖人”统治的“水陆共生”社会的生产关系，使之取得了新的平衡。进而，在“多数国家开始效仿他们，走上了发展水栖人的道路”的预言中，可以看到“水陆共生”社会通过不间断的革命运动逐渐克服人种歧视等纷争与冲突，在不断调和不同集团之间利益的基础上，逐步实现人类共同体整体利益的展望。

综上所述，《第四间冰期》在未来社会、“改造人”的构想以及对现代性悖论的揭露上与《美丽新世界》有着互文性，然而在对“技术主义”及人的主观能动性的态度立场方面两者却有着本质性的差异。《美丽新世界》描绘了人类利用科技实施极权统治之未来的“恐怖”，而《第四间冰期》则着眼于在科技的武装下，各方面“资质”获得大幅拓展的人类，在面对始料未及的生存危机时所展现的潜在可能性。从这层意义上看，《第四间冰期》构建的“未来”图景既是对当下现实的讽喻，同时也通过“断裂性”“怪物性”的假设，以开放式的阅读空间提示了一种切换既成的价值观及道德立场来审视“未来”的可能性。

在科幻小说《第四间冰期》中，安部公房以“预言机”和“水栖人”为中心刻画了一个“现在”与“未来”对峙场域中的权力构图，揭露了科技与权力合谋，无视乃至践踏个人利益及生命的暴力性，可视为对20世纪50年代美苏争霸格局中日本的政治局势的讽喻。在现代性价值观的宰治下，“预言机”成了凌驾于人的价值理性之上的“物神”，而“水栖人”则为伦理判断带来了艰难的挑战，主人公面临的科技伦理与人的生存发展权、保守与进步、科技理性与价值理性的冲突中，隐含了作者对科技的异化以及现代性内生的悖论的揭示。进而，从作品与“反乌托邦”著作《美丽新世界》的互文性和异质性比较中，可以看出安部在“现代性的功过”判断上拒斥既成价值观念约束的开放性态度，以及倡导以人的主观能动性和不断的伦理审视、价值反思，来遏制现代性“消极面”的主张。

安部公房强调“假说的文学”的现实观照功能，主张“作家的工作在于描绘现实中不存在的世界，为审视其中映射出来的截然不同的现实而提出

'假说'"[①]。《第四间冰期》通过"假说"构建基于当下现实延伸而至的未来图景，讽喻式地指涉了同时代的历史性事件，同时在普遍性的层面上对深陷现代性价值观悖论中的人类共同体的命运展开了思索，体现了安部公房作为"有机知识分子"积极介入现实的社会责任感以及对人类共同体命运的人文关怀。

① 安部公房，等.［座談会］現代をどう書くか[M]//安部公房全集 第20巻. 東京: 新潮社，1999: 344.（初载于《群像》1966年11月号）

第二节

自发性主体意识的觉醒
——《砂女》

二战后15年间（1945—1960）日本的政治形态、产业结构发生了巨大的变化，置身其中的民众在感到混乱的同时逐渐意识到自身缺乏作为社会主体的自主性，其变革的要求体现在此起彼伏的民主革命运动和劳动斗争之中。然而到了1960年前后，经济成长和制度的固着化、官僚化推进，民众的变革之梦随之日渐式微。1960年的安保斗争被视为日本战后民主运动的转折点，不仅突显了日美关系中的矛盾，以全学连新左派为中心展开的大众斗争和日本共产党的指导理念间也出现了路线上的对立。吴美姃（2009）援用安保斗争主导者西部迈的话指出，“那是一部战后思潮的矛盾点赤裸裸展现出来的观念剧”[①]，“和平”“民主主义”等用语在安保斗争中极大地鼓动了民众的变革热情，却在斗争以失败告终后失去了效力，以此为界，日本二战后的范式发生了转换，进入“后战后”时期。

不少研究者将20世纪60年代前期视为安部公房创作的转折期。小林治（1997）指出，昭和20年代至昭和30年代前半期（1945—1960），安部公房主张“革命的艺术”与“艺术的革命”合一的创作实践，但随着与日本共产党的理念冲突——尤其是在对安保斗争的态度上的差异使这种冲突尖锐化，直接导致了安部与日本共产党的决裂。其后，安部逐渐转向纯粹的“艺术的革命”实践，《砂女》可视为其作品创作风格（转向长篇小说为主）及创作

① 呉美姃. 安部公房の「戦後」[M]. 東京: クレイン，2009: 184.

理念的转型期之作[①]。笔者赞同这一对安部公房创作分期的见解，但又认为促使安部创作重心发生转移的不仅仅限于政治原因，还有另一不容忽视的背景便是急剧的现代化进程带来的新问题。1955年以降的经济高度增长带来了一系列新的社会矛盾，个体在都市化、现代性价值观的裹挟下逐渐呈现原子化、均质化的特征。安部公房敏锐地捕捉到了社会主要矛盾的变迁，其共同体书写的维度中对都市共同体中个体的生存境况的关注逐渐增大。从其脍炙人口的代表作《砂女》中便能窥视到"战后范式转换"期，"都市法则"取代政治诉求日渐掌控个体价值、行为取向的轨迹。

《砂女》于1962年由新潮社出版问世后，不仅在日本文学界引起了广泛关注，也是安部公房作品中译本最多、在海内外被阅读最广的作品，该作品无疑是安部公房研究不容忽视的巅峰之作。《砂女》中包含着的各种对立意象赋予了作品多义性的解读空间，为数众多的先行研究之最大公约数，可以说是把"沙"的意象与现代日常现实状况重叠，将与"沙"抗争的"男人"视为当下人的生存样态。先行研究对作品的阐释大致可以归纳为以下三种倾向：

其一，绝望空间中的"变革者"——置身于荒诞、绝望环境下的个体在不断抗争中实现变革。佐佐木基一（1962）将"制水装置"视为变革之可能性的象征，视主人公为打破既成秩序中的"变革者"[②]；矶贝英夫（1972）认为该作品刻画了"平凡、被动的教师仁木在绝望的环境中寻求一时的逃离，进而转变为主动接受绝望的环境，抓住其弱点实行变革，成为一个积极的人"[③]；渡边广士（1976）评论道，"男人为追求梦想从一个沙的状况

① 小林治.『砂の女』の位相（1）——転換期の安部公房[J]. 駒沢短大国文（27），1997: 36–47.

② 佐々木基一. 脱出と超克——『砂の女』論[M]//石崎等，編. 安部公房『砂の女』作品論集. 東京: クレス出版，2003: 7–16.（初载于「新日本文学」1962.9）

③ 磯貝英夫. 砂の女[M]//石崎等，編. 安部公房『砂の女』作品論集. 東京: クレス出版，2003: 54.（初载于「国文学　解釈と教材の研究」1972.9）

逃出却又被困于另一个沙的现实中，为寻求出口而挣扎的他，当终于找到出口时却止步不前，作品讲述了一个日常危机境况与变革者的教训”[①]；《砂女》的波兰语译者米科莱·米拉诺维奇（Mikolaj Melanowicz，1993）指出，波兰读者视《砂女》为自我的孤独、社会性禁制的存在性隐喻，小说中的绝望环境是为了揭示克服极限、重新恢复人际纽带的可能性，主人公被迫接受充满厌恶的新境遇，从中发现自身新的存在理由和目的[②]；王川、刘晓艺（2008）指出作品描写了主人公在“封闭的空间里挣扎、绝望以及在绝望中最后发现希望”的过程，“通过‘我’的自我认同的描述，对在不毛之地的沙丘的人的存在问题进行了探索”[③]；邹波（2015）将沙洞中的生存境况与西西弗的神话类比，解读作品的存在主义内涵[④]；刘燕（2016）分析作品“将超现实主义的手法和存在主义的主题融为一体，运用‘美比乌斯圈’这一象征塑造了不分表里的现实与超现实的两个世界，通过这两个世界的相互投射揭示了人的异化及存在的荒谬，探寻人之存在意义”[⑤]；霍士富（2018）指出作品旨在刻画置身于“异空间”中主体的自我变革[⑥]；邱雅芬（2016）、叶从容（2016）、徐利（2018）、郭家旭（2019）等着眼于作品中的空间叙事特征，探究作品对荒诞、存在与自由主题的刻画，等等。对绝望、荒诞的生存空间中的“变革者”这一存在主义式的解读视角已然成为《砂女》作品阐释的定论之一。

---

① 渡辺広士. 安部公房[M]. 東京: 審美社，1976: 75.

② ミコワイ・メラノヴィッチ.『砂の女』を再読して（安部公房を読む<特集>）[J]. すばる15（6），1993: 210–216.

③ 王川，刘晓艺. 寻找丢失的“自我”——从《砂女》看“自我认同”表现[J]. 安徽农业大学学报（社会科学版），2008（6）.

④ 邹波. 安部公房小说研究[M]. 上海: 复旦大学出版社，2015.

⑤ 刘燕. 相互投射下的现实与超现实世界的双重异化——安部公房的小说《砂女》[J]. 日本问题研究，2016（3）: 75–80.

⑥ 霍士富. 安部公房『砂の女』論——「異空間」の叙事詩[J]. 立命館文學（655），2018: 466–486.

其二，政治小说——结合安部公房自身的政治运动背景解读作品的政治寓意。奥野健男（1963）认为小说将当下的政治状况暗喻为“沙”，是试图排除先入为主、以自身的思想实验来探究政治之本质的新型政治小说[①]。鸟羽耕史（2007）通过分析作品中各种意象，指出其中反映了安部自身脱美国化的倾向，蕴含着安部对安保斗争失败后革命团体内部产生龟裂的指涉以及自身与日本共产党关系的影射等政治寓意，认为该小说包含了20世纪50年代安部的政治问题意识的总决算，同时也是记录艺术方法的成果，是安部作为“运动体”的终点[②]。吴美姃（2009）将《砂女》置于“战后文学论争”语境中，认为该作品象征着“战后”范式的终结，是安部从二战后初期的“政治前卫”转向经济高度成长期的“艺术前卫”这一理念上的转向之作[③]。

其三，“越境”文学——基于诸种对立意象的逆转，揭示作品中“男人”在不断抗争中逐渐突破既成观念束缚、实现“越境”的过程。矶田光一（1966）认为该作品中呈现的对都市化和大众社会的新现实的发现，强调其中包含着安部“无国籍者的视点”[④]。鹤田欣也（1975）围绕“流动与固着”，分析主人公在沙洞的生活中既成观念逐渐瓦解的过程[⑤]。广濑晋也（1987）将作品末尾的“失踪宣告”与安部被日本共产党除名事件相结合，认为其中都包含着从规范中被放逐、断绝的“死亡认定”内涵，指出“失踪即是对自己的存在意义的叩问，并不断相对化的无限的轨迹”[⑥]。波泻刚

① 奥野健男.「政治と文学」理論の破産[J]. 文芸2(6)，1963: 216–226.

② 鳥羽耕史. 運動体・安部公房[M]. 東京: 一葉社，2007: 256–279.

③ 呉美姃. 安部公房の「戦後」[M]. 東京: クレイン，2009: 198.

④ 磯田光一. 無国籍者の視点——安部公房論[J]. 文學界 20(5)，1966: 175–184.

⑤ 鶴田欣也.『砂の女』における流動と定着のテーマ[M]//石崎等，编. 安部公房『砂の女』作品論集. 東京: クレス出版，2003: 83–101.（初载于『芥川・川端・三島・安部　現代日本文学作品論』1975.8）

⑥ 廣瀬晋也. メビウスの輪としての失踪——『砂の女』私論[M]//石崎等，编. 安部公房『砂の女』作品論集. 東京: クレス出版，2003: 126–152.（初载于「近代文学論集」1987.11）

（1998）认为《砂女》刻画了都市化时代的社会中村落过疏化、人的隶属状态及现实逃避，暴露出了共同体的破绽，安部在该小说中提示了“都市的边境性”及“失踪”题材，在其后的作品中逐渐将舞台移向都市内部[①]。田中裕之（2012）指出该作品旨在打破固定观念之“边境”，由此而获得了“失踪者”的视点[②]。美浓部重克（1999）[③]、王蔚（2006）[④]以“麦比乌斯环”的隐喻为切入点分析主人公对“无常”的体验，认为该隐喻体现了以“日常”为中心的诸二元对立事项的“边界”渐次消解的过程。

此外，李讴琳（2017）基于社会学研究视角，结合作品创作的时代背景，多维度解读作品反映的人物形象、都市景观、城乡共同体间的矛盾冲突，并介绍了围绕作品的种种论争、评述、读者反响等[⑤]。

如上所述，先行研究为《砂女》的解读提供了多种视角，展示了《砂女》中诸意象的多义性以及主旨解读的开放性。其中的存在主义视角、对“沙”的意象所表征的“日常”与“非日常”、“流动”与“固着”概念，以及对主人公从“逃避”到“变革”的态度转变等解读，均从某一侧面揭示了共同体中个体的生存样态及价值观的变迁，为本文的分析提供了重要的启示。本节立足于对先行研究的批判性参考，在“共同体秩序与个体主体性”视阈下，结合齐泽克的意识形态理论，以“逃离”与“认同”为切入点解读作品的深层寓意，进而考察《砂女》在安部公房的“共同体”思考及创作实践谱系中的位置及意义。

---

① 波潟剛. 安部公房『砂の女』論——登場人物と「砂」、およびテクストとの関係をめぐって[J]. 日本語と日本文学（26），1998.2: 34-46.

② 田中裕之. 安部公房文学の研究[M]. 東京: 和泉書院，2012: 159-181.

③ 美濃部重克. 安部公房　無常体験の文学　『砂の女』論[M]//石崎等，编. 安部公房『砂の女』作品論集. 東京: クレス出版，2003: 319-344.（初载于「南山国文論集」1999.3）

④ 王蔚. 行走在麦比乌斯环上——论安部公房的《砂女》[J]. 外国文学评论，2006（01）.

⑤ 李讴琳. 安部公房: 都市中的文艺先锋[M]. 北京: 社会科学文献出版社，2017.

在结合时代语境细读文本的基础上，笔者发现主人公渴望“逃离”都市生活、同时憧憬被载入“昆虫图谱”的心理，并不像先学普遍认为的对“流动”和“固着/安定”的矛盾心理，而是出于对意识形态“崇高客体”[①]的追求；在“沙洞”这一“非日常”空间中无望的重复劳动本身正是“意识形态”染指前的人的生存本质的体现，对这一点的认知才是主人公的价值观和行为发生“突变”的根本原因。

一、逃离——都市共同体中的竞争与孤独

关于现代性与意识形态的“共谋”关系，齐格蒙特·鲍曼在《共同体：在一个不确定的世界中寻找安全》中指出：

> 就现代性的绝大部分历史而言，现代性是一个“社会工程”（social engineering）的时代，在这个时代中，自发出现的秩序再生产不会被信任；因为前现代社会的这种自我再生的制度已经一去不复返，惟一可以想象的秩序，是用理性权力设计出来并通过日常的监视和管理来加以维系的秩序[②]。（着重号为笔者加）

也就是说，表征着现代性的“用理性权力设计出来”的都市共同体秩序，正是通过“日常的监视和管理”这一意识形态询唤机制作用于个体，进而形成特定价值取向、行为取向内化于个体之中的。《砂女》讲述的便是一则逃离意识形态询唤和都市共同体秩序的现代寓言。

---

① 拉康认为，个体自我认同往往依赖于他者和大他者的认同。在齐泽克的理论中，“大他者”=意识形态，是规定生存于其中的个体对社会现实的认识、态度以及行为取向的一整套信念；意识形态在对社会秩序做出规介的同时，也为空心化的主体提供填补空白的“崇高客体”。

② 齐格蒙特·鲍曼. 共同体: 在一个不确定的世界中寻找安全[M]. 欧阳景根，译. 南京: 江苏人民出版社，2003: 44.

主人公仁木顺平（“男人”）借休假暂时逃离令人窒息的都市生活，前往郊外的沙丘之地采集昆虫，不料却中了当地村民的圈套，被囚禁于沙洞中被迫从事无休止的清沙劳动。在物理意义上或精神意义上都隔绝于外界社会的沙洞中，“仁木顺平”这一社会身份属性失去了效力，退化为“男人”这一纯粹的生物属性。“男人”为逃离沙洞而不懈地抗争，都以失败告终，却在无意之中发现了沙的“毛细管作用”进而发明了“制水装置”；一日，共同生活的“女人”因宫外孕而被抬出沙洞送往医院，村民没有收走的绳梯令“男人”重获自由，可是他却放弃了脱逃，选择重新回到沙洞中。在现实社会中，仁木顺平杳无音信七年之后，由家庭法院发布了“判决书”，“判定不在者仁木顺平为失踪者”[①]。

从时间上看，仁木顺平下落不明的昭和30年（1955年），是日本初步实现二战后复苏、经济走向高度成长的预备期。日本二战后初期处于价值观失序的状态，二战前逐步确立、二战时走向巅峰的军国主义意识形态在美国主导的一系列“非军事化”和“民主化”改革中被摒弃，是“和平民主主义思潮形成的时期”[②]；在短暂的混乱之后，“和平”“民主”“自由”“繁荣”作为一种新的意识形态，成了日本重建现代国民国家的目标。二战后10年间，日本逐步实现了政治制度的确立、稳固，产业结构调整带来经济复苏，为其后的经济高度成长（1956—1957年的“神武景气”、1958—1961年的“岩户景气”）奠定了坚实的基础。

那么，这一宏观的社会境况在主人公的微观世界——置身其中的个体日常中，是如何映射出来的呢？在这一“景气”萌动的“战后10年”新“日常”中，蕴含着什么样的危机促使主人公意欲“逃离”呢？在笔者看来，仁木顺平的“逃离”源于一种焦躁感，而“竞争”与“孤独”便是理解这种“焦躁感”

---

① 安部公房. 沙女[M]//刘和民，主编. 日本当代文学丛书之四　沙女. 于振领，译. 合肥: 安徽文艺出版社，1985: 137.（《砂女》的文本引用均出自该译本，以下仅标示引用页码。）

② 崔世广. 战后日本社会思潮的变迁[J]. 当代世界，2013(8): 13.

实质的关键词。都市共同体中的生活尽管富足却未能令他有充分的归属感和成就感，日常生活的单调反复、工作内容的空虚、人际关系上的裂隙，令他深深怀疑自身的存在价值，急于寻求新的“认同”来填补这一缺失。

仁木顺平想要逃离的都市生活是充满灰色的、焦躁的日常：

现实生活中，报纸的政治栏乌烟瘴气，星期天也不停闲。小市民苟延度日，唯谨唯慎……，瓶塞上带吸铁石的暖水瓶和罐装汽水，排长队才能租到手每小时一百五十日元的游艇，涌起暗灰色泡沫的海水中漂浮着死鱼的尸骸，还有，拥挤不堪因超载而濒于毁坏的电车。这种事谁都知道得多不胜数，只是不想使自己成为上当受骗的笨伯，才在那灰色的版面上胡乱涂写上一些空幻的、随声附和的货色。为了能吹嘘自己过得舒服愉快，星期天推搡着哭闹的孩子、可怜巴巴连胡子都没时间刮的父亲们，谁都曾见过这种发生在电车角落里的小场面，对于别人的好运情不自禁地流露出的那种令人同情的急躁和嫉妒。（54）

报纸中“乌烟瘴气”的政治栏影射着新意识形态下“和平”“民主”中潜藏的斗争与冲突；小市民谨小慎微、庸庸碌碌的生活，吹嘘炫耀的欲望以及对他人的嫉妒等，透露出价值取向空洞、自我认同缺失的茫然和焦躁，是对标榜“自由”与“繁荣”的都市生活物质繁荣与精神空虚互为表里的讽刺。在仁木顺平眼中，他的教师同事都是些伪善、善妒的“每天生活在灰色之中连皮肤都成了灰色的家伙”（54）；而教师这份职业似乎典型地体现了憧憬的自由与僵化的现实之间的尖锐矛盾：

教员的嫉妒心实在是太强烈了。年复一年，学生们象流水般从眼前流过，可教员们却象河底的石头，永远被遗弃在那里。希望是自己对别人讲的东西，而对自己它不过是梦幻罢了。教师或把自己看做微不足道的小人物；或者陷入孤僻的自虐情趣之中；或者相反，整天指摘别人的行为，变成循规

蹈矩、谨小慎微的正人君子。憧憬自由，却又对自由痛恨不已。（43）

学生从学校毕业，满怀希望地踏入社会追逐梦想，而教师自身却不仅不相信希望，也已然失去了追逐梦想的自由。由“憧憬自由”到“对自由痛恨不已”无疑是出于深深的嫉妒之情。然而，纯粹的求而不得并不会引发人的嫉妒之情，“嫉妒”是竞争意识的产物，在都市共同体中尤其凸显为资本主义商品拜物教意识形态煽动起的剧烈竞争的必然结果。随着物质繁荣达到一定的程度，人们不再需要因物质匮乏而劳碌奔波，“拜物教”便以非物质的新形态呈现，进一步挑起人们的欲望，这便是意识形态所构建的“崇高客体”。齐泽克尖锐地指出了现代资本主义意识形态下拜物教幽灵化现象以及意识形态“崇高客体”的虚无本质：

人们追逐的不是金钱的物质形态，而是指向非物质性的崇高客体。随着这种拜物的幽灵化，物质性不断解体，崇高客体变得更加富有压迫性，更加无孔不入，仿佛主体无法逃避崇高客体的掌握。//一个客体本质上并不存在什么崇高性，但被符号秩序赋予一些崇高话语，就不知不觉的具有了崇高性。因此，客体的崇高性是由其所在的结构位置决定的。在现实中，我们往往遭遇很多的崇高的缝合点，比如学历、文凭、金钱、地位等。这些被符号秩序创造出来的崇高词语，成为主体追逐的对象，操纵着主体的欲望。因此，它们便成了粉饰和掩盖意识形态的不一致的工具。同时也在一定程度上填补了主体内部的创伤。（中略）主体为了得到大他者的认同，其自身的欲望就会不断去寻找崇高客体。因此，主体也就不断地依照意识形态为他设定的欲望而前行[①]。（着重号为笔者加）

① 袁小云. “自我”和“他者”：齐泽克的意识形态主体性维度研究[M]. 北京：社会科学文献出版社，2018: 81.

仁木顺平对自己的教师职业缺乏认同，这一点可以从他质疑既成的教育理念和方法中推测而知。在与外号为“麦比乌斯纸环”的同事的对话中，仁木说出了自身对当下教育理念、教育方法的困惑——对“认为人是有所寄托的教育理念”“那种让人以无为有、虚无缥缈的教育方法”持怀疑态度（54～55）。“有所寄托”指的是一种理想或奋斗目标，教育作为担负意识形态教化功能的重要构成部分，必然履行着绘制意识形态理想蓝图的职责，然而仁木却怀疑这种理想（“寄托”）的现实性；“以无为有”在某种程度上可视为仁木在模糊中洞悉了“崇高客体”的虚无本质。进而，他向惶惑不已的“麦比乌斯纸环”解释道，人应该“站在沙子的角度来观察事物”，这样一来就会发现“人一旦死去，就不会再为担心死而终日奔波了”（55）。为了理解仁木充满隐喻、跳跃性的表述，不妨将“沙”置换为“变动不居”，将“担心死”置换为“担心如何生存”来解读，即：如果不认为有固定、永恒的价值存在的话，就不必为担心活得没有价值而颓然奔波了。由此可以窥见仁木对当前教育理念中强调的“价值”“理想”的怀疑，而这些“价值”“理想”便是由大他者/意识形态所赋予的“崇高客体”，是都市生活中的主体受“拜物教”侵蚀的体现。

仁木顺平自我认同的缺失，还体现在与“他者”的关系之中。与“他者”之间最深的裂隙，在于他和“自家那一位/那女人”间的相互猜疑与隔阂，这使他无法从他者身上看到自身的存在价值，进一步加剧了其主体的空心化。从仁木碎片式的回忆叙述中，可以了解到他与“那女人”之间的纠葛并不在于爱情的丧失，而是“非要闹闹别扭才能确认对方的存在”，“与其说丧失了热情，倒不如说是把热情过分理想化，最后理想到了冷凝的地步”（56）。仁木因为得过淋病，痊愈以后仍心存疑虑，以至于没有避孕套就无法和“那女人”发生性关系；“那女人”将两人的关系戏称为“样品交换关系”般无法充分信任对方，称仁木为“精神上的性病患者”，这一苛责给他带来了深深的伤害，导致两人关系彻底产生隔阂。在都市生活中，仁木作为教师、作为丈夫/男人的身份都无法为他带来确认自身存在价值的依据，这种自我认同的缺失令他产生了渴望逃离的焦躁感。在他看来，能代替性地补偿这种缺失的，便是发现昆虫新品种，让自己的名字载入“昆虫图谱”。

他们（采集迷们，笔者注）有自己的向往，有着更切实、更直接的乐趣，那便是发现昆虫的新种。如果有谁运气好，发现了，那他的大名就会和一长串的拉丁文一起用斜体字载入《昆虫图谱》，与世长存。借助于昆虫的躯壳，使自己永远留在人们的记忆中。这件事实在值得大干一番。（6）

先行研究大多认为“沙”与“昆虫”表征着流动性与永存性这两种相悖的欲望，“载入昆虫图谱”象征着主人公对“固着”“安定”的执着，与他向往“沙”的流动性、反日常性相矛盾；或认为这体现了主人公“试图‘通过抹去玷污了自我的肉体，化为纯粹的名字永久保存’的曲折欲望”[①]之“自我否定”观。笔者则认为，仁木对“沙”的执着、对逃离都市的渴望和“载入昆虫图谱”的梦想之间并无相悖之处，两者都是意识形态“崇高客体”规训的结果——对“沙”之意象的执着始于他对“安定的生活感到厌倦”（49），逃离都市是出于渴望暂时逃离“令人深恶痛绝的竞争”（8），在实质上都是现实生活中作为欲望对象“崇高客体”的缺席所致；而“载入昆虫图谱”“永远留在人们的记忆中”意味着精神上的不朽，无疑是意识形态构建的“崇高客体”之一，是获得共同体秩序、意识形态认同的“身份证明”。财富、地位、权力等作为现代社会中“成功者”的身份象征，是大多数民众所憧憬的对象，却似乎并没有成为仁木渴求的目标，这是因为他在一定程度上看到了这些“价值”的暂时性和虚妄性，进而希望获得更长久的“认可”。然而在本质上他并没能突破“拜物的幽灵化”的规训，“崇高客体”依然操控着他的欲望，“载入昆虫图谱”留名于世的理想仍然是大他者/意识形态询唤的结果。

---

① 木村陽子. 安部公房とはだれか[M]. 東京: 笠間書院，2013: 263.

由此可见，尽管仁木顺平渴望逃离单调反复的日常、疏离的人际关系以及都市生活秩序/意识形态强加给市民的责任义务，然而对秩序/意识形态却有着深层的心理依赖。

二、自我认同——自发性主体意识的觉醒

在个体主体性（自我认同）建构方面，齐泽克认为，主体总是在某种文化形式的扭曲中形成的，即主体就是被文化符号秩序所建构的产物。主体是某种文化系统所压抑、所曲解的主体，主体身份的获取就是以丧失“实在界”的原初真实状态为前提的，是一种“真实的缺失”“他者的短缺”“主体的空无”。意识形态对主体的建构导致主体呈现为“分裂”与“同一”的状态：“分裂”指主体丧失了“原初”自我的本真状态，“同一”即主体成为被意识形态所询唤的“社会人”。因此，主体为了重获自我，只能通过穿越意识形态崇高客体的幻象。《砂女》中，主人公仁木顺平在现实社会中的自我认同是依附于意识形态大他者和他者的认同，而不是自发、自觉性的自我认同，呈现出齐泽克所描述的“分裂”与“同一”的特征。然而，在沙洞这一绝望的生存环境中，“仁木顺平”成了搁置意识形态所赋予的身份属性的“男人”，在不断地向围困自己的沙壁和村民发起抗争的过程中，他获得的对“自我”的全新认知、自我认同也由此发生了颠覆性的改变。“男人”发生转变的契机在于对生存境况、劳动以及他者的辩证性认知。

首先，对“自由”与“确定性”之间的消长关系的认知。起初，“男人”认为沙洞中丧失自由的生活是反人性的，他深深鄙视“女人”安于当下生存境况的态度，竭力向她证明“自由”的不可或缺——“你难道不是这里的主人吗？你又不是狗，总可以自由地出入吧？”（48）“就是到处走走，那不也很好吗？”（48）“就连狗总被关在笼子里也会发疯的！”（49）然而，“女人”对这一连串执拗追问的回答，却让他猝不及防。

“俺在外边走过。”女人的嘴闭得紧紧的，像一只文蛤。她用平缓的声

音说，“说实在话，俺走的路够多的了。在来这儿以前，俺抱着孩子走得够多的了，已经走得筋疲力尽了。”//男人不觉一怔。她说得太巧妙了，经她这么一说，男人竟无言以对了。//是的，十几年前，在那遍地废墟的年代，人们都在四处奔波寻求安定的生活。难道此刻人们真对安定的生活感到厌倦了吗？是啊，现实情况就连你自己不也是被幻想所迷惑，精神刚一疲劳便鬼使神差地被引诱到这块沙丘来的吗？沙，直径八分之一毫米，无休止的流动。……这正是自己的真实写照，它与对安定生活感到厌倦的情绪恰好互为表里。（49）

在“女人”朴实的生存观中，“男人”感受到一种不可撼动的生存的实相，意识到自己对“自由”的理解的片面性。正如鲍曼所指出的，“确定性和自由是两个同样珍贵和渴望的价值，它们可以或好或坏地得到平衡，但不可能永远和谐一致，没有矛盾和冲突”[①]。“行走的自由”与“无需奔走的自由”并不存在优劣之别，只不过是人在各自生存困境中同样执着的追求。先前“男人”认定为“反人性”的“不自由”，在“女人”眼中却是来之不易的、有保障的生活。这一辩证关系，犹如“Got a one way ticket to the blues”这句歌词引发了“男人”关于“单程车票”与“往返车票”所象征的人生之联想。在他的价值观中，“单程车票是指昨天和今天，今天和明天各不相连，支离破碎一去不回返的生活”（92），就像游牧民般自由却朝不保夕、漂泊的人生；与此相反，“往返车票”则象征着共同体秩序所保障的生活，是都市生活中蝇营狗苟的人们追求的“确定性”——“为了保证自己的归程，他们才拼命地买股票，搞生命保险，对工会和上司搞两面派”（92）。“男人”意识到竭力从沙洞中逃脱、试图返回原本的日常生活的自己，实际上在“自由”与“确定性”的博弈中毫不犹豫地选择了“确定性”，终归不

① 齐格蒙特·鲍曼. 共同体: 在一个不确定的世界中寻找安全[M]. 欧阳景根，译. 南京: 江苏人民出版社，2003: 序曲p7.

过是一个“无能的、死抓住往返车票不放的蠢人”（98）。

其次，对劳动中“徒劳”与“变革”的两面性的认知。“男人”认为沙洞中机械性重复的体力劳动使人成了纯粹动物性的存在。富于理性的“男人”惯于区分劳动的手段和目的，“女人”安于“为了清除沙子而活着”这一“徒劳”的生存样态令他诧异而无法理解。面对无休止的重复劳动，他向村民抗辩道，“除沙这工作只要稍一训练，连猴子都能干。……我能干更复杂的工作。人类有义务充分发挥自己的能力”（87）。他深信自己在都市生活中从事的工作远比村民和“女人”的纯粹体力劳动有价值，却忘了当初正是因为难以忍受重复而乏味的工作和日常才渴望暂时逃离。

“男人”一次次地尝试逃出沙洞：徒手攀爬、装病、拆卸房梁搭梯子、以“女人”为人质要挟村民等，都以失败告终了；唯一一次经处心积虑的计划成功逃出了沙洞，却在慌张之中陷入流沙地带，被村民救出后再次送回沙洞中。然而“男人”始终没有放弃抗争，一方面逐渐适应了沙洞的生活，一方面仍执着地设陷阱捕捉乌鸦以便向外界传递信息。在日复一日纯粹的体力劳动中，“男人”对“劳动”的看法竟不知不觉地改变了——“一着手干活，不知为什么，心里的抵触情绪就不觉消失了。（中略）即便是干茫无目的的工作，也能使人忍受住消逝的时光。也许在劳动中有一种能成为人的依托的东西”（90）。在女人为实现购买收音机的梦想而奋力劳作的时候，“男人也不甘示弱，更起劲地做着那些单调的体力活。现在，清扫天花板里的沙子、筛米、洗衣服等日常工作全部由男人承担。他常常是一边哼着歌一边干活，不知不觉之中时间就过去了。此外，他还研究出睡觉时挡在头上防沙的遮罩以及把鱼埋进滚烫的沙子里烘熟。每天的时间他都觉得很有收获”（120～121）；“男人在与沙子的奋战中，以及每天的工作中产生一种充足感。不能说这完全是自虐性质的。以这种方式恢复精神上的创伤，丝毫也没什么值得奇怪的”（121）。

同样反复的体力劳动和单调的日常生活环境，“男人”却似乎受到“女人”蓬勃的干劲、单纯的梦想的激励般，不再觉得不堪忍受了；利用自己的智慧一点点改善生活环境，似乎也使粗陋的日常不再那么乏善可陈。最具变革性意义的当属“制水装置”的发现了，当“男人”意识到自己的新发现有可能彻底改变沙地缺水的现状时，迄今为止的诸多“成见”瞬间发生了逆转。

他依然在沙坑底，可此刻却觉得自己登上了高高的塔顶。或许这世界现在乾坤倒转，原来的洼地现在成了突起的？（中略）虽然是在坑底，可他心里却觉得自己已经到了坑外。回头一看，沙坑的全景展现在他的面前。据说看马赛克时，如果不隔开一段距离，便很难看清画面上是何物。（中略）//我对我家那一位和同事们的看法可能也是如此。直到现在，浮现在我眼前的仍然都是他们身上扩大了的局部。（中略）然而，若是用广角镜头去看，一切又都变得小起来，小得象虫子。（中略）他毫无嫉妒之心，只觉得那些虫子般大小的人都象是些点心模。点心模徒具形状，里面空洞无物。（中略）沙子的变化同时导致了他自身的变化。或许他从沙中提取出水的同时，又找到了一个新的自我。（133～134）

“制水装置”的发现，使“男人”看问题的视角发生了逆转，“沙坑底”仿佛变成了“塔顶”，自己仿佛已经置身于“坑外”获得了自由；村民们乃至原来都市生活中的“那一位”和“同事们”都成了“虫子”，自己则站在了俯瞰一切的位置上；更重要的是，他意识到了一个“新的自我”。正如大多数先行研究都提到的，“制水装置”的发现是“男人”获得新视角、是将他从固定观念中解放出来的契机。佐佐木基一指出，这一发现使他“感受到创造的喜悦”，“创造即与某种事物对决并使之发生改变，在使事物发生改变的同时，自己也发生了改变”[①]。这一观点与马克思的实践观有着相

① 佐々木基一. 脱出と超克——『砂の女』論[M]//石崎等，编. 安部公房『砂の女』作品論集. 東京: クレス出版，2003: 10.（初载于「新日本文学」1962.9）

通之处，即认为人通过实践作用于外界、通过改造外界来实现自身的价值。笔者部分地赞同这一阐释，但同时认为该阐释弱化了“男人”蜕变过程中的量变因素，使得“男人”的转变显得过于唐突。如上所述，文本中实际上有多处铺垫，暗示“男人”对“劳动”的态度逐渐改变，由此可以看出，“制水装置”的意义在于让“男人”更切实地感受到了抗争、改变不合理秩序的可能性，如同“防沙遮罩”和烘烤鱼的新方法等改良生活的小发明一样，令他体验到抗争—改变中迸发出的生存的喜悦，触摸到了把控自身生存样态主动权；“制水装置”作为一个偶发事件，是促成“男人”自我蜕变过程由量变到质变之飞跃的契机，由此唤醒了他的自发性主体意识。进而，这一觉醒令意识形态的询唤无效化，原本依附于大他者/意识形态所赋予的认同，转换为来自主体自身的认同。

最后，对自我或抵牾或悦纳他者的人际关系认知。“男人”最初视“女人”为野兽般蒙昧无知的存在，“女人”对“沙”的理解以及狭隘的视野都令他嗤之以鼻；但随着沙洞中生活的持续，“女人”顺应环境而生的朴素的价值观逐渐影响了他。与此同时，“女人”在“男人”眼中的形象从与村民联手的“加害者”到被囚禁于沙洞中的“受害者”，最终转变为相互扶持的“同伴”；与“女人”在共同生活、共同劳动中建立起来的温情和连带感，令他克服了都市生活中与“那一位”的隔绝关系带来的创伤，由此获得了修复与“他者”关系的能量。

“女人”通过艰苦的劳动在村落获得了栖身之地，尽管她在村落中的地位濒于边缘，但对与村民之间的连带关系的确信以及保卫村落免于在沙害中沦陷的责任意识，使她保有着明确的自我认同——“这个村子能存在到现在，全靠我们这样拼命地清除沙子。如果我们撒手不管，不出十天这间房子就得被埋掉。你瞧着吧，紧接着就会象排着队似的轮到别的人家了”（23）。“男人”觉得“女人”受到了村落所标榜的“爱乡精神”的蒙骗、遮蔽，村民并没有真正将她视为不可或缺的一员，而仅仅是利用她的劳动力而已；然而“女人”对此却不以为然，全身心地眷恋并保卫着沙洞中摇摇欲坠的家。

“女人”对自己及村民的盲目信任，令“男人”想到了“守卫虚幻之城卫兵的故事”：

有这样一座城。不，不一定是城。随便是什么工厂、银行、赌场都无关紧要。当然，也无所谓是卫兵、守卫还是保镖。卫兵每时每刻在提防着敌人的入侵。有一天，敌人终于来了。卫兵迅速发出了报警信号。奇怪的是自己的营垒里毫无反应。敌人轻而易举地把卫兵打倒在地。弥留之际，卫兵看到敌兵毫无阻挡地穿过城门，穿过城墙，穿过房屋。不，象风的不是敌人，而是城。卫兵宛如荒野中的一株枯木，在独自守卫着幻影。（91）

对“男人”而言，“女人”对“他者”的“信念”正如幻影之城一样虚无，她毫无保留的爱与信任注定得不到回报，随时可能遭到背叛，哪怕是这样，她却仍然徒劳地坚守着。在瞒过“女人”逃出“沙洞”的过程中，“男人”的脑中不断闪现对“女人”的回忆——

背叛她，简直就象朝一个被自己放走的死囚犯背后开枪一样。（95）

所幸的是他正忙于逃脱计划的最后阶段，无暇顾及感伤之情。（95）

临行前的一瞥，真使他肝肠寸断。（95）

女人是大喊大叫呢？还是茫然若失地愣在那里呢？说不定她只是眼含泪水吧？（107）

你可别误解，咱俩之间本来就没有任何契约。既然没有契约，就无从谈起毁约。而且，我也并非是毫无损失的。比如，每星期一瓶仿佛从绿肥中榨出来的烧酒；你那筋肉结实富于弹力的腿；做出猥亵动作后，你脸上浮现出的羞涩笑容；把这些加到一起，可是一笔不小的数额。也许这很难让人相信，可这毕竟是事实。男人有时比女人更容易沉溺于片断般的往事回忆之中。（109）

回忆中，自我正当化的抗辩夹杂着感伤，足以看出“男人”对“女人”的怜爱、愧疚与眷恋之情。较之“男人”竭力逃脱的情节描写，作品对“男人”与“女人”之间的交流着墨不多，然而从中仍不难看出“女人”对“男人”的蜕变所起到的重要作用。无论是笨拙、质朴的情感表达，还是毫不掩饰的肉体欲望，“女人”毫无保留地悦纳他者，与都市生活中异化、疏离的人际关系形成鲜明的对照，重塑了“男人”对人际关系的认知。再度审视自己与“那一位”及同事们的关系时，他想道，“如果再一次回到那里想恢复各种关系，一切都必须从头做起”（134），这一不甚明确的表述未尝不可理解为“男人”已经找到修复与他者关系的方法了。

美浓部重克（1999）从荣格的分析心理学角度出发，指出“‘沙女’可视为‘男人’深层心理中的女性性原理——阿尼玛。通过直面并接受自身的阿尼玛‘沙女’，‘男人’得以从自我的瓦解中重生，并获得更高层次的新的自我”[①]。这种见解提示了“女人”对“男人”重塑自我认同中的积极作用，从某种程度上也印证了上述所分析的“男人”从对生存境况、劳动、他者的新认知之合力中获得新的自我认知这一结论。

当逃脱“沙洞”的机会终于来临时，“男人”却放弃了逃离——“没有必要那么匆忙地急于外逃。现在他手里的往返车票的终点和归程已经可以由他自由填写了”（136）。这是因为，“男人”经由不断的“抗争”所抵达的新的自我认知，是一种不依赖于意识形态大他者和他者的自发性的主体意识。由此，回归都市生活已经不再成为他的目的，他的价值也无需依靠“载入昆虫图谱”这一“崇高客体”的实现来获得认同，而是由自己来定义。现实社会中“判定不在者仁木顺平为失踪者”（137）的裁决，可视为“男人”最终舍弃“仁木顺平”这一社会赋予的身份属性，由自己重塑自我认同

① 美濃部重克. 安部公房　無常体験の文学　『砂の女』論[M]//石崎等，编. 安部公房『砂の女』作品論集. 東京: クレス出版，2003: 333.（初载于「南山国文論集」1999.3）

的象征。

综上所述，在二战后10年、日本初步实现社会重建、经济复苏的时代背景下，主人公仁木顺平不堪忍受都市生活中无止境的竞争和难以排解的孤独，暂时逃离都市灰色的日常，前往沙丘之地寻找稀有昆虫。他一方面向往着流动不居的“沙”的意象，借此对一成不变的日常进行心理补偿；另一方面则是期望能在沙地中找到昆虫的新品种，以便让自己的名字“借助于昆虫的躯壳”与世长存，由此来填补自我认同的缺失。仁木渴望被“载入昆虫图谱”的梦想，与追求学历、地位、名望一样，是现代社会资本主义意识形态所构建的“崇高客体”，其欲望体现了意识形态大他者对主体的询唤。事与愿违，仁木被沙丘上的村落囚禁于沙洞中，被迫从事无休止的清沙劳动；他不断地向荒诞的现实发起抗争，在劳动与抗争中逐渐改变了对生存境况、劳动以及他者的既成观念，进而获得全新的自我认同，这一认同不再是依附于意识形态大他者或他者的被动性认同，而是具有自发性主体意识的自我认同。实现了自我认知变革的仁木，不再视都市生活为实现自我价值的必要场所，继肉体的逃离之后，最终在精神上也挣脱了都市共同体秩序的束缚，成为名副其实的“失踪者”。

三、《砂女》在安部公房共同体书写中的位置

《砂女》是安部公房的共同体书写中承上启下的作品，体现了作者在“战后范式转换”期对社会主要矛盾的省思。作品对主人公自我认同动摇的刻画，一方面体现了对共同体主流意识形态宣扬的理想、价值观的质疑，影射了二战后民主主义斗争的日渐式微；另一方面聚焦于都市共同体中个体的生存焦虑，将审视的对象延伸至自我与他者、逃离与失踪（拒斥共同体秩序/意识形态询唤）等主题。

在《关于都市》（1967）一文中，安部公房提及现代都市中的自杀者数量与日俱增的现象，认为自杀者可视为广义的“失踪者”，是“都市洪流背景下的时代病”，指出自杀者绝不是单纯的失败者：

将失败者与自杀者同一视之是共同体式思维方式的偏见，对共同体而言，自杀构成一种不可原谅的批判和挑衅。（中略）无法忍受孤独与竞争地狱的人们紧紧地依附于某种虚假的共同体。（中略）眼下都市中这种疑似共同体日渐泛滥，自杀的人必定是因为看穿了其虚假本质才感到绝望的。从这层意义上看，自杀者远比健康生活着的人更迫近生的本质。认为都市为胜者准备了桂冠的想法，正是共同体式思维的另一面，绝不是以都市自身的语言表达的都市的真实样貌。//因此，我的写作旨在于发现都市的语言，进而挑战视都市的孤独为疾病的错觉。目前需要做的不是从都市中解放出来，而应该是向都市解放。自杀者、失踪者或许就是在这种挑战中败下阵来的先驱者[①]。（着重号为原文）

安部将主动逃离共同体的“失踪者”视为对共同体秩序的否定与无声批判，但对于都市中的生存境况却不是一味地否定，即不是一般意义上的“反现代性”，而是将都市共同体中的“都市语言（法则）”与“共同体式思维”区分开来，在秉承批判“共同体式思维”的同时，致力于寻找“都市语言（法则）”。

进而，安部关于自身创作中的“归属”与“逃离”，有过以下的论述：

我始终对人应有所“归属”这种观点持怀疑态度，也就是说，不是由自己创造落脚点，而是被动地接受像故乡、民族等先验的“归属”，我对此感到不理解。（中略）我认为离家出走、失踪是将某种非常质朴的憧憬、健全的内容推向极致的梦想付诸现实的体现；是那些平时只会在国家（即人安居的场所）的框架内思考问题的人，在某一天忽然摆脱束缚，将梦想付诸实

① 安部公房. 都市について[M]//安部公房全集　第20卷. 東京: 新潮社，1999: 398–399.（初载于「新潮」1月号，1967年1月1日）

践的体现。（中略）从国家逃离应该作为一项权利加以认可，国家没有能力阻止。我旨在将逃亡付诸实践，以此明确国家功能的界限[①]。（着重号为笔者加）

由此可见，安部的“失踪物语”将“失踪”或“逃离”视为个体挣脱共同体思考“框架”、实现“质朴的憧憬”的手段，旨在打破故乡、民族、国家等“先验的”共同体归属的自明性，并借由个体的“逃离”来测度共同体规训或管治的“界限”。

波泻刚（1998）、田中裕之（2012）认为安部公房经由《砂女》而获得“失踪者”的视点，进而将视线由国家权力转向都市内部的“邻人思想”。这一观点无疑关注到了《砂女》之后安部创作题材的“都市”转向，但却忽视了即使是这些“都市题材”作品，其创作主旨中也始终贯穿着对现代国家权力通过各种机制对个体进行规训的揭露与批判。可以说，《砂女》拉开了安部公房的都市共同体书写的帷幕，体现了安部在时代语境变迁下对共同体思考的重心迁移。在与《砂女》并称为“都市失踪三部曲”的《他人的脸》（1964）、《燃烧的地图》（1967）中，安部进一步聚焦于都市共同体中个体的异化、个体与他者关系的异化等主题，在普遍性的维度上观照个体在现代化进程中主体性缺失的茫然与焦虑。

① 安部公房. ［インタビュー］国家からの失踪[M]//安部公房全集　第21巻[M]. 東京: 新潮社，1999: 425-427.（初载于「日本読書新聞」，1967年11月20日）

第三节

拒绝形塑的“赤裸生命”
——《箱男》

进入20世纪60年代之后，安部公房的共同体书写逐渐聚焦于都市共同体中的个体生存境况。继《砂女》《他人的脸》《燃烧的地图》的“都市失踪三部曲”之后，《箱男》（1973）无疑是安部公房进一步切入都市共同体“病灶”的力作。作品描绘了都市中的异端群体“箱男”的生存样态，通过“箱男”主动放弃社会身份与权益、成为“赤裸生命”（bare life）的消极自我主张，讽喻性地揭示了都市共同体中资本与国家权力对个体的双重异化。

《箱男》创作始于1968年，正值日本二战后20年经济高度发展期。1965年前后日本迎来了巨大的转折点：1964年东海道新干线开通、东京奥运会召开，1965年东京人口超过1000万，1968年国民生产总值（GNP）超过西德跃居世界第二位，迈入了“一亿总中流”的社会，仅仅用20余年的时间，便由战后满目疮痍的废墟一跃成为世界经济大国。现代化技术带动日本跨入新兴产业社会，其标志是电视和杂志等多媒体的飞速发展、住宅区的大规模开发兴建、汽车的普及以及劳动合理化带来余暇时间的增加。经济高度发展和收入倍增的同时也使民众的价值观发生了极大的转变，战后初期民众积极投身于改善民生、民权等问题的激情随着物质欲求的满足而日渐钝化，时代的关注焦点从“公”转向“私”，从“革新思想”转向“保守思想”。然而，不同于这一时期活跃于文坛的“内向的世代”作家们对个人自我的聚焦，安部公房敏锐地洞察到都市空间中繁荣的表象之下所掩盖的各种尖锐的矛盾性——货币经济形式与个体、国家权力与个体、个体与他者间复杂交错的矛盾。《箱男》可视为安部公房对置身于多义性的都市空间中孤立的个体展开消极抗争的隐喻性揭示。

先行研究对《箱男》的评述大致可以归纳为以下两个角度：其一，剖析作品独特的叙事结构及叙事特征。平冈笃赖（1973）、真铜正宏（1997）、杉浦幸惠（2008）等着眼于"箱男"作为叙事者和行为者间的关系，指出"箱男"的叙事行为使读者无法沉浸于故事的"内部真实"，而让读者将目光转向通常被忽略的叙事行为，由此探究作品叙事结构的意义[①]；工藤智哉（2002）从书写的"悖论"的角度探析手记作者"箱男"与真实作者叙事行为间的关系与意义[②]。永野宏志（2012—2016）基于安部公房言及《箱男》的创作意图在于对自身关注的"归属"主题"进行极致追求的尝试"[③]，尝试撇开作品创作过程中的各种外在因素，仅从作品内部探究其"归属"主题。永野从作品中各构成部分间的相互指涉关系入手，指出作品碎片性的结构打破了将作品视为一个整体的观念；作品中人物触及自身虚构性的"元小说"（metafiction）叙事特征，意在打破读者的阅读"习惯"；从部分到整体的投射性联想赋予虚构以"提喻"功能，实现了视觉到触觉的跳跃；进而小

---

① 平岡篤頼. フィクションの熱風（安部公房「箱男」）（迷路の小説論-8-）[J]. 早稲田文学（第7次）5（8），1973（8）: 86-94.

真銅正宏.「箱男」の寓意——遮蔽・越境・迷路（特集 安部公房——ボーダーレスの思想）[J]. 國文學: 解釈と教材の研究42（9），1997（8）: 61-65;

杉浦幸惠. 安部公房『箱男』における語りの重層[J]. 岩手大学大学院人文社会科学研究科紀要（17），2008: 17-36.]

② 工藤智哉.『箱男』試論——物語の書き手を巡って[J]. 国文学研究（137），2002: 65-76.

③ 安部公房. ［談話］書斎にたずねて[M]//安部公房全集　第24巻. 東京: 新潮社，1999: 145.（初载于《純文学書下ろし特別作品『箱男』付録》. 東京: 新潮社，1973年3月30日）

说开放式的叙事结构邀请读者加入，旨在改变读者的"归属"观念[1]。永野一方面解构作品的创作手法、结构等文本内部机制对读者的阅读体验的直接影响，强调文本内部的真实性与独立性，但另一方面却草率地将安部关于作品创作的言说这一文本外部因素与作品的主旨、叙事的效果直接画等号，使总体的论述不仅结论先行，而且有过度阐释之嫌。其二，从看与被看、书写与被书写等角度揭示"箱男"意象所呈现的中心与边缘、自我与他者间二元对立的权力关系。例如，渡边广士（1973）用萨特的"视线"概念揭示书写与被书写的象征意义[2]；田中裕之（1997）将作品置于日常性的伦理框架中解读，认为"箱男"的窥视、自闭、妄想、嫉妒、对爱人的支配欲等，反映了人际关系失调这一现代病[3]；徐忍宇（2007）以山口昌男的"异人论"为切入点，分析异端者形象、边缘性的"箱男"消解了看与被看、中心与边缘的二元对立关系[4]；片野智子（2015）从监视与权力的角度分析了作品中手记与"箱男"形象所表征的书写—被书写、看—被看的权力结构，揭示了窥视行为的意义以及权力相对化的可能性[5]。

先行研究充分关注到《箱男》的文体特征对内容呈现、主题表达的重要作用，并从存在主义、解构主义角度探讨了"箱男"意象所表征的政治力学图式，然而，对于作品的"都市"背景所表征的现代性特征及其内在规定性却未能予以足够的关注。本节基于安部公房对现实社会一贯的介入立

① 永野宏志. 書物の「帰属」を変えるⅠ/Ⅱ/Ⅲ/Ⅳ/Ⅴ[J]. 工学院大学研究論叢，50-（1）~54-（1），2012-2016.

② 渡辺広士. アヴァンギャルドの迷路——安部公房論[J]. 文芸 12（9），1973（9）: 216-232.

③ 田中裕之.『箱男』論（一）——「箱男」という設定から[J]. 梅花女子大学文学部紀要（31），1997.

④ 徐忍宇. 半人半獣の夢:「異人論」を通して読む『箱男』[J]. 九大日文 9，2007（3）: 67-81.

⑤ 片野智子. 安部公房『箱男』論——匿名化された監視を超えて[J]. 学習院大学大学院日本語日本文学（11），2015（3）: 42-56.

场及批判视角，结合作品的创作时代背景，分析作品对都市空间的书写以及对“箱男”这一都市中的异端者形象塑造的深层蕴意，解读安部公房对高度产业化社会中个体精神危机的洞察以及构建认同差异性自由的共同体之构想。

一、“箱男”——都市空间中的异端者

在《箱男》中，作者塑造了一组都市空间中的游荡者——“箱男”的形象，他们将自己套进一个仅留一个窥视窗口的纸箱中，从容地穿行于喧嚣杂沓的城市中。“箱男”不同于有自闭症倾向或闭门不出的人，也有别于因经济困顿而被迫流落街头的乞丐、流浪汉，他们在成为“箱男”之前往往有着体面的职业和固定收入、居所，却甘愿放弃舒适的住所与丰富的物质生活，选择在城市不特定的角落游荡，日常起居都在狭小逼仄的纸箱中度过。那么，是什么促使“箱男”选择成为城市中的“异端者”的呢？从作品对四个不同遭遇的“箱男”的叙述中，可以把握到其内在的动机和难以逾越的心理矛盾。

作品以手记体的叙事方式展开，其中穿插着两则关于“整治流浪汉”“流浪汉曝尸街头”的新闻报道。从手记作者“箱男”“我”的自述以及对其见闻中“箱男”A、“箱男”B的纸箱残骸以及“潜在箱男”D的叙述中，可以看出“箱男”们都是有着旺盛的好奇心和探索欲，同时又是“自惭形秽”的人，想要放肆地窥探四周又不愿将自己暴露在众人面前；“看”的欲望与拒绝“被看”的敏感在他们身上形成剧烈对抗，进而造就了“箱男”这一特异的存在方式。

“箱男”们无疑是既成价值观中的“残次品”。在钻入纸箱前，周围基于社会既成价值观的审视、评断“视线”让他们惶惶终日，乃至于城市的景观、构成物都像长满了刺般咄咄逼人。于是，只有透过纸箱的窥视窗或窥视镜，无需担心别人看到自己时，他们才感到安心、平静——“钻进纸箱后

四周所有景物上的刺都脱落了，变得光滑而圆润”[①]，“从过路人的表情、穿着上感受到的敌意”“那种怀着恶意挑剔人的神情”都消失了，“水泥路面、围墙、电线杆、路标等构成街景的所有凹凸不平的东西”，也像被削去了“往日令人不快的棱棱角角”，“世间都无条件地表现出了宽容”，“充满了温馨，仿佛每天都是永远过不完的周六傍晚似的”（142～143）。都市空间中的生活令他们忐忑不安，无处不在的“视线”使他们如坐针毡，他们在心中描绘着“一座只为匿名的市民而存在的匿名的都市”的乌托邦图景——

所有的大门都对所有的人敞开着，即使是对素不相识的人，你也不用加以戒备；不论你是倒立着行走，还是在路边倒地就睡，都不会遭人呵斥；你可以随意叫人停下来，不需要特别的许可；你喜欢唱歌，尽可以放声去唱，唱够了之后，你可以想什么时候就什么时候混进无名者的人流。（14）

然而，选择成为“箱男”放弃的不仅是物质欲望，更重要的是对公民身份的放弃。乞丐、流浪汉尽管因经济原因而成为都市空间中的失败者、“普通人中的边缘人”（19），却依然享有宪法保障的自由平等这一普遍性公民权，而“箱男”所追求的却是差异性的自由平等，通过拒绝在各种行政管理机制登记个人信息、隐匿身份来拒斥社会强加于自身的价值基准与身份标签，即抵制国家统治权力的管治与规训。然而，服从管治、规训的义务与获得公民权利保障是现代国民国家体制下同一个硬币的两面，拒绝接受管治、规训势必意味着放弃国家律法保障，退化为“政治生命”的对立面——“赤裸生命”。正如阿伦特和阿甘本所指出的，个体一旦不再是一个国家的公民，他将不可能得到任何保护，保护性的政治外套被彻底脱掉后的个体只

① 安部公房. 箱男[M]. 竺家荣，译. 上海: 上海译文出版社，2017: 12.（本节对《箱男》的文本引用均出自该版本，以下仅标注出处页码。）

能重新成为“赤裸生命”。换而言之，“生命如果没有政治框架的话，就只能是动物生命”[①]。这样一来，失去法律保障的“箱男”如同被剥夺政治权力的民事主体一样成了可以任意处置的人群，人身安全随时可能遭到侵害，“箱男”们对此也深谙于心——“只要被杀者是住在不受法律约束的地方的人，任何形式的杀人都可以视为安乐死。就像在战场上杀人的人、死刑的执行者不被问罪那样，杀死箱男也不算犯罪”（136）。这不由令人联想到二战时期的纳粹德国，为了“名正言顺”地对犹太人施行大屠杀，必须先通过行政立法斩断犹太人的权利、公民身份与其身体的连接（先是《纽伦堡法案》对犹太人公民权的剥夺，随后的“水晶之夜”进一步剥夺了他们的人权），使之成为丧失一切庇护的“赤裸生命”。

然而，“箱男”们却沉迷于这种异端的匿名性伪装，哪怕遭到周围充满怀疑、警戒和敌意的对待也无动于衷。尽管“箱男”并不作恶，但世人对待他们的态度却复杂而微妙，似乎他们“身上有某种让人厌恶的毒素”（7），这是一种对体制内的异端者既愤慨同时又不无羡慕的矛盾心理；但更多的时候，人们仅仅将他们当作“对整个社会的侮辱”（81）而刻意对其视而不见。同为居无定所、身份卑微的乞丐、流浪汉，对“箱男”也毫无善意可言，“结帮乞丐”视“箱男”为眼中钉，一旦靠近他们的地盘，便会遭到过激对待；最为剑拔弩张的要数“全身挂满了徽章、胸章、玩具勋章之类的东西，帽子上还像生日蛋糕上的蜡烛似的插满了小太阳旗”（137）的“胸章乞丐”，他们会不顾一切地对“箱男”发动最猛烈的袭击，是“箱男”最棘手的敌人。“结帮乞丐”和“胸章乞丐”，可视为作者对某些左派政治团体以及视体制异端者为敌的极端右翼分子的影射与反讽。

那么，是什么致使“箱男”们甘愿放弃物质欲望以及体制的庇护，选择成为都市空间中的异端者呢？“箱男”们的生存方式又是基于怎样的价值理念呢？笔者认为，“箱男”们的生存境况所折射出的，正是个体在都市空间

① 汪民安. 何谓赤裸生命[J]. 马克思主义与现实，2018(6): 93.

中资本不可抵挡的异化力量以及现代国家的“国民”形塑力量共同作用下的扭曲与变异。

二、都市——资本与权力双重宰治的空间

从“箱男”主动放弃优越的物质条件和作为现代国民国家标志的“公民权”、自愿回归“赤裸生命”的消极自我言说中，可以窥见都市空间内生的矛盾性以及个体均质化、原子化的生存状况。

首先，货币经济形式推动消费形态及价值观走向均质化，而缤纷的现代生活又不断刺激着、煽动着个体寻求个人独特性的欲望。

1955—1973年经济高速增长期，日本开始了一场历时18年的“消费革命”，“三件神器”（黑白电视机、洗衣机、冰箱）及“3C”（彩电、小汽车、空调）等耐用消费品的迅速普及宣告了大众消费时代的到来，人们的消费欲望趋同，“一亿总中流”的生活均质化目标正是资本推动个体均质化的典型象征。货币经济形式以平均化的商品将人们与世界关联了起来，货币的属性在抹平了商品的地域性与差异化的同时，也给人们的价值观带来深刻的变化：货币的平均化标准（价值的普遍性原则）逐渐取代审美多元化标准，成为对事物乃至对人进行价值判断的单一标准。另一方面，都市空间高度发展的物质文化刺激着人们的感官与好奇心，激发着个体的想象力与创造力，赋予了个体追求个性化的可能性。作品中，成为“箱男”之前的“我”作为专业摄影师曾经获得一定声誉，可见都市空间赋予了他施展才华的可能性；同时，其难以遏制的“窥视欲”则象征着个体“自我”向外延展的欲求。在资本增值催生的货币经济的裹挟下，都市空间中的个体逐渐走向均质化（非个性化），这与在物质刺激下个体“自我”的内在扩张需求形成对峙，“箱男”正是以纸箱作为确保“自我”的内在空间及“窥视”欲望的屏障，来对抗外部空间对“自我”的挤压。

其次，都市生活瞬息万变、信息纷繁复杂令个体置身于喧嚣与骚动之中，而产业精细分工、社会功能高度分化又使个体不可避免地处于闭塞的

“原子化”状态。

都市的流光溢彩给人的感官带来了源源不断的刺激，其瞬时性、不可预见性却又引起了人的不安。作品中，成为“箱男”之前的“我”深受“新闻中毒症”的困扰，感觉“整个世界就像个沸腾的开水壶，稍微一走神，地球就有可能变成了其他形状”（73），“我”整天守着电视机、收音机到无法自控的地步，却也明白“不管知道了多少新闻，也不会接触到真相”（74）。“新闻中毒症”无疑是个体试图通过竭力捕捉都市空间中流变的信息，来抵御不可预测之变化的体现。与此同时，以“福特主义”为典型代表的现代工业化生产方式及精细分工造成了个体的“齿轮化”——通过高度集权化、等级制的生产管理机制将劳动者形塑为标准化生产流水线中的一个环节。这种生产模式不同于强调沟通协作的传统劳动模式，要求个体机械而高效地完成自己职责范围内的工作，阻隔了人与人之间的交流。进而，不同于边界明确的乡村共同体社会，都市空间人口庞大且来源复杂、流动频繁，基于传统习俗、邻里关系等的情感纽带不复存在，强烈的社会竞争、阶层分化导致人际关系呈现出表面化、功能主义的特征，更令个体与他人的连接受阻，陷入闭塞的“原子化”状态之中。城市游荡者“箱男”的形象正是都市空间相对的喧嚣中绝对孤独的个体的象征。

最后，都市空间中国家权力致力于对个体实施规训与管治，而个体则力图寻求多元化发展的自由。

都市空间的规划与各种机构的设置中都篆刻着国家权力的印记，各级政府行政机构自不待言，法庭、警察局、监狱、医院、学校、银行、交通设施等，无不体现国家权力的意志及体制的管治。在现代社会中，个体从一出生开始就有义务接受各种体制的“驯化”与管束，接受各种机构的“认证”，如打疫苗、体检、身份证明、户籍登记、房产登记、学籍、毕业证、驾驶证……这些种类繁多的“认证”赋予了个体参与社会的资格，同时又构成对个体的价值评判和约束，将个体半固定于特定的阶层上。这种国家权力对个体同一化、均质化的管治模式是福柯所指称的“规训权力”与“生命权力”

政治治理理念的结合，其特征在于将国民的“身体”视为驯服和投资对象，即将人作为“生命体”进行管理，以实现整个国民（人口）安全、健康来提高生命质量，进而提高国家的竞争力。然而，这种国民治理方式在本质上与社会现代化同步发展的“人的解放”主张又是相违背的。自由民主理念肯定个体有权自主选择和规划自己的生活，发展自己的个性，但在层层体制性的规训与管治下，个体难以挣脱体制所强加的生活方式。20世纪60年代在西方主要资本主义国家爆发的大规模学生运动便是这一矛盾的尖锐体现——“这次学生运动对资本主义文化和教育制度，对帝国主义的侵略战争政策，对资本主义的制度展开了尖锐的批判，震动了西方社会”[①]。与学生运动的激进抗争不同，安部公房笔下的“箱男”钻进纸箱、主动放弃了所有的身份标签的行为，可视为寻求多元化发展自由的个体对国家权力管治的消极抗争。

如上所析，都市空间中资本与国家权力的宰治力量呈现出相反的运动方向，产业化、货币制度的超地域性特征，要求打破传统地域性、同一性思维方式；而国家权力则试图将人规训为在同一价值体系中的同一化个体，通过层层监管机制确保个体遵循管治，对“溢出”价值体系的个体施以惩罚。“箱男”这一异端性存在映射出了都市作为资本与权力双重宰治的空间之实质及其内在矛盾性。“箱男”们以抛弃物质欲望来消解现代性价值观及资本对个体的均质化·原子化形塑，以“匿名性”来对抗国家权力对“国民”的同一化的管治，体现了个体对都市共同体既成秩序的消极抗争。然而，逃避或隐遁并不是“箱男”们的最终目的，他们“想逃避什么，又像是想追踪什么”（47），“纸箱不仅是终于寻找到的死胡同，而且是通往另一个世界的出口”（19）。安部公房通过刻画都市中的“失踪者”“异端者”充满悖谬的生存状态，揭示城市繁华绚丽的面纱背后的本质，目的并不在于现代性批判，而是对无视“都市法则”（超地域性、多元化、个性化等）而仍然试图用狭隘的村落共同体“邻人思想”来捆绑、压抑个体主体性的新型民族主

① 沈汉. 20世纪60年代西方学生运动的若干特点[J]. 史学月刊，2004（1）：80.

义言说展开批判。从“箱男”对“匿名的都市”的向往以及对认同自身的“他者”的渴望中，可以窥见安部公房构建以认同差异性为基础的共同体之构想。

三、“他者组织”——安部公房的共同体构想

《箱男》是套着纸箱游荡于闹市的异端者“箱男”写下的独白体手记，然而其字里行间却流露出寻求对话的渴望。“我”写下手记的契机在于决定铤而走险地与想要购买自己身上残破纸箱的女人接触，又恐于遭遇不测，于是预先留下“遗书”或疑似加害者的线索。女人对“我”有着非比寻常的吸引力，“让我恍惚觉得突然间窥视到了另一个时空，（中略）我似乎已经不知不觉地被这双腿解除了武装”（16～17），但“我”对女人身体的迷恋并不仅仅是屈服于单纯形而下的性诱惑，“性”作为个体“身体性”的隐喻，代表着自我区别于他者的个体性。“如果把纸箱比作移动的隧道的话，那么裸体的她就是照进隧道出口的一束耀眼的光”（66），“我”将和女人的邂逅视为钻出纸箱的机会，如果女人愿意毫无保留地接受丑陋的自己，“我”将义无反顾地抛弃纸箱。

“箱男”用纸箱包裹、呵护着“自我”的内在空间，抛弃纸箱意味着要再次接受他者的审视和价值评判——“走出纸箱，就如同昆虫改变自身形态时那样，必须因此而蜕变为另一种生物才行”（42），这令“我”感到焦虑和恐惧。女人微笑着倾听脱去纸箱的“我”叙述自己的经历，令“我”感受到一种无需防备的解脱感，“觉得自己像一只第一次振翅起飞的小鸟那样（蹒跚着歪歪扭扭地、拼命地）扑腾着稚嫩的翅膀。我终于要用自己的翅膀驾驭空气了”，“沉醉在她那宛如春风般的微笑中，似乎自己已经没有必要再回那个纸箱里去了”（29）。在女人的宽容接纳、认同的鼓舞下，“箱男”一度打算彻底放弃纸箱，然而来自外界的“刺”令他惶恐不安，最终选择将所有门户钉死，熄灭所有光源，彻底拒绝外界——“从纸箱里出来的条件，就是把世界关进纸箱里去。现在这世界必须闭上它的眼睛”（169）。

封闭的房子成了一个扩大的纸箱，脱去纸箱的“我”试图和女人在相互确认、接纳对方差异性的基础上共同对抗外部世界的入侵。然而，女人最终莫名地消失于房子里断裂的空间中，密闭的房间竟“变成了紧邻某个车站的小店后面的胡同”（170），俨然成为都市空间的一隅。这一魔幻空间的设定，隐喻着有他者存在的空间总是存在自我主张与他者的差异性之间的相互倾轧，在本质上同构于都市空间对个体自我的监视和规训。

手记支离破碎的片段及虚拟的对话，令人怀疑一切或许只存在于“我”的幻想之中；与此同时，渴望对话的独白体手记，透露出了“我”对走出纸箱、重建人际关系连接的期待与恐惧的矛盾心理。对“箱男”而言，外部/他者对自身差异性的接纳是他们摆脱纸箱的前提；他们心目中的理想社会，便是拥有“差异性的自由”，与匿名的他者共存于无需担心他人的责难、无需迎合既成价值观的开放性空间。在随笔《超越邻人之物》中，安部公房将共同体内部与外部的人际关系称为“邻人”与“他人”，将传统村落共同体强调连带感、同质性，进而将村落与外部俨然区分、对立的价值观归结为“邻人思想”。

在我们内部，“他人”的概念与“邻人”的概念是并存着的。我们总是将共同体内部的人视为“邻人”，将外部的人视为“他人”，进而视“他人”为敌人，视“邻人”为伙伴。基督教信奉“他者也是邻人”，意在将“邻人”概念推及“他者”，打破两者间的隔阂。经历动乱之后的明治天皇和政府所采取的策略与此类似，即“虽是敌人依然伟大”（「敵ながら天晴れ」）的思想。（中略）然而，我们要做的不是像基督教那样将“邻人”扩大、使其涵及“他者”，而是要消除我们内心的“邻人思想”，与他者展开直接的沟通。这样一来，人或许会陷入一种非常孤独的状态。（中略）正因如此，才依然有很多人否定都市，认为只有“邻人”团簇的村落共同体才是富足充实的。然而再过十年、二十年，农村也会逐渐变成都市，如果不能坦然面对被他者围绕所感受到的孤独、恢复与他者的直接对话的话，“邻人”

形象终归只能是幻象。那种基于民族利益（national interest）、在“邻人”的框架内让邻人彼此和睦相处的中介方式，已经无法解决当下所面临的问题了。[①]

安部所说的“当下所面临的问题”，正是现代化进程造就的都市共同体中的新型人际关系及其矛盾。都市打破了村落共同体的地理屏障，汇集着出身背景、经济条件、价值观各异的复杂人群，在这种差异化、多元化的空间中，试图以“邻人思想”来规避或否定他者的差异性无疑是故步自封的。“箱男”的形象蕴含着安部对都市共同体的构想和主张，即抵制视他者为敌、意图驯化他者的“邻人思想”，直面差异性他者，在尊重、认同个体差异性的基础上构建由“他者”构成的共同体。

《箱男》的创作始于1968年，期间，在60年代西方资本主义国家学生运动狂潮的影响下，日本也爆发了规模空前的学生运动，暴露了经济高速发展期繁荣表象后汹涌的暗潮。在世界范围的反战情绪的影响下，日本政府默认《新日美安全保障条约》继续生效，招致学生们的普遍不满；然而本次学生运动的抗争焦点则是高等教育内部管理体制的僵化引起的矛盾，其中尤其以1968—1969年的东京大学学潮引发的社会反响最大。东大学潮又称“全共斗运动”，以1968年1月29日东京大学医学部学生为了反对登记医师制度代替现行的实习制度、进入无限期罢课为发端，东京大学历史上首次10个学部共同进行无限期罢课。校方与“全共斗”展开屡次谈判未果，于1969年1月请机动队进入校园，强行解除学生的封锁（“东大安田讲堂事件”），在东京大学内逮捕600人以上。安部公房毕业于东京大学医学部，对本次学潮的关注自不待言，在1969年6月和1970年2月的两次演讲，以及1969年10月与桐朋学园戏剧系学生的讨论中，安部都触及高涨的学生运动这一话题，指出

① 安部公房. 隣人を超えるもの[M]//安部公房全集　第20卷. 東京: 新潮社, 1999: 391-393.（初载于《現代芸術と伝統》. 合同出版，1966年12月25日）

现行教育体系一味强调“问题解答能力”而忽视“问题提出能力”导致个体内部矛盾的郁积，也使得学生对学校教育的不满始终无法消除。

（学校教育）通过培养“解答之人”将我们编入社会结构之中，由解答能力来衡量人的价值这种做法，势必导致人自身内部日渐郁积矛盾，这是作为现代社会特征之一的高度分化状态。这种现象的出现与社会制度如何无关，随着结构的复杂化，即便社会体制不同也会出现类似现象，在教育上，培养典型的“解答之人”而招致学生对教育体系不满的恒常化已成为世界性的现象，某种意义上看也是必然的。//尽管没有横向关联或统一的运动指令，但在反体制运动等社会运动中学生们的势力（student power）却普遍地、同时在世界各地爆发，这正凸显了现代社会的某种特质。[①]

安部聚焦的“问题解答”与“问题提出”能力，象征着现行教育体制着力于培养个体成为顺应社会体制、解决现代社会高度分工下的具体问题的“工具化”的人，却竭力抑制个体质疑体制运行背后的根本原理之合理性的“问题提出能力”。换而言之，即抑制个体变革现存体制的思维能力而强调其高效使用工具的能力，揭示了意识形态通过教育体制对个体的“工具性”驯化。这与齐格蒙特·鲍曼对“现代社会的驱力趋向于完好设计的、完全控制的世界”的论断有着同源性：

这些梦想（即“完美社会”，笔者注）和努力伴随我们已经有很长时间了。它们大量生产庞大且威力巨大的、实施科技和管理技能的兵工厂。它们造就了单纯服务于将人类行为工具化的机构，达到了这样的地步：无论从事者对某一目标是否有意识形态方面的热忱或在道德上赞同与否，都会高效而

① 安部公房.［講演］「問題提起人間」の登場[M]//安部公房全集　第22卷. 東京: 新潮社，1999: 312.（初载于《潮》1969年6月号）

精力充沛地来追求这一目标。它们使统治者对最后目的的垄断以及把被统治者限制在利用手段的角色得到了合法化。它们将大多数行为定义为手段，那是——对终极的目标、对那些设定目标的人、对至高无上的意志、对超越个体的知识——做出服从的手段。[①]（着重号为笔者加）

在“完美社会设计方案”的驱动下，“威力巨大的、实施科技和管理技能的兵工厂”与“将人类行为工具化的机构”成了追求目标的必要手段，个体进而被驯化为无需“提出问题”只需“解答问题”的服从性个体。

与鲍曼的观点遥相呼应，安部公房并没有将高涨的学生运动视为某个国家特有的地域性事件或针对某特定机构的抗议行动，而是将学生运动视为“现代社会特征之一的高度分化状态”转换成“人自身内部日渐郁积矛盾”之体现，而学生群体则是社会剧烈变动最敏感的感受者。从本质上看，反战、反现存教育制度乃至反体制的学生运动正体现了对主流意识形态规训的拒斥。声势浩大的学生运动最终在校方和政府的武力干涉下逐渐衰退，在一定程度上戳破了经济繁荣、国力持续提升的表象下民主、和平的幻象，将体制管治力量的暴力性赤裸裸地呈现在人们面前。《箱男》的创作历时六年，不难想象其主题构思也包含了对触发学生运动的深层社会原因的反思。其中，“箱男”拒斥户籍、身份、分期付款等所有形式的“登记”政策，以及冒名顶替行医资格的冒牌医生C的形象，可视为对东大学潮的发端“反对登记医师制度”的隐喻性指涉。

现代社会丰饶而复杂的物质文化刺激、煽动着个体的身体欲望，同时精密的社会分工将个体齿轮化，势必激发起个体寻求独特性的欲求。在安部公房看来，学生运动的勃发不仅表达了个体拒斥同一化形塑，争取自主、自决权利的诉求，也体现了现代社会走向超地域性和共时性的特征，这些特征要

---

① 齐格蒙特・鲍曼. 现代性与大屠杀[M]. 杨渝东，史建华，译. 南京: 译林出版社，2011: 125.

求共同体治理理念相应地做出本质性的转换。也就是说，具有超地域性、功能性与效率性特征的现代都市共同体有别于强调地域性、共通性、连带感的传统村落共同体，这种差异决定了村落共同体“邻人思想”——用符合共同体利益的价值观来组织、统合所有共同体成员，视认同并遵循共同价值观的为“邻人”，不认同的则被视为“他人”而遭到彻底排斥——只会制造出越来越多的“异端者”。

在《内部的边境》中，安部公房列举了“大地信仰”“农民性事物的正统性”“乡土性事物”“真正的国民文化”VS“犹太性无根的思想”“都市”“反自然、人工的”“都市性事物”的二元对立思维模式，揭示了即使是在现代化进程毋庸置疑地推进都市化的当下，农本主义思想对都市以及“都市性事物”的偏见依然根深蒂固。在欧洲的“经典”叙事中，犹太人善于经营的商人形象始终与都市形象紧密相关，他们靠着对金融业的把控而获得巨大财富，进而成为良善、贫穷的农民形象的对立面。然而，对犹太人的仇恨“不仅仅是人种偏见，而是扎根于现代社会的病根”，是“为了强调‘正统的国民’形象中‘农民性’的特征，而将‘都市性事物’视为万恶之源”[①]。在题为《续·内部的边境》的演讲中，安部公房再度提及基于农耕民族“固着”传统的村落共同体“邻人思想”与都市共同体特征之间的分歧：

到了都市的结构决定着国家形态的时代，迄今为止被视为边缘性存在的犹太人的文化形态、思维方式逐渐变得非常普遍化。（中略）都市所需要的并非基于农耕性的定居民族的伦理道德，而更接近于游牧、骑马民族的伦理道德。（中略）相较于农耕社会稳固的地域共通性，都市社会更强调时间性，即共时性以及时代的共有感觉。我们所担负的艰巨工程，是超越地域性

① 安部公房. 内なる辺境[M]//安部公房全集　第22卷. 東京: 新潮社，1999: 217.（初载于《中央公論》1968年12月号）

的歧视、区别以及地域性差异，通过时代这一过滤器，发现地域间的共通项。（中略）当下我们所需要的是从地域性的共有感觉转向同时代的共有感觉，我们必须拥有与他者的共有感觉，要做到这一点，我们必须撇开歧视与差别，发掘更为本质的共同性。[①]

基于对现代社会走向超地域性和共时性的特征的认知，安部进一步指出，由“邻人思想”的狭隘性和排他性延伸出来的狭隘民族主义情绪与都市共同体日益凸显超地域性、多样性特征是格格不入的。安部主张，为了都市共同体中个体能顺应现代化进程带来的剧变、重获自我认同，也为了都市自身的成长效率，必须基于“犹太人式的反地域化思考”，顺应都市的逻辑，寻找“时代的共有感觉”以及“与他者的共有感觉”，构建让差异性他者间得以自由对话的新型“他者组织”，而不是逃避都市、重返村落共同体式的“邻人组织”。

在《箱男》中，迫使“箱男”们甘愿成为“赤裸生命”以维护个体自我的既成体制，或者说，在体制的“驯化”下将“箱男”们视为体制“异端者”的“邻人”视线，正是安部公房致力于批判的反现代化浪潮的保守思想。从这层意义上看，“箱男”与其说是被都市空间异化了的“丧失者”，不如说是尝试突破既成价值观规定性的“革命者”。“人们总是尝试挣脱既成的人际关系，探索建立新的关系的可能性。回到旧有的关系未必就是幸福的。个人如果没有经历彻底的孤独，是无法到达的新的连带关系的”[②]，作品中“箱男”寻求他者认同的悲剧性结局，可视为安部公房对构建认同差异性他者的共同体之艰辛的洞察。

在《箱男》中，“箱男”们为了躲避体制的规训以及他者审视的视线，

① 安部公房.［講演］続・内なる辺境[M]//安部公房全集 第22卷. 東京: 新潮社，1999: 330–345.（初载于《「鞄」試演の会》1969年8月17日）

② 安部公房. 人間の価値——自分自身の問いから自分自身の答へ[M]//安部公房全集 第23卷. 東京: 新潮社，1999: 22–23.（初载于《調布市立図書館》1970年2月10日）

同时保有个体对外探索的“窥视”欲求，不惜成为都市空间中自觉的“异端者”，以挣脱都市空间对个体的形塑与管治。结合作品的创作背景及安部公房的言说可以察知，安部公房通过塑造“箱男”这一“异端者”的形象，旨在揭示置身于受资本和国家权力双重宰治的都市空间中的个体生存状态及矛盾性。安部公房洞悉到货币制度与高度产业化带来的超地域性、多元化已经是无可逆转的现代化趋势，为了顺应这一趋势，必须打破束缚个体多元化发展欲求的传统村落共同体“邻人思想”以及体制同一化的规训、管治理念，构建认同他者差异性的新型都市共同体。

由此可见，安部对都市共同体内含的矛盾性的书写意图并不在于现代性批判，而是试图通过观照个体的差异性及多元化欲求，来质疑、拒斥强调凝聚性、同一性的“邻人思想”的自明性，凸显了安部公房对时代语境变迁的感知，以及对共同体与个体主体性主题的持续关注。

小 结

共同体内部的“荒漠”与“迷宫”

（在20世纪60年代以降的文学创作中，安部公房逐渐将关注的焦点由对日本帝国主义意识形态及话语机制的揭露，转向对现代化进程中的都市共同体内在诸矛盾的审视。）其作品基于透视资产阶级现代性本质的宏观视野以及对个体生存境况的人文关怀向度，深入揭示了现代性内生的悖论以及都市空间中资本与国家权力对个体的双重异化，刻画了日渐均质化、原子化的个体的生存境况。《第四间冰期》《砂女》与《箱男》依次从对资产阶级现代性这一宏观层面的观照，逐步深入微观层面剖析置身其中的个体的精神危机，体现了安部在“共同体与个体主体性”命题上螺旋式逐层深入的思考特征。三部作品分别从现代性、都市共同体秩序、国家权力/意识形态形塑等角度，探讨随着现代化进程推进而日益暴露出来的共同体与个体主体性之间的矛盾，彰显了安部公房作为“有机知识分子”尖锐的社会批判性。

《第四间冰期》借由科幻小说这一载体，讽喻性地指涉了同时代的历史性事件，在揭示当下社会存在的种种弊病的同时，又在“人类命运共同体”的普遍性层面探讨现代性价值观内生的悖论，旨在解构现代性价值观的自明性，并探索克服现代性消极面的可能性。在此基础上，《砂女》进一步揭示了现代都市中个体价值取向的空虚，个体不得不依附于资本主义意识形态所构建的价值标杆——“崇高客体”，经由“大他者”的认同来获得自我认同；作品通过刻画个体在极端生存环境下对都市共同体生存境况的反思，解构了现代人欲望对象的意识形态规定性，并寄望于个体自发性主体意识的觉醒。进而，《箱男》展现了都市共同体中个体犹如置身于全景式监狱般的生存境况，“箱男”通过自愿回归“赤裸生命”的消极自我言说，来挣脱资本通过高度产业化及货币制度形式对个体的均质化、原子化形塑，以及国家权力通过各种机制施加于个体的同一化规训与管治，体现了安部公房对高度产业化社会中个体精神危机的洞察。

在对个体主体性的思考维度上，《砂女》《箱男》中反复书写的“失踪者”代表着个体对共同体规约的消极抗争，主人公们置身于都市共同体的精神“荒漠”以及无法通达他者的“迷宫”之中，试图逃离同一化的管治，逃离彻底疏离的他者来换取精神上的平衡，重建自我认同。“荒漠”象征着都市共同体中个体精神世界荒芜、价值取向空洞，依附于意识形态大他者赋予的意义及认可；“迷宫”则隐喻着个体与他者之间相互隔绝、无法共情的共处方式。《砂女》中主人公受困于沙丘荒村的生存境况实则是都市共同体中个体价值取向空缺、人际关系疏离状况的缩影，“箱男”尝试与他者连接的途径也幻变为难以突围的“迷宫”，两部作品着意营造的“荒漠”与“迷宫”意象，正是都市共同体中的个体生存境况的隐喻性写照。然而，逃离共同体并不能解决个体的精神危机，在一系列“失踪者”书写背后，隐藏着安部公房抵制狭隘的地域共同体“邻人思想”，构建尊重、认同个体差异性的非同质性共同体的构想。

在共同体构想的维度上，尽管安部公房并未在其思想随笔的言说中明确描绘出理想共同体的样貌或实现的途径，然而其关于理想共同体的构想却散见于若干文学书写之中。例如，在《第四间冰期》中，安部通过构建基于当下现实延伸而至的“未来”图景，借时空的拓展以及价值观的“松绑”等策略来探寻现代人生存境况的种种可能性，进而提出了打破大国霸权及殖民思维，构建不同种族共栖、相互扶助的人类命运共同体之构想。而《箱男》则揭示了当下都市共同体中“邻人思想”对个体的束缚——基于狭隘地域共同体价值观的“邻人组织”或形形色色的替代性“圈子”，致力于将所有个体都塑造成同质性的“邻人”，对不认同该价值观的个体则予以彻底的排斥。《箱男》体现了个体对根深蒂固的“邻人思想”的拒斥，勾勒出了“一座只为匿名的市民而存在的匿名的都市”这一乌托邦式共同体的图景，其特征在于个体无需戒备他者，可以充分展现自我而无需特别许可，人与人之间作为陌生人频繁发生关联，各司其职又自由地离合聚散。安部公房将这种认可多元性、异质性的共同体命名为“他者组织”，是无数保有主体性的个体在一定的目标任务、职权—职责分工等共识的聚合下结成的宽松纽带，个体可以在充分享有个性自由的基础上发挥主观能动性，可视为“独体思想”与共同体主义的融合。进而，进入80年代以后，在安部的共同体书写中，个体的无力感与局限性日益凸显，在“不确定的时代”中寻求与他者的纽带成了安部公房在“共同体与个体主体性”命题上新的思考维度。

第四章

“流动的现代性”中的共同体与寻求纽带的主体

“流动的现代性”（liquid modernity）这一概念，是齐格蒙特·鲍曼对当前世界状态的概括。鲍曼从马克思提出的“melting the solids”（意译为“瓦解传统”）这一隐喻中获得启示——“solids”指现代性中僵死、停滞的传统性和阻碍社会前进的障碍物，而现代化的任务则在于瓦解那些“固化的、沉重的”传统政治、伦理和文化的阻碍，用与之相对的“轻灵的、流动的”现代性，来指称当下充满不确定性和流动性、持续变化的社会环境。

旧有的结构、格局、依附和互动的模式统统被扔进熔炉中去，以得到重新铸造和形塑；这就是天生要打破边界、毁灭一切、具有侵犯色彩的现代性历史中的“砸碎旧框架、旧模型”的阶段。①

鲍曼通过考察西方资本主义社会的共同体治理模式、“陌生人”群体的生存境况、旨在“摧毁用来防止新的、流动性的、全球性权力流动的障碍”的新型战争等，提炼出了“流动现代性”这一新时代的特征，并指出其背后的动力是“由全球化和个体化这两种社会进程所合力主宰的。它们相互关联是因为出现了一种全球层面

① 齐格蒙特·鲍曼. 流动的现代性[M]. 欧阳景根，译. 北京: 中国人民大学出版社，2018: 31.

的构型，所有的人类活动主要被个体化的自由市场经济框架联系在一起”[①]。他舍弃了“后现代性”的阐释框架，因为在他的观察中，西方资本主义社会并没有脱离现代性的轨道，只是样态更为流变，对生活的渗入和覆盖面更广。

鲍曼对西方资本主义由“固态”向“液态”转换的现代化特征的界定，为我们理解紧随西方现代化步伐、在国际竞争中跃居世界前列的日本社会之样态提供了一个客观的视角。20世纪80年代以来，随着日本成为世界第二大经济实体，统治阶级为谋求“政治大国”地位而实施鹰派政治、军事战略，新保守主义思潮应运而生。一方面，在美苏军备竞赛的“核威胁”中寻求军事庇护助长了国家主义的膨胀；另一方面，个体置身于一个充满不可靠性、不确定性及不安全性的“流动的现代性”之中。这一时期，安部公房的共同体书写及言说呈现出批判国家主义以及关注在剧烈社会竞争中丧失社会属性的弱势群体的向度。

本章以《樱花号方舟》（1984）与《袋鼠笔记》（1991）为对象，分析作品世界所呈现的共同体样态与个体的生存境遇，探究安部公房对时代特征以及社会主要矛盾的把握与反思；进而结合《急于赴死的鲸鱼们》（1986）等安部的思想随笔，考察其对“国家”“科学”“语言”“仪式”等理解当下时代的关键词做出的精辟分析，力图从整体上把握安部公房立足于日本社会现实之特殊性、省思人类整体生存境况之普遍性的共同体书写特征。

---

① 陈榕. 流动的现代性中的陌生人危机——评鲍曼的《我们门口的陌生人》[J]. 外国文学，2019（6）：166.

第一节

“零和博弈”中的乌托邦
——《樱花号方舟》

进入20世纪80年代的日本，在经济上已经具备了相当坚实的经济基础和国际竞争能力，确立了世界经济大国的地位：“1980年，日本国民生产总值1万多亿美元，约占全世界的10%。另外，其对外贸易总额也跃居世界第三位，尖端技术也成为可与美国平分秋色的对手，为世界水平最高的国家之一”[①]。经济上的强势增长使日本开始尝试摆脱战败的阴影，对外寻求“政治大国”的地位；1982年11月，中曾根康弘就任首相后，日本统治阶级开始有意识、有目的地推动以“战后政治总决算”为旗帜的新保守主义政治实践。在社会动向上，经济飞跃伴生的消费主义、“社会达尔文主义”驱动个体“原子化”现象加剧，体现为御宅族的“阶层”化、“痞子文化”的流行（不良ブーム）、频发的校园暴力等人际关系疏离的时代症候。

日本的政治样态及社会矛盾固然受其特殊的地域文化及历史语境所影响，然而现代化进程中普遍的冲突与危机，无疑也是这些矛盾滋生、激化的重要动因。安部公房的《樱花号方舟》被誉为“现代文学的金字塔”[②]，作品以美苏军事对峙下一触即发的核战争威胁为背景，以戏仿的手法刻画了社会边缘群体建构各自的“替代性共同体”的尝试，在黑色幽默中揭示了法西斯主义思想萌生的征兆，可视为安部在观照“流动的现代性”裹挟下社会边缘群体的生存境遇的同时，对日本日益膨胀的国家主义—新保守主义意识形

① 崔世广. 战后日本社会思潮的变迁[J]. 当代世界，2013（8）：16.

② 引自新潮文库版『方舟さくら丸』（1990）封底。

态的讽刺与批判。

在《樱花号方舟》中，主人公“鼹鼠”花费3年时间，将废弃采石场的地下坑道改造成一处隐蔽的要塞，幻想着核战争爆发之时，这处要塞将成为核避难所，像诺亚的方舟一样让自己和自己亲自拣选的“船员”一并幸存下来。然而，“船员”招募工作一开始便遭遇挫折，“共同生活”动摇了“鼹鼠”把控“方舟”的意志和主动权；觊觎“方舟”的侵入者进而将“方舟”变成了权力的角斗场。最终，完全失去自我主张权力、身陷险境的“鼹鼠”利用爆破装置切断了“方舟”与外界的连接，趁乱逃出了沦陷的“避难所”。

J. W. 卡朋特（1990）认为作品中“时钟虫”植物性自给自足的封闭体系与“方舟”意象相呼应，象征着主人公欲排除他者的生存理想；进而，“幸存者拣选”的思想正是导致法西斯主义及其他各种悲剧的根源[①]。森本隆子（1997）分析指出，主人公的“方舟”改造旨在构建一个“模拟世界”，其背后的心理机制实为嫉恨强者的“奴隶道德”；有着同样的复仇心理的老年“扫帚队”及其愿景中的“弃民之国”则体现了“反国家的国家主义”理念[②]。胡建强、胡珀（2008）结合安部的经历与言说，分析指出作品中“安部借用了诺亚方舟的故事，演绎了一个现代人为逃避核战而在深层次上希望向存在之故乡回归的黑色幽默”，进而分析作品中“父亲”所表征的双重含义：（1）象征位于社会共同体统治地位的权威；（2）指代维系故乡与个人的血缘纽带，认为“父亲是唤起故乡的情感的中介。但父亲之死，让“鼹鼠”绝望地感到与故乡彻底的疏离”[③]。李讴琳（2017）认为，作品刻画了

① J. W. カーペンター.（『方舟さくら丸』）解説[M]//安部公房. 方舟さくら丸. 東京: 新潮社，1990: 376–379.

② 森本隆子.『方舟さくら丸』論——二つの<穴>、あるいはシミュラークルを超えて[J]. 國文學: 解釈と教材の研究42（9），1997: 73–79.

③ 胡建强，胡珀. 在荒野里启航——从《樱花号方舟》看安部公房的归乡情结[J]. 柳州职业技术学院学报，2008（3）: 99，100.

“站在和共同体对立的一面”、渴望逃离现实的“都市边缘人”以自我囚禁的消极方式“对抗国家和社会对他们的抛弃”，主人公所期待的“幸存”以及把控他人存亡的空想，具有极端的排他性、独裁的意味，同时又是虚幻的自我欺骗；“扫帚队”的生存方式揭示了都市中的弱势群体转变为反社会的暴力组织的倾向；同时，“猪突”作为负面的“父亲”形象，体现了安部对既成社会规范、制度、信仰乃至国家的否定①。

先行研究大都关注到了主人公的生存方式与“方舟”构想的排他性，指出了“扫帚队”的行动理念中的法西斯主义倾向，然而对导致他们选择如此生存、采取如此行为方式的社会语境却鲜有涉及；尽管有研究者指出主人公追求并沉溺于自己构建的“模拟世界”，但却未进一步考察这一追求与其生存境遇之间的必然联系。本节结合作品创作当下的时代背景，考察作品中“方舟”意象所影射的社会现象，揭示“流动的现代性”剧烈的社会生存竞争中被推至边缘位置的群体寻求“替代性共同体”的无奈抉择，力图从特殊性层面及普遍性层面探究作品中蕴含的安部公房对新时代语境下共同体与个体生存境况的思考。

一、“耶稣的方舟”与“永不沉没的航母”

从《樱花号方舟》创作的社会背景上看，可以推测“方舟”的意象指涉着同时代社会舆论高光下的“耶稣的方舟”事件以及中曾根康弘的“永不沉没的航母”言论。

1980年，令舆论哗然的“耶稣的方舟”事件无疑是该作品所影射的对象之一。“耶稣的方舟”是以千石刚贤主导的圣经学习会为母体的宗教团体，1975年，学习会更名为“耶稣的方舟”，很多在社会、家庭中找不到归属感的信众受千石刚贤的感化，离家出走加入了该团体并开始了共同生活；信众

① 李讴琳. 安部公房: 都市中的文艺先锋[M]. 北京: 社会科学文献出版社，2017: 258-271.

中以独身女性居多，也有男性和已婚女性。部分信众的家人向警方进行了失踪报案，媒体也呼吁民众检举千石，协助找回“失踪人口”。1980年2月，警方正式对千石发出通缉令，“耶稣的方舟”也作为“邪教”受到全日本的瞩目；尽管很多信众给媒体写了辩白、澄清的信，但几乎所有媒体都罔顾事实、对千石口诛笔伐（只有《SUNDAY每日》周刊做出了客观的报道）。7月，千石因病住院并接受调查，最终洗清嫌疑未遭起诉。事件因媒体的肆意鼓噪而一时成为舆论的焦点，但导致众多信者离家出走的现实层面的原因，却并未引起媒体或社会观察家的充分关注。在《樱花号方舟》中，安部公房将改造的废弃采石场命名为“方舟”，并在人物角色设置中选用“千石”这一姓氏（“鼹鼠”的搭档，其母亲沉迷于“神秘宗教”），无疑是对“耶稣的方舟”事件的影射；作品塑造了在人际关系中蒙受创伤或在剧烈的社会竞争中丧失社会属性的边缘群体，可视为安部公房对置身于充满不可靠性、不确定性及不安全性的“流动的现代性”之中个体日益“原子化”的孤独境况的描绘。

《樱花号方舟》所影射的另一社会焦点与安部公房始终保持警惕的国家主义倾向有关。1983年，当时的日本首相中曾根康弘首次访美时曾宣称，要将日本建成美国“永不沉没的航母”，以防止苏联的武力侵犯。作为唯一的核武器直接受害国，日本曾积极倡议不制造、不拥有、不运进核武器的“无核三原则”，然而中曾根政府却（在默认美国“在必要时”派遣携带核武器的舰艇进驻日本港口的基础上）承诺做美国“永不沉没的航母”，并公然依赖美国提供的“核保护伞”，其自相矛盾的军事战略招致国际社会的诟病，也受到日本国内反核运动团体的抗议与批判。与“永不沉没的航母”的发言立场相呼应的，是中曾根政府推行的一系列国家主义—新保守主义政治实践。

中曾根康弘的新保守主义以“战后政治总决算”为口号，以“修宪”为旗帜，以右翼历史观为支撑，以综合国家安全战略为保障，以谋求“政治大国”为目标，构成了一个完整的政治理念体系。而其开首相“八一五”以公职身份参拜靖国神社恶例，打破国防经费不超过国民生产总值1%的禁区，进一步强化日美同盟关系，建立新保守主义反共“统一战线”，开启日本政治与社会右倾化进程等，则成为其新保守主义政治实践的主要内容。①

崔世广（2013）对日本新保守主义思潮的特征做出了以下归纳：“第一，积极颂扬日本的民族历史和文化，灌输国家观念，强化对国家的忠诚意识；第二，试图触动战后以来的禁区，改变战后以来重经济轻军事的发展路线；第三，借助日本经济的实力，以国际贡献为旗号，借助经济援助等显示日本的存在，增强日本的国际影响力和发言权”②。正如本书第一、第二章所分析的，安部公房基于自身的成长经历以及战时的创伤体验，始终对民族主义、国家主义意识形态内含的法西斯主义倾向持批判态度，而《樱花号方舟》中全副武装的核避难所“樱花号方舟”的意象，未尝不可视为安部对日本新保守主义在“专守防卫”的幌子下不断强化军事力量的讽刺与戏谑。

正如“方舟”意象所指涉的社会现象，《樱花号方舟》首先聚焦于“流动的现代性”之中个体日益“原子化”的孤独境况，通过刻画主人公“鼹鼠”与生父“猪突”的敌对关系以及“昆虫贩子”的生存哲学，由此观照“零和博弈”（zero-sum game）竞争时代中个体与他者疏离、敌对的症结所在。

二、个体与他者：“零和博弈”的无尽对峙

在流动的现代性中，“所有的人类活动主要被个体化的自由市场经济

① 孙岩帝. 中曾根康弘的新保守主义政治理念及其实践[J]. 社会科学战线，2020（7）: 147-154.

② 崔世广. 战后日本社会思潮的变迁[J]. 当代世界，2013（8）: 16.

框架联系在一起”[①]，市场经济逻辑以及货币的均质化驱力将人与人之间的关系化约为交换与竞争的关系，家庭、邻里、共同体的纽带日益变得可有可无，正如鲍曼所描述的，是“一个残酷无情的时代，一个竞争、胜人一筹（one-manship）的时代”[②]。“个体化”的推进意味着个体的自由度得以大幅提高，但同时也要求个体具备自主性、自我决定并承担风险的能力，将个体不容置疑地抛进了“零和博弈”的竞争漩涡之中。可以说，正是“零和博弈”思维使个体与他者无法建立相互理解或协作的关系，并在社会财富日益两极分化、社会不公日趋显著的生存境况下走向敌对。

《樱花号方舟》对“鼹鼠”与“猪突”的关系以及“昆虫贩子”的生存哲学的细致刻画，正揭示了确定性匮乏的生存环境中，个体与他者在“零和博弈”思维主宰下形成的无尽对峙。

主人公“鼹鼠”曾经当过消防员、摄影助手，但最终选择了放弃谋生的职业穴居于废弃的采石场。尽管“鼹鼠”开始离群索居的具体缘起不得而知，但从他对“猪”这个字眼的极端敏感以及对“邻人”的憎恶中可以看出，他在人际交往中曾经蒙受过莫大的创伤。而令他饱受凌辱的则是“生物学上的父亲”“猪突”，是他最憎恶且最恐惧的对象。“猪突”性情狂暴，当年强暴了“鼹鼠”的母亲而生下了他，在酒后误杀原配妻子之后将“鼹鼠”母子接过去同住，由此开始了“鼹鼠”的噩梦。“鼹鼠”12岁那年因莫须有的强奸罪名被“猪突”用锁链囚禁长达一周，肥胖便是从那次创伤之后开始的，是“因不正当暴力而导致的代偿性肥胖”[③]；不堪忍受虐待的“鼹

① 陈榕. 流动的现代性中的陌生人危机——评鲍曼的《我们门口的陌生人》[J]. 外国文学，2019(6): 166.

② 齐格蒙特·鲍曼. 共同体: 在一个不确定的世界中寻找安全[M]. 欧阳景根，译. 南京: 江苏人民出版社，2003: 4.

③ 安部公房. 方舟さくら丸[M]//安部公房全集　第27卷[M]. 東京: 新潮社，2000: 275.（初版单行本『方舟さくら丸』. 東京: 新潮社，1984年11月15日）（《樱花号方舟》的文本引用均出自该版本并由笔者拙译，以下仅标示引用页码。）

鼠”最终在14岁时离家出走了。

“猪突”在“鼹鼠”心目中的形象，可以从他目睹“猪突”的裹尸袋时的感受中窥见一斑：

我死死地盯着蓝色塑料布包裹，这真的是那个猪突吗？是那个头戴绿色鸭舌帽、浑身散发着包裹纳豆的旧抹布般的体臭招摇过市的怪物吗？是那个踩死自己的妻子、强奸了我的母亲、将我锁在马桶上、为水石矿业者将推土车撞向工地建筑物的那个粗鲁狂暴的家伙吗？是那个痴心妄想成为市议员而不惜变卖经营状况良好的垂钓旅馆和两艘25吨的钓鱼船、当上“扫帚队”队长后终于戴上了胸章的那个可恶的家伙吗？我感到一种解放感。恐怕是出于对猪突深深恐惧的缘故吧，比憎恶更深的恐惧。除此以外再没其它的感触了。（418）

在“鼹鼠”看来，“猪突”是个毫无温情和怜悯之心、浑身散发着恶臭的怪物，是粗鲁狂暴、渴望权势、不择手段的邪恶化身，非但无法称为“父亲”，就连自身被赋予的生命也沾染上了暴力与凌虐的气息。“猪突”的死令他从长年以来的憎恶和恐惧中解放了出来，但曾经遭受的创伤却早已令他对“他者”竖起高墙，使他渴望远离他者、蛰伏于自我封闭的空间中。哪怕是对自己“拣选”的“船员”，他依然怀着防御和抵制的情绪——

在理性上我无疑是欢迎昆虫贩子上船的，然而心中却怀着恐惧。（中略）不可否认，每次外出归来，在扣上入口的锁的瞬间总是感到一股难耐的孤独。但那也仅仅是瞬间的眩晕，一旦回到船舱，旋即又恢复到让人忘却孤独的平静情绪。用昆虫贩子的话来说（无非是报纸的现学现卖），我该是混淆了现实和符号，患上了壁垒愿望症了吧。（291～292）

由此，“鼹鼠”对他者根深蒂固的拒斥感可见一斑，以至于只有与他者彻底隔绝，才能令他获得身心的平静。有研究者认为，“猪突”的“父亲”形象象征着共同体的权威与秩序，体现了“安部公房对既成社会规范、制度、信仰，甚至国家的否定”[①]，这一将“父亲”作为意识形态“大他者”的解读固然有一定的合理性，然而在该作品中，“生物学上的父亲”形象，更代表着人际关系中的小“他者”对个体自我的强烈影响与塑造。在“零和博弈”的生存竞争中，这一“他者”逐渐成了憎恶与恐惧的对象，进而导致个体与他者之间无止境的对峙。

与“鼹鼠”强烈的排他性相反，作品中的“昆虫贩子”在与他者相处的过程中却显得“兼容并蓄”，善于通过迎合他者的价值观来“化敌为友”，进而把控全局。“昆虫贩子”可以说是作品中性格最深藏不露、难以揣摩的一个人物，不仅因为其出身背景复杂（曾加入自卫队，后因偷取、倒卖枪支被自卫队除名并遭通缉），在重要关头他的选择也常常前后矛盾，缺乏一贯的原则立场。然而，他却总能凭着善于察言观色、曲意迎逢的处世之道迅速获得主动权，其犹如昆虫“拟态”般的生存方式可以从以下三个例子中略见一斑。其一，当“鼹鼠”透露自己的“方舟”计划，试图招募“昆虫贩子”为“船员”时，“昆虫贩子”对“末日危机”的警告不以为然，表示“我不是那种渴望超越他人独自幸存的人。过于满怀希望也是一种罪过”（261），并扬言“我和那种鼓吹末世论的人合不来”（262）；但随后他决定接受邀请，认为“世界充满危机”，不仅认同“鼹鼠”的价值观，也充分肯定了“方舟”在应对“日本国土狭小、绝对空间缺乏症”（319）上的价值；他开口闭口称“鼹鼠”为“船长”，展现出服从、殷勤同时又足智多谋的一面，获得了“鼹鼠”的信任。其二，在代表“鼹鼠”与“猪突”进行“涉外交涉”时，“昆虫贩子”站在维护“船长”和“方舟”利益的立场上识破“猪突”以合作的名义企图侵占“方舟”的诡计，充分体现了其能言善辩的危机公关技巧。其三，在误杀“猪突”之后，“昆虫贩子”旋即凭着见风使

① 李讴琳. 安部公房: 都市中的文艺先锋[M]. 北京: 社会科学文献出版社，2017: 266.

舵、善于斡旋的性格成为“扫帚队”的新领袖，带着“扫帚队”侵入了“方舟”；他一改原来反对“王政、独裁”的立场，高度认同“扫帚队”的宗旨和管理模式，像独裁者般发号施令，指挥“扫帚队”高效、有序地“接管”了“方舟”。在“鼹鼠”看来，“昆虫贩子”是个“外表内省，实际善于伪装”（307）、“本性利己，只相信眼前利益的犬儒主义者”（427），然而却又不由自主地一步步受制于他，乃至最终交出了“方舟”的主导权。

由上述事例中可以看出，在与他者交往过程中，“昆虫贩子”善于观察、发现对方的弱点，通过认同、迎合对方的价值观来解除对方的戒心，进而完全“代入”对方的立场控制局面。这种犹如善于拟态的昆虫般根据身处环境的需要，迅速把握对手的特征、利用他者的逻辑让自身立于不败之地的处世之道，体现了他在“零和博弈”中为顺应生存环境而隐藏或抹去“自我”的生存哲学。

作品借“昆虫贩子”之口言及现代人形成“堡垒愿望”的心理机制——“某德国心理学家说过现代是模拟游戏时代，现实与符号在其中混为一体，形成一种幽闭愿望、堡垒愿望，再加上攻击性的话就成了战车愿望”（276），这正如齐格蒙特·鲍曼所指出的，“不确定性、流动的持续变化的社会环境，令人恐惧不安，却没有让受害者们团结起来，而是将他们分离”[①]。在现实中疲于“零和博弈”竞争、遭遇人际交往挫折的个体，在渴望自我封闭的同时，往往描绘出一个模拟的、替代性的共同体，以填补自身归属感缺失、确定性匮乏的空洞。在《樱花号方舟》中，无论是“鼹鼠”构想的核避难所“方舟”，还是由老年人组成的“扫帚队”，抑或是由离家出走的少年组成的“猪锅”团体，都体现了在现实社会中失去归属感的边缘群体致力于寻求某种乌托邦式的替代性共同体，以重获自我认同的尝试。

---

① 齐格蒙特·鲍曼. 共同体: 在一个不确定的世界中寻找安全[M]. 欧阳景根，译. 南京: 江苏人民出版社，2003: 57.

三、替代性共同体：边缘群体的救赎幻想

“流动的现代性”裹挟下的都市共同体使个体置身于一个充满不可靠性、不确定性及不安全性的生存境况之中，人际关系疏离、确定性匮乏的不安与焦虑使个体试图依附于一切能提供某种确定性的“权威”，寻求某种能取代日渐瓦解的旧共同体秩序的替代性共同体。齐格蒙特·鲍曼将由“偶像”“名人”乃至“公共敌人”、威胁、“问题”、热闹事件等将个体草率、短暂地联系在一起的集合称为“美学共同体”或“钉子共同体”①，身居其中，个体能获得某种自我认同，并无需独自承担道德责任。而在安部公房的书写中，这类替代性共同体还包括黑社会团伙以及聚敛于各种“徽章”之下的群体，它们尽管或有着千差万别的自我主张，却都为失去共同体纽带的社会边缘人提供了一种替代性的身份认同。

《樱花号方舟》生动刻画了“鼹鼠”“猪突”“昆虫贩子”“托儿”“扫帚队”、少年团体“猪锅”等游离于社会主流群体之外的边缘人群像。这些在剧烈的生存竞争中滑落到社会边缘的个体，试图通过构建或依附于某种替代性共同体而重获身份认同。他们无一例外地将“救赎”的希望寄托于现存世界的毁灭，希望在核战争等“外力”的作用下将一切不公清零，借由对“末日”的失序状态“重新洗牌”来摆脱现秩序中的边缘地位，确立符合自身利益诉求的“乌托邦”。然而，他们的“乌托邦”设想却又都是建立在排他性逻辑之上，通过拒斥异质性他者形成封闭性的小共同体，这势必造成了这些理念、利益主张各异的小共同体在地盘争夺上的无尽争端以及在共同体“边界”上电光火石的碰撞。

1. “方舟”的理想图景与现实困境

“鼹鼠”的“方舟”计划始于故事叙事时间的三年多以前，在他看

① 齐格蒙特·鲍曼. 共同体: 在一个不确定的世界中寻找安全[M]. 欧阳景根，译. 南京: 江苏人民出版社，2003: 86.

来，美苏白炽化的军备竞赛及日益严峻的冷战氛围，核战争爆发的概率已然超越了“可能”而成了“必然”，为此他将所有精力投入到废弃的采石场——“方舟”的改造上，幻想着当核战争爆发时，他将率领自己亲自拣选的“幸存者”在绝地逢生，开创新时代。庞大的“方舟”拥有七十多个石室，俨然一座地下城，预计可以容纳数千人，却是市镇规划图中没有任何标示的“法律上不存在的地方”（278），正适合建立“只有幽灵人口的国家”（279）。为了“方舟”能顺利启航，“鼹鼠”做了周密的设计：空气净化器、人工发电设施、食物和水的储备、抵御外敌入侵的诸多武器、阻隔外界通道的爆破装置……在他的设想中，“方舟”将成为一个自给自足、和谐的共同生活空间，“船员”们保持着各自的独立性，同时又在“方舟”的顺利运行上通力合作、各司其职，因此“船员”的拣选成了至关重要之事。

当一切准备基本就绪，“鼹鼠”便着手拣选有“幸存”资格的“船员”，他利用每月一次上街购物的时机接触、观察旁人，招募“真正的伙伴”。在一次展销会上，“鼹鼠”迷上了一种名为“时钟虫”的昆虫，这种虫子肢体退化，以腹部为支点缓慢向左侧旋转着食用自身的排泄物，形成了一个封闭的生态圈，因其头始终朝着太阳，日出而动、日落而蛰，被栖息地的居民作为计时器使用而得名。“鼹鼠”认为“时钟虫”完美地呈现了自己与他者无涉的处世理念，象征着“方舟”自给自足的梦想，设想着将其形象设计为“方舟”旗帜上的图案，并将“时钟虫性”作为拣选“乘船资格”的审查标准——有着对生存的执着，并具备耐得住鼹鼠式寂寞生活的沉着性情。但“鼹鼠”的另一个重要的拣选标准却狭隘得多，他将几乎所有认识的人都排除在“幸存者”之外，因为他们因他肥胖的外表而嘲笑他、羞辱他，给他取外号为“猪”，以至于他“一听到‘猪’字便犹如人格被放入绞肉机中绞碎”（276）般愤怒、厌恶。由于肥胖，他对奥运会那种国际性的“肌肉礼赞”嗤之以鼻，切身感受并憎恶着社会上对弱者无处不在的歧视与排挤；然而他的理想共同体构想却是以反向的排他性为基础的，是为了反歧视的歧视，恰如为了防止暴力的暴力般陷入悖谬之中。除了拣选标准外，“鼹鼠”的排他性还体现在“方舟”内部的严密防御措施上，数量可观的“改造武器”以及防止入侵的诸多防御机关，体现了他试图以暴力阻隔不符合自身价值判断标准的“异质性”他者的进入。“方舟”作为一个避难所除了确保内部成员的安全之外，还承担着抵御外部他者涉足、维持内部同质性的功能。“方舟”的排他性逻辑与“鼹鼠”所憎恶的现存社会主流群体对边缘、弱势群体的歧视在实质上是相同的。

此外，完备“方舟”的设施需要大量的资金和物力，没有正式工作的“鼹鼠”是如何应对这一难题的呢？“鼹鼠”最不可告人的秘密便在于此，他将“方舟”内的巨型马桶作为“万能下水道”，承接处理那些在法律上、伦理上无法草率处理的“麻烦”垃圾——小动物尸体、流产的婴儿、有毒工业废料等——来获取高额报酬。最初，“鼹鼠”对于非法倾倒“麻烦”垃圾有着生理上的排斥和不安，也担心事情败露被追究法律责任，但“万能下水道”似乎将这些垃圾冲到了肉眼不可见的地方，其周围也没有马上出现明显的危害，于是他便与搭档成立了“特弃社”（特殊废弃物处理公司），理所当然地开展起废品处理的“业务”来。这种不顾危及他人的道德冷漠实际上与现代性的个体化进程相生相伴，是个体化消解他者伦理[①]的必然结果。如果说“鼹鼠”孤立的生存境遇是现代化进程中的激烈竞争带来的人际关系疏离、个体原子化的结果，那么他为了一己私利罔顾他人安危的行为本身，又助长着共同体中个体生存境况的进一步恶化。

“方舟”在理念层面、伦理层面都存在难以化解的矛盾冲突，在根本上仍然无法跳脱出现代性价值观决定的生存竞争、个体化思维模式，显然无法打破现代性的“麦比乌斯之环”，更遑论承载起开创“新纪元”的梦想。而另一替代性共同体“扫帚队”，其赤裸裸的法西斯主义性质未尝不可以视为

① 以列维纳斯为代表的诸多哲学家及社会学家都对“他者伦理”进行过论述，主要体现为个体面对、了解、承认、悦纳他者的伦理向度。

"方舟"的共同体构想的极端化形式。

2. "扫帚队"的"代表弃民王国"

在现代社会的功利主义逻辑下，老年人作为丧失了劳动力的群体被推至社会公共参与的边缘地位，在社会生存竞争中更是处于绝对的劣势。"扫帚队"便是作为弱势群体的老年人为反抗现存秩序而组成的替代性共同体。

"扫帚队"由平均年龄在70岁以上的老年人组成，他们佩戴徽章、身着深蓝色制服，在每日凌晨一边齐唱军歌一边打扫街道，以无私奉献、净化环境为名，逐渐形成纪律森严的组织，其首领正是"鼹鼠"不共戴天的生父"猪突"。"扫帚队"以"代表弃民"（被社会所抛弃的民众之代表）自居，觊觎并策划强占"方舟"确立"根据地"。"扫帚队"以"净化街道，净化精神"为宗旨，对外试图以自身的价值观为基准推行"人类净化"，对内则奉行法西斯式的军事化组织管理方式，利用队员相互检举、对一般市民的模拟"公开审判"等"日常仪式"来统摄人心。但实际上，"扫帚队"表面上以"净化环境"为名积极参与公共事务，背地里却通过非法中转、处理"麻烦"垃圾而敛财；而且，他们觊觎"方舟"除了企图抢占地盘成立"代表弃民王国"之外，另一目的则在于"猎捕"藏匿于"方舟"尚未开发区域的"雌小鬼"（女中学生）以满足自身的兽欲，为此，他们不惜欺骗、利用"猪锅"少年团伙，煽动、导致其内部的分裂。由此不难看出"代表弃民王国"虚伪、暴戾而扭曲的本质。

在代表"鼹鼠"同"扫帚队"交涉的过程中，"昆虫贩子"误杀了"猪突"后成为"扫帚队"的新领袖，带着"扫帚队"继续实施占领"方舟"的计划。"猪突"的意外死亡并没有令"扫帚队"分崩离析，那是因为其成员在长期的驯化下已然将组织的价值观及纪律内化于言行之中，其间，纪律监察员般存在的"副官"起到了关键作用。"副官"与其说是忠诚于首领"猪突"，毋宁说是忠诚于"扫帚队"的理念和传统，他主张恪守"扫帚队"既成的规则与习惯——"我不建议过于激进的改革，毕竟所有成员皆认可的习惯已经成了他们肉体的一部分了，让他们怀疑既成的习惯是不明智的。作为团队成员的自豪感与服从心理是不可分割的”（440）。在他的辅佐下，“昆虫贩子”得以迅速顺应并掌握领导要诀。“副官”对“扫帚队”/“代表弃民王国”推行半军事化高压管理方式的“独裁”性质供认不讳，针对“鼹鼠”对民主、个体自由的主张，“副官”尖锐地指出了个体自由的局限性以及暴力机构作为国家统治需要的内在必然性：

“民主化无非是为了提高个人的生产效率而由国家不得已而采取的便捷、权宜之计罢了，正如要提高计算机的效率，就必须扩大终端机的自由度一样。无论是什么样的民主主义制度都必定有着叛国罪或相应的对自由的限制。（中略）个体固然拥有（自我防卫权等）自由，但那也是国家赋予的。对外防止干涉内政，对内防止反叛，军队和警察是国家的两大原则。统治原理不起作用的国家是不存在的，无论是由个人还是由组织来统治，护照的发行机构俨然是存在的。”（441～442）

“副官”的言论实则揭示了全球化、个体化语境下，现代国家为维持“确定性”和“安全性”对国民实施的管控与国民的民主、自由权之间难以调和的矛盾。正如鲍曼所指出的，“确定性和自由是两个同样珍贵和渴望的价值，它们可以或好或坏地得到平衡，但不可能永远和谐一致”[①]，个体的自由与确定性、安全性永远无法兼得，两者的一消一长构成了“流动的现代性”中的繁杂交错的政治力学的核心。对此，安部公房关于“没有锚的方舟的时代”（「錨なき方舟の時代」）的言说显得别有洞见：

国家本身就是一个避难所……马克思的思想之根本在于主张国家的消

① 齐格蒙特·鲍曼. 共同体: 在一个不确定的世界中寻找安全[M]. 欧阳景根，译. 南京: 江苏人民出版社，2003: 7.

亡，我非常怀疑这一目标实现的可能性，但除此之外好像别无他法了。然而现实中没有了国家是难以想象的。国家的功能弱化了就会落得像黎巴嫩那样的下场，这证明了国家作为一种必要的恶，是维持日常所不可避免的。（中略）但是，国家内含着一种机制，会导致内部的防御系统越来越巨大化，令法西斯主义不断地再生产，就像生物细胞中内含着癌这种机制一样。“日常”的给予或是剥夺，都是国家的功能[①]。（着重号为笔者加）

在安部的言说中，“日常”无疑是指国民生活的确定性与安全性，恰恰是“流动的现代性”时代所匮乏之物；对“国家作为一种必要的恶”的认识，显然与其前期、中期作品中反复呈现的“拒斥一切形式的共同体”的书写形成对照，可视为安部对20世纪80年代以降的新时代语境下个体与共同体关系的重新定位与把握；进而，“国家内含着一种机制，会导致内部的防御系统越来越巨大化，令法西斯主义不断地再生产”的论断，体现了安部公房对日本国家主义的复苏与新保守主义崛起的警惕与批判。不难看出，“没有锚的方舟”隐喻着安部公房对渴望救赎的“乌托邦”、却无法找到归属的当代人的生存境况的诊断，与鲍曼的“流动的现代性”的论断有着异曲同工之妙。

《樱花号方舟》可视为安部公房对当代共同体与个体、确定性与自由等命题的思考：从普适性层面上看，作品揭示了“流动的现代性”时代语境下人们普遍的道德冷漠、对陌生人充满敌意等人际关系异化的特征，以及个体试图寻求某种替代性共同体来应对确定性、安全性匮乏带来的不安和身份焦虑；从特殊性层面上看，作品对各种替代性共同体内含的排他性和法西斯主义倾向的揭露，影射了日本新保守主义政治实践的阴暗前景。那么，安部公房对这般充满对峙、绝望黯淡的“没有锚的方舟的时代”是否提出了相应的

① 安部公房.［インタビュー］錨なき方舟の時代（栗坪良樹による）[M]//安部公房全集　第27巻. 東京: 新潮社，2000: 173–174.（初载于《すぶる》1月号，1984年）

解决方案呢？作品借对“托儿”（サクラ[①]）这一关键人物之生存哲学的刻画，展示了与“陌生人”——异质性他者共存的可能性。

四、与“陌生人”共存：社会责任与他者伦理

围绕“方舟”主导权多方力量对峙的场面无疑是《樱花号方舟》的高潮部分：当“扫帚队”“猪锅”少年团伙一股脑地涌入“方舟”之际，“鼹鼠”却因意外地单脚卡进巨型马桶而身陷囹圄。在三方的对峙中，“扫帚队”的野心、个人的扭曲心理暴露无遗；“鼹鼠”看透了“时钟虫式的和平”只是虚妄的梦想，更重要的是意识到了自己“幸存者的方舟”的构想与“猪突”领导的“扫帚队”在本质上如出一辙，都是基于对他者的拒斥以及在道德责任上的麻痹。在“昆虫贩子”不顾“鼹鼠”的安危、决意对他实施截肢手术之际，“鼹鼠”引爆了预先埋设的爆破装置，谎称是外界核战争爆发的结果，切断了“方舟”与外界的连接，“方舟”于是仓促“启航”，进入了“末日之旅”。借爆破的威力，“鼹鼠”终于得以从巨型马桶中脱身，一心逃离混乱失序的“方舟”；然而得知所有真相的“托儿”却选择留在“方舟”中，放弃了与“鼹鼠”一起逃离的机会。圆滑世故、善于投机取巧的“托儿”最终选择接受“世界末日”的谎言，留在与外界隔绝的“方舟”中与“扫帚队”“猪锅”少年等“陌生人”/异质性他者共同生活。这一行为看似出人意表，但从“托儿”的言行中展现的生存哲学来看，却又是他意料之中的选择。

“托儿”这一外号源自他与“鼹鼠”在展销会上初遇时的职业身份——名义上是统合小商贩的“催祭”（贸易促进）公司的经理，实则充当“托儿”为展销会上的小贩招揽顾客。和“昆虫贩子”一样，“托儿”也有着不甚光彩的背景，他曾加入过黑社会、参与过非法枪支买卖，后因无法偿还高

① 在日语中“さくら”除了“樱花”之意，还指伪装成顾客诱人上当的“托儿”。作品题为『方舟さくら丸』便是利用“さくら”的双关含义。

利贷而被催债人追杀，过着乔装打扮、东躲西藏的生活。“托儿”是从“鼹鼠”手中夺走“船票”偷偷潜入“方舟”的不速之客，在四人的“共同生活”中也常常自作主张、得寸进尺，时有“僭越”之举；然而在追击“方舟”潜入者以及同“扫帚队”交涉的过程中，“托儿”始终站在维护“船长”和“方舟”整体利益的立场上，当“昆虫贩子”倒戈相向之时试图居中调和，并竭尽全力帮助“鼹鼠”脱身。与“昆虫贩子”不同的是，“托儿”有着一贯的主张，即对逆境的安之若素以及对差异性他者的包容。

“托儿”质疑“鼹鼠”挑选“船员”的标准，认为“鼹鼠”不应该光选择与自己性情相投的人——“光是让那些知根知底的人上船太没意思了”，“又不是奥运村，光是召集选手有什么意义呢？”（211）这并非他为自己的不请自来而信口说出的辩解之词，而是与他对“多样性”的主张有关。从“托儿”对“适者生存”逻辑的质疑中，可以窥见其包容“异质性”的人生观：

“在我还呆在黑社会那会儿，无意中读到了达尔文的进化论，虽然只是漫画版的，从那时起我的人生观就改变了。‘豁上性命地活着’那种大话姑且不说，如果说黑社会的争斗才是货真价实的争斗的话，那按照适者生存的逻辑岂不是所有人都成了黑社会了吗？黑社会成员的眼中只有黑社会的世界，那是不断争夺地盘的人生。黑社会里的都是些嫉妒心极重的家伙。（中略）宗教那种东西也毫无公平可言，因为有地狱和天堂之分”。（371）

“托儿”无疑已经厌倦了黑社会的争斗而从中抽身而出，在达尔文的进化论中，他“顿悟”到了“适者生存”的逻辑与黑社会凭着暴力争夺地盘的逻辑并无不同，“社会达尔文主义”令现代社会剧烈的生存竞争及由其造成的社会不公合理化，也加剧了对“失败者”、弱势群体的歧视与排斥。正如齐泽克所指出的，“任何试图弥合、废止不可化约的多元性、废止驱力对抗的尝试都必将走向极权主义”[1]，“托儿”主张以多样化取代同一化，暗示“鼹鼠”对异质性他者的拒斥势必酿成新的歧视与不公。

当“鼹鼠”启动爆破装置使“方舟”成为与外界彻底阻隔的封闭空间时，“昆虫贩子”领导的“扫帚队”彻底掌握了“方舟”的控制权，可以想象“方舟”在其极权管控下将呈现怎样的共同体样态。相信外部世界已经在核战争中消亡的人们如同患上“斯德哥尔摩综合征”般开始自觉地听命于“昆虫贩子”的指挥，屈服于“别无选择”的状态。然而，获知真相的“托儿”仅仅是略感意外，不无遗憾地喃喃重复着“原来如此……核战争只是个谎言啊……也就是说，社会还是照常运转着的啊”（461），却并没有试图挣脱他们的独裁统治。当“鼹鼠”迫不及待地想要逃离“方舟”，远离“扫帚队”时，“托儿”却出于自身的意志决定留下来。面对“鼹鼠”的劝阻，“托儿”不为所动地回应道：

“不过如果把它当成事实，也未必不能信以为真。你不是也说过吗，总有一天会爆发的，核战争这种东西，早在开始之前就开始了……我怎么都无所谓，干脆就这样在这儿多呆一段时间试试……（中略）无论在哪儿、怎么活着都不会有什么差别的。再说了，‘托儿’本来就是明知是假的还跟着起哄的不是吗？”（465～466）

“托儿”尽管对“扫帚队”的理念、纪律和“传统”多有微词，也深知“扫帚队”的“丑恶”面貌——“那帮老头确实挺猥琐的，长眉毛、鼻毛探出鼻孔、下巴像河马一样堆满褶子……光是外表丑陋也就罢了，最让人难以忍受的是成天摆出一副‘老子无所不知’的嘴脸，真是愚钝得可悲”（463），然而他却仍然决定与之为伍，这果真是出于“无论在哪儿、怎么活着都不会有什么差别”的消极人生观吗？在笔者看来，“扫帚队”所把控

① 斯拉沃热·齐泽克. 意识形态的崇高客体（第二版）[M]. 季广茂，译. 北京：中央编译出版社，2017: 6.

的“方舟”，象征着一个失去自由而重获确定性的世界，正如现实社会中“耶稣的方舟”为失去人际关系纽带的人们提供身心的归属和庇护一样，是“流动的现代性”中反既成共同体的“替代性共同体”。一方面，“托儿”或许是因为不想再回到外部世界东躲西藏的日子，才决意留在“方舟”中当“志愿囚徒”（「志願囚人」）的；但另一方面，他又对“方舟”抱着某种责任感。此前，“鼹鼠”曾因无法从巨型马桶中脱身而将“方舟”托付给“托儿”，这一不起眼的一幕实则为作品的点睛之笔，暗示着“方舟”这一虚拟共同体未卜的命运。

“如果我发生什么不测的话，你就是下一任船长最合适的人选了。”//“我当船长？”托儿似乎想笑，而脸却僵硬着，“你看走眼了吧。要是我当船长，这艘船岂不成了‘樱花号’了？会让人笑掉大牙的。既没有指南针又没有航海图，压根就是一艘无从启航却假装在航行的船嘛。”（427～428）

然而在临别之际，当“鼹鼠”将“方舟”的各种装置的总操控器交给他时，“托儿”轻描淡写地说道，“船我会帮你好好照看着的，虽然不确信能负起责任来。不过好不容易收起了锚，就这样沉没了也未免太可惜了。”（467）如果将“方舟”视为一个对抗外界既成秩序的共同体的话，“托儿”的言行则体现了其对这一全新共同体的责任意识，是对道德冷漠、他者伦理缺失的现代社会弊病的修正。进而，“托儿”否定“弱肉强食”的社会达尔文主义、不拘成见地接纳“陌生人”、在逆境中寻求转机、顽强求存的生存哲学中，暗含着某种消解当下共同体与个体、个体与他者之间尖锐矛盾的可能性。作品以“方舟さくら丸”为题（而不是“鼹鼠号方舟”或“扫帚队号方舟”），未尝不可视为作者对“托儿”的选择寄予着期望，借此表达对社会责任、他者伦理的呼唤。

安部公房在《没有锚的方舟的时代》中言及《樱花号方舟》最初的构思源自对“志愿囚徒”的构想，即“当下我们所置身的生存境况，并非因外力的拘禁而成为囚徒，而是心甘情愿地成为囚徒”[①]。这一观点与鲍曼提出的“自愿的隔离区”遥相呼应——

那些认为不安全的幽灵难以缓和更不用说消除的人们，正在忙于购买防盗警报器和有刺铁丝。他们在寻求的是和个人的防核掩体一样的东西；他们称之为“共同体”。他们追求这个“共同体”，意味着一个防止被盗和防止陌生人的“安全环境”。“共同体”意味着隔绝、隔离，象征着防护墙和被守卫的大门。（中略）在向“安全的居民共同体”前进的漫长道路上显现出来的是“自愿的隔离区”这个怪异的突变体[②]。

鲍曼基于对全球性现代化进程中郁积的矛盾和危机的社会学考察，指出在“流动的现代性”时代语境下，面对不确定、不安全的社会生存环境，寻求安全的人们要求武装、臆想敌人，“分离替代了共同的生活协商；把剩余差异当成犯罪——这些东西都是当今都市生活演化的基本方向”（同上引，141）。这一论断无疑与20世纪80年代以降安部公房对共同体与个体、个体与他者间关系的洞察与把握相吻合。《樱花号方舟》以都市共同体中甘当“志愿囚徒”的个体为题材，构建了一个社会边缘群体寻求乌托邦式替代性共同体的悲喜剧，借此剖析个体在确定性、可靠性、安全性匮乏的现代社会中的生存困境。作品指涉着日本社会的现实矛盾及政治样态，同时又影射着“流动的现代性”时代语境下人类普遍的生存境况，体现了安部公房立足于本土独特性的现实观照，同时又辐射至人类命运共同体的普适性人文关怀。

① 安部公房. [インタビュー] 錨なき方舟の時代（栗坪良樹による）[M]//安部公房全集　第27巻. 東京: 新潮社，2000: 170.（初载于《すぶる》1月号，1984年）

② 齐格蒙特·鲍曼. 共同体: 在一个不确定的世界中寻找安全[M]. 欧阳景根，译. 南京: 江苏人民出版社，2003: 139–142.

第二节

“他者”再认知之旅
——《袋鼠笔记》

20世纪80年代末，随着美苏冷战格局的终结，意识形态之争尽管依然存在，但已经不再成为威胁世界和平的主要矛盾。针对世界局势的巨大变化，安部公房曾指出，“两大强国间恐怖的均衡这一安全阀消失了，目前的局面似乎让全世界松了一口气，但实际上却并非如此。接连发生的海湾战争、在印度的暴动等，毋宁说回到了小规模的战国时代。据我预测，此前的红（苏联）与白（美国）之争是思想上的，今后则会变成人种上的对抗，抗争将更深入、更恐怖”[①]。安部的预测无疑是正确的，自20世纪80年代末以来，不同种族、族裔间的冲突不仅在国家间，也在移民较多的国家中成了复杂而有争议的课题，“多元文化主义[②]”一词就是在这一背景下诞生的。作为一种政治、文化诉求，多元文化主义无疑与“流动的现代性”这一时代特征有着紧密的关联，是个体在不确定、不可靠、不安全的时代中与“陌生人”共处、同时又能保有个体主体性的解决方案之一。

---

① 安部公房.［インタビュー］安部公房氏語る（鵜飼哲夫による）[M]//安部公房全集　第29巻. 東京: 新潮社，2000: 196.（初载于『読売新聞』夕刊，1991年6月27、28日）

② 汪民安. 文化研究关键词（修订版）[M]. 南京: 江苏人民出版社，2019: 60.（“多元文化主义”一词的出现始于20世纪80年代的美国。1988年春，斯坦福大学校园的一场课程改革成为后来被学者们称为“文化革命”的开端，它“既是一种教育思想、一种历史观、一种文艺批评理论，也是一种政治态度，是一种意识形态的混合体”，成了教育、文艺、政治诉求的出发点和依据。）

较之种族间的对抗或不同宗教间的冲突，安部公房更关注于“流动的现代性”时代中广义的“异质性他者”，将批判的焦点对准了日本既成的封闭性共同体秩序、传统价值观对“差异性”的排斥。从这层意义上看，对差异性、对“他者”的再认知成了20世纪80年代后期以降安部公房的“共同体”思考的核心所在。

安部公房生前完成的最后一部长篇小说《袋鼠笔记》于1991年1月至7月在《新潮》杂志上连载，同年11月由新潮社出版了单行本。或许是受单行本初版第1次印刷的腰封上“冥府と臨界にこだまする、闇莫の私小説（回响于冥府与临界间的、闇漠的私小说）”[①]这一说法的影响，加上安部在该作品的执笔期间有过2个多月的住院经历，同时代的研究者大都将该作品视为安部公房住院期间与病魔抗争的“私小说”来解读。丹生谷贵志（1992）分析，构成小说的7个章节分别代表7个噩梦，章节之间情节缺乏逻辑合理的连接，犹如“地狱巡回”的过山车般起伏跌宕地呈现，认为该作品体现了安部公房住院期间对迫在眼前的“死”的意识[②]。唐纳德·金（1994）认为，尽管善于隐藏自身情感的安部对充满自我怜悯的典型私小说非常排斥，但该小说却是名副其实的私小说，同时又是前卫文学；病床犹如小说的副主人公，不仅引领着情节的展开，还与主人公之间有着情感互动；主人公罹患的怪病同时寓意着他的生命，小说末尾用剃刀刮去小腿上的“萝卜苗”暗示着一种“安乐死”；作品对平淡无奇的地狱的刻画、各种引人发笑的荒诞而滑稽的描写中却蕴含着一种悲壮的旋律，体现了安部对死亡的嘲笑[③]。笔者认为，将《袋鼠笔记》与作者的疾病和对死亡的感受结合、作为“私小说”来解读的倾向，未能将该作品置于时代脉络以及安部公房的整体

① 在1992年2月的第1版第4次印刷中，该句改成了“冥府との臨界にこだまする、闇莫の旋律（回响于冥府与临界间的、闇漠的旋律）”。

② 丹生谷貴志. 地獄のディズニー・ランド——安部公房『カンガルー・ノート』[J]. 新潮 89（2），1992: 226–229.

③ ドナルド・キーン.『カンガルー・ノート』再読[J]. 新潮 91（1），1994: 316–320.

文学创作中加以把握，是一种过于简单化的阅读；进而，这一倾向也导致未能将文学创作与“日常”拉开一定的审美距离，从更普适性的层面把握作品中各种意象的深层含义。

进入21世纪之后，对《袋鼠笔记》的解读呈现出多样化的趋势。蒋崴（2012）以身体论的角度切入文本分析，认为自动行驶的病床载着主人公彷徨于“梦”之世界的意象，与1991年上映的科幻动漫《老人Z》之间存在着共通之处，进而将与病床一体化的“我”视为“机械与人体的复合体（cyborg）”意象，指出作品通过混淆内与外、人体与机械的界线，隐喻非人化的身体与他者的隔阂带来的孤独[①]。内河绫（2016）结合安部公房意欲挑战“用语言表达非语言性质的内容”“用语言来描绘拒绝类型化的‘模拟感觉’”的尝试，着眼于作品中的听觉表现以及文本中多次出现的Pink Floyd闻名遐迩的歌曲*Echoes*中的各种意象，分析论证了主人公自我认识模糊、只能听到自己声音的回响，却无法成为呼唤的主体的形象特征[②]。身体论、音声论等分析策略，从不同的角度揭示了文本中丰富的隐喻意象及叙事手法的独特之处，彰显了作品所呈现的多义性与可能性，是对文本解读空间的有益拓展。但也有部分先行研究无视文本的内在逻辑，对各种意象进行恣意拼贴式的解读，如中野和典（2007）从安部公房关于“纯种与异种”间的辩证思考入手，分析了《袋鼠笔记》中塑造的“劣等性”群像，指出主人公“我”从对自己的劣等性的自觉转变为对更弱小者的欲望，进而从中获得了相对优势，构成了新的掠夺与被掠夺的关系，隐喻着日本为摆脱在欧美列强面前的劣势，抛出“脱亚论”建构殖民主义逻辑的形象[③]。中野将主人公对

① 蒋葳. 安部公房『カンガルー・ノート』論: 身体を視座として[J]. 国文，2012(117): 27–39.

② 河田綾. 鳴り響き続ける「ぼく」: 安部公房『カンガルー・ノート』試論[J]. 立教大学日本文学，2016(116): 80–91.

③ 中野和典. 劣性の思想——安部公房『カンガルー・ノート』論[J]. 九大日文，2007(9): 82–98.

三名“眼角下垂”的女性的眷恋之情解读为纯粹的性欲与生殖欲，进而演变为对更弱者的“掠夺”，最终遭到孩子们的“行刑”，这种解读与作品中多处指涉的对他者的共情与怜悯背道而驰，难免有断章取义、牵强附会之处。

本节结合“流动的现代性”时代的多元文化语境，将《袋鼠笔记》置于安部公房对“共同体”的书写系谱中加以考察。《袋鼠笔记》以怪诞现实主义[①]的手法叙述了主人公“我”遭遇突如其来的身体“异变”后经历的一系列“冒险旅程”。以病床为媒介，“我”在各种诡异的场景间穿梭，这些碎片式、梦境般的境遇构成了“我”突破“边界”、重新认识“他者”的契机。本节通过分析主人公在身体变异后沦为社会属性缺失的“异质性他者”，历经与象征体制秩序的“父亲”、象征传统归化力量的“母亲”对峙的“通过仪礼”，获得重新认识自我与他者关系的视角，进而踏上寻求新型共同体的旅程，从中探究安部公房对共同体中的“差异性他者”以及社会生存竞争中的“弱者”的人文关怀。

一、皮肤的异变：“他者化”的开端

《袋鼠笔记》的开篇描述了主人公“我”突如其来的“变形”，正如卡夫卡笔下毫无先兆地变成甲虫的萨姆沙，这种反日常性的“变形”是安部公房作品中常见的预设。在此，导致“变形”的原因毋宁说是无足轻重的，安部借由“怪物性”所带来的视野的变换，通过“变形”将主人公引入反日常的“歧路”，在其多舛的命运中观照人类普遍的生存境况。

① 金炳华，等. 哲学大辞典（修订本）[M]. 上海: 上海辞书出版社，2001: 468.［怪诞现实主义（Grotesque Realism）是巴赫金提出的概念术语，指狂欢化文学以其“怪诞”与“笑”达到的一种现实主义。巴赫金认为民间狂欢节产生的“怪诞”与“笑”，打破了以往经典正统的秩序与等级，以怪诞的夸张、嬉笑，以民间文化来对抗正统文化，打破一切束缚、假正经，以口语、通俗文学嘲弄、斥责、颠覆正统语言，结果是去除中心，世界不断地被传统文化中所惯用的对比方法否定和颠覆。认为民间文化从来不单纯地否定，而是以充满狂欢节精神的“怪诞”把世界从一切可怕和吓人的东西中解放出来，把世界变成一个极端不可怕因此是极端光明和快乐的世界，变成充满欢快的“笑”的“滑稽怪物”。］

主人公“我”是一名文具用品公司的普通职员，某天早上当“我”醒来，发现小腿瘙痒难忍，翻起裤腿一看，腿毛消失了，取而代之的是正在萌芽的某种植物的幼苗。“我”慌忙赶往医院，在候诊期间，腿上的植物蓬勃生长，竟然是日常食用的萝卜苗。在医生稍作诊断之后，“我”被“圆眼镜”护士带到了手术室躺上了病床，随着麻醉注射的生效，其后发生的一切犹如梦境般真伪难辨、支离破碎。医生束手无策，建议“我”到地狱谷的硫黄温泉试试“温泉疗法”，于是病床从医院手术室出发，载着被固定在病床上的“我”，经过工地、接受警察盘查后被抛进矿坑一般的隧道，开始了难以分辨是梦境还是现实的“异界”之旅。

皮肤是人与外界接触的部分，象征着“自我与他者的国界”，皮肤的异变隐喻着对外界/他者的过敏症状[①]，是对外界/他者适应不良的反应。小腿上蓬勃生长的“萝卜苗”，令“我”成为罹患怪疾的“怪物”，沦为现实社会中的“异质性他者”。离开医院时“我”感到一种孤独而绝望的悲怆，无论是医生还是路人，无不以诧异、嫌恶或惊恐的眼神看待“我”。

绕过大楼拐角的时候，突然刮来的一阵疾风将毛巾被从脚边掀了起来，寒气渗入骨髓。我想重新用被子盖住脚，可身体被皮带绑着不能动弹。这下糟了，逼人的寒气不提，我那长满“萝卜苗”的双腿完全暴露在了外面。路人估计不会像刚才那样无动于衷了，我顿时从可怜的病人变成了怪物。迄今为止无动于衷的路人，说不定会忽然产生一种实施私刑的冲动对我拳脚相加[②]。

---

① 安部公房. ［対談］境界を越えた世界——小説『カンガルー・ノート』をめぐって[M]//安部公房全集　第29卷. 東京: 新潮社，2000: 217.（初载于『日本経済新聞』，1992年1月25日）

② 安部公房. カンガルー・ノート[M]//安部公房全集　第29卷. 東京: 新潮社，2000: 93.（初版单行本『カンガルー・ノート』. 東京: 新潮社，1991年11月25日）（本节对《袋鼠笔记》的文本引用皆出自该版本，由笔者拙译，以下仅标示引用页码。）

对无亲无故的“我”而言，医生的决断无疑是最后的“判决”，“我”感到自己彻底地被社会所抛弃了——“我不只是被抛弃了，而是连同这架昂贵的病床一起被赶了出来。如果从弃婴的情况来看，其随身藏带的金银珠宝越是贵重，则说明其父母的决心越是坚定”（94）。突如其来的“异变”令“我”意识到自己成了他人眼中的“怪物”，成了社会意欲排除的多余之物，进而成了丧失社会属性的、虽生如死的存在。“我”的这种自我意识与贯穿作品始终的“袋鼠”“有袋类”的隐喻相呼应，体现了崇尚社会达尔文主义“弱肉强食”之生存竞争法则的资本主义社会的现状。

“袋鼠笔记”是“我”构思的新产品开发方案，深受开发部门主管的赏识，但未等该方案投入开发，“我”便因为身体的“异变”而再也没能回到公司。“袋鼠笔记”的创意源于“我”对袋鼠的生态特征的兴趣——“真兽类和有袋类就像照镜子一样有着对应的进化分枝，像猫和袋鼬、鬣狗和袋獾、狼和袋狼、熊和树袋熊、兔和兔耳袋狸……（中略）有袋类就像是对真兽类的拙劣模仿，但那种笨拙同时又让人不禁深感怜爱”（83—84）。继而，“我”设想着“袋鼠笔记”像套娃一样无止境延续的意象：“笔记本一般是放在口袋里的，给笔记本附上口袋，口袋里又有笔记本……”（84）。尽管“我”对“袋鼠”与“笔记本”之间关联的解释不得要领，却由此辐射出多层隐喻和指涉。首先，“有袋类”笨拙且防御力低，象征着在现实生存竞争中的弱势群体；其次，“有袋类”最大的特征在于呵护幼崽的育儿袋，象征着在严酷的生存竞争中仍须承担的责任和义务；再次，“有袋类”象征着“真兽类”世界的镜像，正如《爱丽丝漫游仙境》的镜子中的世界般，隐喻着现存社会秩序之外的生存可能性。以下将结合上述“袋鼠”三个层次的象征寓意，分析《袋鼠笔记》中从受社会权力秩序、价值观所排斥的“异质性他者”/弱势群体视角出发对“他者”的重新发现，解读作品对构建新的共同体之可能性的探索。

二、“异界”之旅：向死而生的“通过仪礼”

《袋鼠笔记》中以虚实交织的怪诞现实主义笔触描绘了主人公“我”经“三途川”抵达死之国度“赛河原”又复归现实世界的故事，其间分别遭遇了共同体权力结构的两极——“父亲”所象征的体制秩序的暴力以及“仪式”“母亲”所象征的传统因袭的教化力量，亦真亦幻的“异界”之旅同时又是一个充满隐喻性的“通过仪礼[①]”。

1. 与“父亲”的对峙——挣脱体制秩序的“通过仪礼”

在小说的第2章（“绿面诗人”）中，“我”连人带病床一起被当作废品丢弃到一个矿坑模样的地方，病床沿着矿坑的轨道行进，在明灭的灯光中，梦境与现实如混沌的雾霭般交织着。矿坑的隧道被地下河阻断，“我”上了摆渡船，却遭到雌性鱿鱼的攻击而被迫逃进“大黑屋”一角的“物欲商店”避难。

在摆渡船上，首先映入眼帘的是“三日堂”的牌匾，这令“我”联想到已故父亲遗物《大黑屋爆破事件》（作者外号为“绿面诗人”）一书，从书中的多处画线与笔记中，可以看出父亲沉迷于书中描写的由雌雄鱿鱼接触引发爆炸的生物炸弹，估计父亲生前曾多次试验而未果。这时，“我”忽然发现输液袋不知何时竟变成了雄性鱿鱼，进而不得不奋力阻隔其与雌性鱿鱼间互送的信号，在雌性鱿鱼的追击下“我”狼狈逃窜。在此，小说进一步突破了“日常性”的制约，以梦境般非逻辑性、无意识的关联，营造出通往死亡

① 岳永逸. 范·根纳普及其《通过仪礼》[J]. 民俗研究. 2008(1)：9. ［“通过仪礼”（Rites of Passage）这一术语由法国人类学家范·根纳普（Arnold van Gennep，1873-1957）最先提出。根纳普在其著作《通过仪礼》中指出，诞生、婚礼、葬礼等人生仪礼是与地域通过、自然、宇宙的变化、与个体和群体的宇宙观紧密相连的；根据典礼的顺序和内容考察与典礼相关的行为时，可以区分出三个主要的阶段：分离阶段、过渡阶段和融入阶段，“第一阶段是与原有的状态、地点、时间或地位的分离。之后是过渡阶段，这个阶段中的人既不是转变前的人，也非在第三阶段经过重新整合的人，而是处于一种模棱两可的状态之中”。］

之境的“三途川”的魔幻现实氛围，可视为对现实此在的密托斯[①]化。吴建广（2020）指出，“梦境本身属于寓言般全喻性（allegorisch）、非理性叙述方式，是表现密托斯的一种形式，是人类理解力无法控制和解释的现象，也是人类理性之光照耀不到的地方。梦境空间的所有道具无法与现实一一对应，而是极具象征性，其能指与所指的关系也与日常（现实）语言的关系相违背。（中略）梦境密托斯的时间—空间关系有悖于现实主义的叙述逻辑，现实的时空关系是对称的、有比例的，有其自身的逻辑；而梦境的空间，从现实主义方法论看，是扭曲的、夸张的、不合比例的、不可理解的”[②]。在“三途川”这一具有高度隐喻性的梦境密托斯时空中，能指与所指以特殊的介质发生关联——（父亲为之着迷的）“生物炸弹”象征着压迫性、暴力性的“父亲”形象，而逃离雌性鱿鱼的追击则隐喻着竭力摆脱来自“父亲”的压迫与宰治，是重新确立自我认同的“通过仪礼”。在人类学意义上，“父亲”是权力符号的象征，“父亲作为‘象征的他者’直接象征着秩序。在基督教产生之后，上帝又成了‘绝对的他者’——所有父亲的原型，他们居于一个绝对的位置上，对子辈行使统治和宰割的权能。因此，对父权的反抗，就是对权力意志的反抗，（中略）父权代表着陈腐守旧的力量，父子冲突蕴含着新旧力量的冲突较量”[③]。小说中，“我”逃进“大黑屋”摆脱了鱿鱼炸弹的威胁，隐喻着摆脱了“父亲”这一象征性他者的控制，冲破了现实世界社会秩序、权力规训的束缚，进而度过了探索新的自我认同的“通过仪礼”。值得一提的是，这一场景的描写，与安部公房当时搁置中的小说、最

---

① 吴建广.“现实主义”标签下被遮蔽的德意志精神——凯勒《绿衣亨利》的密托斯特征[J]. 同济大学学报，2020（8）：2.［密托斯（mythos）“是一个与可感现实性相对立的概念，泛指人类现代理性、理解力无法推及的存在，即人类认识能力不可把握、控制、羁轭的一切”。］

② 吴建广.“现实主义”标签下被遮蔽的德意志精神——凯勒《绿衣亨利》的密托斯特征[J]. 同济大学学报，2020（8）：4–5.

③ 刘忠洋. 论东西方文学的“弑父”与“尊父”情结[J]. 学术界，2006（3）：143.

终未能完成的手稿《各种各样的父亲》（『さまざまな父』）间存在着明显的关联性。在《各种各样的父亲》中，变成隐形人的父亲跳入淤泥河中不知所踪，却随时可能回来再次逼迫“我”服下特异功能药，以满足其追求财富的欲望；“我”始终在象征着社会秩序、体制规训、冷漠无情的父亲的阴影下惶然度日。

当身无分文的“我”在“物欲商店”中进退维谷之时，幸而得到“圆眼镜”护士的救助，才得以拔掉导尿管、输液管并换下了病号服，不再是现实世界中惹人侧目的病患了。尽管仍然罹患着耻于见人的痼疾，但腿上的“萝卜苗”已成为“我”赖以为生的唯一食物，在某种意义上形成一个封闭的生态系；在现实世界沦为“无用之物”的“我”在某种程度上获得了一种新的自我认同。在“圆眼镜”护士的敦促下，“我”再次回到摆渡船，顺着“三途川”，来到传说中的死之国度——“赛河原”。

2. 与“母亲”的对峙——拒斥传统的“通过仪礼”

小说的第3章（“火焰河原”）、第4章（“德古拉[1]女子”）分别以“赛河原”和临近的村庄为舞台展开，场景充满日常性又不无滑稽，一扫传统“异界”书写中特有的禁忌、阴森而荒芜的气息。

“我”发现历尽艰苦抵达的硫黄温泉竟然就是著名的“赛河原”，不由感叹“生与死的界线，竟比预想中的更不起眼”（117）。然而眼下的“赛河原”竟然成了名胜景点，当地托儿所的孩子们组成的儿童“救助合唱团”唱着催人泪下的“御詠歌”，为老年旅行团上演了传说中夭亡儿童用石头为父母堆砌“回向塔[2]”的故事，以此开展募捐活动。“御詠歌”的内容是日本人耳熟能详的关于地藏菩萨救助地狱中受难孩子的传说，是一首能“唤起奇妙的眷恋之情，却又犹如无底的深井般阴惨的歌”（122），“那种曲调

① 即吸血鬼德古拉男爵，指嗜好“抽血”。

② “回向”为佛教用语，即以自己所修之善根功德，回转给众生，并使自己趋入菩提涅槃；或以自己所修之善根，为亡者追悼，以期亡者安稳。

中，蕴含着一种能在日本人心里留下深深印痕的回响”（151）。

通向冥界路途中的赛河原的故事
令闻者心生悲切
两岁、三岁、四五岁　未满十岁的孩童们
聚集在赛河原　思念着父亲　思念着母亲
因过度思念而哭泣不止　其声与世间的哭声无异
令人肝肠寸断
孩童们拾来河原上的石头
用来堆砌回向塔
砌第一层　是为了父亲
砌第二层　是为了母亲
砌第三层　是为了故乡的兄弟能得回向
白天砌起的回向塔　到了黄昏时刻
地狱的鬼现身　质问你们这是做什么
你们留在世间的父母　无心追善作善
每日哀叹着　凄惨呀、悲伤呀、可怜呀
都是你们的过错　令父母日夜嗟叹
你等休怪我无情　鬼抡起铁棒
推倒了堆起的回向塔
此时河原的石块烧得通红
河流变成了火焰　将所有的一切化为枯骨
（救救我　救救我　救救我　求求你们　救救我）[①]

“御詠歌”中对流落在“赛河原”无法成佛的孩子们感念父母恩情却反

① 126～127，引用略去了夹杂在歌词中间的叙述文字。

复遭到恶鬼破坏的描述，无疑蕴含着直抵人心、唤起普遍共情的情愫。然而将这种情愫商业化，用于景点宣传和赤裸裸的资金募捐，则是对仪式化、功能化了的“传统”的莫大嘲讽——

终于告一段落了。老人们或是摸着小鬼们的头，或是蹭着他们的脸、将他们抱起来，而导游的女孩却吹响了哨子催促他们上车。老人们恋恋不舍地排成队回到了小型巴士上，小鬼们挥着手向他们告别，这场景让人不由联想到营业时间结束后繁华街的后巷。对离开的客人而言，这意味着非日常性欢乐时光的告终，而对送行的女人们而言，则不过是腻味的日常性反复的仪式（127～128）。

文中刻画了旅游团的老人们在观看儿童合唱团声情并茂的表演时念佛祈祷、痛哭流涕的情景，却在表演结束时瞬间切换成商业性的捐款鼓动和事务性的导游流程，将悲情、感伤瞬间转换为充满了讽刺性的黑色幽默。

在与心理学家河合隼雄的对谈中，安部公房指出，“御詠歌”中夭亡的儿童实际上是指因父母生活贫困而一生下来就被杀死（「間引き」）的婴儿（「水子」），为了自己未能在人间向父母尽孝而祈求父母的原谅。安部坦言自己非常厌恶这种扭曲的价值观——“从常识上来考虑，把刚生下来的孩子杀死是父母的错，所以我之前一直以为孩子们堆砌石头是在为父母赎罪。然而实际上正好相反，是原本应该向父母尽孝的孩子因为（被杀死）没能活下来而向父母忏悔，一边垒石头一边向父母道歉”[①]，即使到了阴间也要尽孝子的义务。

根据豊島よし江（2016）的考察，江户时代后期，尽管没有战乱或疾病的影响，从1721—1846年的125年间，日本全国总人口却保持

① 安部公房.［対談］境界を越えた世界——小説『カンガルー・ノート』をめぐって[M]//安部公房全集　第29巻. 東京: 新潮社，2000: 221.（初载于『新刊ニュース』2月号，1992年2月1日）

在2500万～2700万之间，呈现人口增长的停滞，其中有一个重要的原因便是通过堕胎、杀死刚出生婴儿来减少人口，由于贫穷，堕胎、杀死刚出生婴儿成为当时全国范围内普遍存在的现象。当时的人们认为，刚出生的婴儿没有人格，在逐渐成长的过程中由“产神”赋予的灵魂才逐渐进入其体内形成完整的人格，进而认为7岁以前的孩子是属于神的，杀死婴儿即是将孩子还给神，呈现为一种生命的循环；“七五三”等庆祝孩子平安成长的通过仪礼便是由此衍生出来的[①]。尽管“杀婴”是出于食物匮乏而不可避免的人口控制，但民俗传说中却将这种行为正当化，甚至糅入儒家孝道的思想，将被父母“抛弃”、未能活下来的孩子视为没能“尽孝”而必须在地狱受罚的“戴罪之身”。这种扭曲的价值观背后的极端利己主义却被“习俗”与“仪式”所遮蔽。安部公房始终对各种被美化为“传统”的“仪式”持拒斥态度，认为“仪式”与传统习俗的捆绑呈现出某种“萨满”性的蛊惑力量，其背后隐藏着民族、国家等共同体构建的话语、符号操作，带着明显的虚伪性和意识形态性。

我对萨满主义（试图与神灵、死者之灵等灵性存在直接交流的现象），即“歌唱绝望”的操作非常厌恶。萨满主义在集团、共同体、国家等的仪式中必定会出现，从居委会的节日庆典到企业的冠名演出等以各种形式出现，伪装成知性的舞台剧或小说里也充斥着不少萨满的元素。不光是日本，在欧洲，纳粹德国的精神运动、瓦格纳音乐便是其代表。尽管很难拒斥，但我还是要竭力拒斥，用戏仿的方式引人发笑[②]。

① 豊島よし江. 江戸時代後期の堕胎・間引きについての実状と子ども観（生命観）[J]. 了徳寺大学研究紀要，2016（10）：77-86.

② 安部公房.［インタビュー］文学世界にテーマはいらない——自由な発想阻害するシャーマニズムを拒否（浦田憲治による）[M]//安部公房全集　第29巻. 東京: 新潮社，2000: 246.（初载于『日本経済新聞』，1992年1月25日）

安部公房对语言、仪式与共同体间的关系有着精妙的描述。他认为“语言”经由技术者（萨满师等）提炼、凝缩为对群体（民族、国家）表达忠诚的仪式，这些仪式可以煽动起人们对其他集团的敌意，将狩猎技术强化为战斗能力。正如欧洲天主教国家的教皇与君主，日本的天皇与将军，分别代表着国家权力结构相辅相成的两极，一极是代表传统因袭的萨满性仪式主持者，另一极是掌控着战斗力的体制秩序之代表。借由“萨满师”这一“语言的技术者”，萨满性仪式演化成了守护共同体纯粹性与正当性的必要“传统习俗”，“萨满之歌往往能唤起人们内心中普遍潜藏着的乡愁般的冲动”[①]。“缺少仪式的‘群体’容易陷入恐慌之中”，由此，各种萨满性的仪式实则为“保护（共同体）日常免遭各种纠纷扰乱的安定剂”，进而，“庄严的仪式时常能刺激泪腺，起到一种净化作用”[②]。《袋鼠笔记》以荒诞的笔触描写“赛河原”上的“民俗表演”便是通过戏仿、讽喻的方式与“传统”对峙，对“传统”施以去神圣化的解构。

“传统”“乡愁”等心理层面的归属感又与“母亲”的意象重合。小说中，观光协会允许身无分文的“我”免费使用“赛河原”的露天温泉进行治疗，条件是“我”必须指导儿童合唱团预备团员背诵《御詠歌》；然而就在“我”决定留下来的时候，却又被突如其来的大水冲离了“赛河原”。当“我”再次苏醒时，发现自己身处深夜的卷心菜地里，眼前抱着三味线、没有双眼、满脸褶皱、与“我”争夺病床的老妪，竟然是“我”已故的母亲。母亲毛骨悚然的怪异形象丝毫无法唤起“我”的共情，“我”一心只想夺回珍视为唯一栖身之所的病床。在“我”与母亲僵持不下之际，“圆眼镜”护

---

① 安部公房. シャーマンは祖国を歌う——儀式・言語・国家、そしてDNA[M]//安部公房全集　第28卷. 東京: 新潮社，2000: 236.（初载于『每日新聞』，1985年10月28日—11月6日）（着重号为笔者加。）

② 安部公房. テヘランのドストエフスキー[M]//安部公房全集　第28卷. 東京: 新潮社，2000: 275–276.（初载于『朝日新聞』夕刊，1985年12月2日、3日）（着重号为笔者加。）

士突然出现，在她强行抽血的胁迫下，母亲终于妥协，百般不愿地退去了。

较之“父性”象征权力与秩序，“母性”则象征着农耕民族对土地与安定感的眷恋以及地域共同体温情脉脉的传统。然而，在“异界”与母亲的相遇丝毫无法勾起我的温情及眷恋之情，隐喻着“传统”的束缚力及教化效力对“我”而言已然消失殆尽，比起地域共同体赋予的安定感和安全感，“我”更珍视眼前漂泊不定的临时栖身之所和前方未知的世界。可以说，与母亲/传统的对峙象征着“我”迈向新的自我认同的另一个“通过仪礼”。这一新的自我认同，便是像有袋类一样作为“弱者”而生，并尽己所能承担对他者的责任与义务。

作为故事的伏线，从“三途川”到“赛河原”，“我”一直感受到有着“眼角下垂”特征的女性的特殊吸引力：第一个是两次向我施以援手的“圆眼镜”护士（A），第二个是在废弃矿坑道中擦身而过的游览车上朝“我”招手的孤独少女（B），第三个是“赛河原”邂逅的“儿童合唱团”里智力发育迟滞的女孩（C）。毫无疑问，“我”对这些女性的特殊好感并非完全源自她们的性魅力，而是一种难以名状、尚未被“我”所充分意识到的共情和怜爱，催生了“我”新的自我认同。这种特殊的情感，在“我”重返现实世界、接触到医院这一特殊空间中的“他者”后，逐渐变得更加清晰。

三、弱者的“尊严”：对“他者”的再认知

《袋鼠笔记》的第5章（“新交通体系的提倡”）、第6章（“风之长歌”）叙述了“我”随着“圆眼镜”护士离开卷心菜地，暂住到她家闲置的车库里。“圆眼镜”护士家经营民宿，其房客是一名从事“事故死亡”研究的美国人，同时又挂出了“世界德古拉协会日本支部”“日本尊严死协会”“日本安乐死俱乐部设立筹备委员会”“极念流空手道接骨院”等多种名目的招牌。期间，“我”意外地发生下巴脱臼，不得已求助于美国人，却在治疗过程中昏厥了过去。从昏厥中醒来后“我”又回到了医院，治疗错位的下巴。

在医院的多人病房，“我”与邻床的老人熟稔起来，进而在作为“社交场所”的吸烟区结识了形形色色的患者。一名有呼吸障碍的老人因夜间时常发作打扰其他病人休息而被安置在走廊，尽管有护士们的悉心照料，但老人不时的发作、痛苦的呻吟让其他患者备受折磨。每当老人歇斯底里地发作，患者中就会有厌烦、抱怨之声——“闭嘴，吵死了！”“白天光是睡觉，一到晚上就折腾”（164）、“真适合当看门狗”（169）。然而，护士们不厌其烦地帮老人按摩、吸痰、擦身，充满温情的话语让“我”受到了前所未有的震撼。

护士将老人的双脚并好，盖上被子，边轻柔地按摩他胸部痛苦伸缩着的呼吸筋边说：“很难受是吧，不是跟您说了白天不要睡觉的嘛，这会儿大家都想睡觉，您不能打扰大家呀。怎么样，舒服点了吧？别担心，我们就在旁边，随时都能过来……”//老人的呼吸很快平静了下来。我从未试过那样毫无防备地依赖过谁，护士献身般的言行举止令我感到一阵眩晕。//（中略）右眼下有颗黑痣的护士的动作有着绝妙的连续感，像是预先设计好的，熟练地为老人把脉，用手电筒照了照他的瞳孔，从病床底下取出马达接上吸痰器，将软管插入老人口中为他吸痰。吸痰器发出蒸馏式咖啡机般的声音，老人的呼吸逐渐顺畅了起来。//“舒服点了吧？顺便帮您擦擦背吧？”//老人用气喘吁吁的声音在护士耳边说着什么，虽然不知道他说了什么，但护士好像了然于心，边用自己的梳子梳着老人稀疏的头发边说：“没有的事，谁也没有生您的气呀，您看大家不是都笑眯眯的嘛。稍等一下哦。”便拿起枕边的洗脸毛巾朝浴室跑去。（中略）护士拎着泡过热水的毛巾，边调节温度边从浴室走了出来。她温柔地抱老人坐了起来，先是用毛巾热敷他的胸部，再从背部擦拭到腰部，轻柔地、耐心地随着老人的感觉调节自己的动作。//我禁不住热泪盈眶，却无法解释自己为什么会落泪。是惊讶于现实中竟然存在这种令人难以置信的献身。是对自己若非亲眼所见绝难相信的鄙俗感到羞耻。也许自我放弃的情绪挤压着心脏而化成了泪水吧。（167～168，着重号

为笔者加）

护士们的和善及体贴入微的看护，令“我”感受到迄今为止未曾接触过的温情，那种对他者“献身”般的责任与义务感，在“我”心中激起了层层波澜。然而，老人的凄惨状、其他患者的露骨的嫌恶，又使“我”不由将自己被视为“怪物”、被社会“抛弃”的孤独处境投射到了老人身上，希望能找到平息痛苦、恢复“尊严”的方法。于是，“我”向巡诊的医生问起了“尊严死”的问题。

“那人有治好的希望吗？”//（中略）“如果你是指他的呻吟的话……”医生微微点头平静地说，“确实给大家添了不少麻烦，但这和他的病情进展并没有直接关系。大概是因为他天生胆子就小，有被害妄想的倾向吧，总是感到惶恐、不安，这才不断发出那样的惨叫。”//（中略）“这样的患者，适用于尊严死吗？”//“你是想说安乐死？”//“有什么不同吗？”//“在你看来那个老人还是个人吗？”//“是啊。”//“你有自信断言自己比那个老人更有尊严吗？”//“可是，他看起来那么痛苦……”//（中略）“我所说的是尊严死的问题。安乐死不是医学领域的问题，我觉得那是一种谋杀。”（169～170，着重号为笔者加）

医生的回答指出了“尊严死”的悖论，归根到底，怎样的生命才算是“更有尊严”的？谁有资格断言其他人活得没有“尊严”呢？无论是“尊严死”还是“安乐死”，在这种情况下都是放弃对他者的责任与义务的遁词，是强者对弱者的“审判”，其实质无非是社会达尔文主义“弱肉强食”的逻辑对“弱者”生存权的漠视与抹杀。然而，医生的“警示”并没能唤醒众人对老人的怜悯或共情。一名下巴长肿瘤的学生尤其不堪其扰，强烈提议让老人“安乐死”。

“我已经受不了了。（中略）自从来到这里后我的病情反而恶化了，晚上根本无法睡觉啊！如果不能让他尊严死的话，那就只能安乐死了。那个老伯绝对好不起来的，只不过是拖着受罪罢了。”//“不只是因为他碍事，而是我实在看不下去了。这不算什么杀人，不过是把死人再杀死一次罢了，难道不是吗？”//“要是我下巴的肿瘤是恶性的，我一定会毫不犹豫地选择安乐死。那种惨状根本就不能算是活着！”//“我可受不了。病人痛苦不说，护士也很可怜啊。所谓治疗不就是要找回人性吗？”（170～171）

“我”内心反复揣摩着“学生”的话，想象着自己腿上的“萝卜苗”如果是不治之症，倘若最终蔓延至全身，自己恐怕也会选择“安乐死”，患者们对老人“审判”无疑也是对“我”自身的“审判”。于是，在众人的默认下，“我”与“日本安乐死俱乐部设立筹备委员会”的美国人取得联系，用众人“募捐”的钱支付了相关费用，最终由“学生”动手实施了计划。“我”参与并见证了同样身为“弱者”的众患者以“尊严”“安乐”的名义对更下层的“弱者”的抹杀，同时也看到了自身的命运。在裹挟着医院的呼啸风声中，“我”的耳边不断传来列车进站或发车时站内广播般的喧嚣声，医院停车场的广播夹杂着“赛河原”孩子们的合唱声“救救我 救救我 救救我 求求你们 救救我（オタスケ　オタスケ　オタスケヨ　オネガイダカラ　オタスケヨ）……”（175），诱惑着“我”再次踏上寻觅之旅。

“对弱者的爱之中总是潜藏着杀意（「弱者への愛にはいつも殺意が込められている」）”，这一格言般的语句先后出现在安部公房的《公然的秘密》（1975）和《密会》（1977）中，揭示出在社会达尔文主义“弱肉强食”的逻辑下，互为“他者”的人们之间无法产生共情，对弱者的怜悯失去了生息的土壤，弱者毋宁说是被强行剥去了“尊严”。在《袋鼠笔记》中，这一命题再次出现，并且借由“弱者”的视点来看待“弱肉强食”逻辑在弱势群体中的渗透，旨在呼唤日渐原子化的个体对“他者”的责任与义务的复归。

四、“马戏团”：新型共同体的展望

小说的最后一章（“人贩子”）叙述了“安乐死”计划完成后，“学生”备受愧疚感折磨，随“我”一起逃离医院，驾着停车场废置的汽车不知所踪。“我”找回了熟悉的病床，怀着重新见到“赛河原”儿童合唱团孩子们（尤其是那个智力发育迟滞的女孩）的愿望，再次踏上旅途。病床载着“我”循着原来的路线进入矿坑的隧道，来到一个废弃的车站，在列车等候室，“我”见到了一直惦念着的游览车中的少女B，独自一人等候着“马戏团”和“人贩子”的到来。

站台中间位置有个用杉木板围起来的等候室，透过脏兮兮的玻璃窗可以看到里面吊着的40瓦左右的裸灯泡，除此之外一片昏暗。//“赶上啦！”//甜美的声音，令我感到舌头一阵麻痹。不是A，也不是C。等候室的窗户敞开了，“眼角下垂”中的一个探出身来朝我挥着手。我记得那种独特的挥手方式，果然是B。//“赶上什么了？”我从病床上爬了下来，将从衬衫口袋露出来的裸照塞了回去。//“你不知道吗？马戏团要来了……”//“马戏团？”//“听说人贩子也会一起来。”//“人贩子？”//“叔叔你不就是人贩子吗？”//“怎么可能……”//“你会告诉我我是谁。”//“我也希望有人能告诉我我是谁啊。”（183～184）

少女B视“我”为“人贩子”，在她的期待中，“人贩子”将揭开“我是谁”这一谜底，帮助她找回在现实世界中迷失了的“自我”。少女随着“马戏团”音乐的律动轻快地应和着的纯真模样，令“我”感到深切的爱怜与共情——“如果不是因为腿上长着不堪的‘萝卜苗’，我一定会马上抱紧她。拥有如此灿烂的笑容，为什么还要忍受这样的孤独……”（187）少女B声称自己曾经是“马戏团”中的一员，并为“我”演唱了缅怀“人贩子”的歌。

很久以前 人贩子/ 到处搜寻孩子们/ 给所有的迷宫歧路标上号码/ 于是 孩子失去了藏身之处/ 现在人贩子不再来了/ 孩子们开始四处寻找人贩子/ 现在是孩子们/ 在到处搜寻人贩子// 没有人记得人生的开端/ 没有人能察觉到/ 人生的终点/ 但庆典有开端/ 庆典会终止/ 庆典不是人生/ 人生也不是庆典/ 所以 人贩子来了/ 在庆典开始的黄昏/ 人贩子到来了// 在朝北的小窗下/ 在桥的一端/ 在山腰// 后来/ 迟来的人贩子/ 没能相遇的人贩子/ 我所爱的人贩子// 迟来的人贩子/ 没能相遇的人贩子/ 我所爱的人贩子（187～188）

这首“歌”原本是安部公房为戏剧《人贩子》（1978年6月公演）所作[①]，尽管该剧本因未收录进《安部公房全集》而极少被研究者论及，但可推测该剧本改编自苏佩维埃尔（Jules Supervielle，1884—1960）的小说《偷小孩的贼》[②]。该小说讲述了渴望儿女绕膝的毕格瓦大佐“诱拐”了被贫困的父母所抛弃的孩子们，组建了一个“拟制家庭”；然而自从他爱上了“养女”马尔塞尔之后，他的人生变得充满矛盾和烦恼，最终因嫉妒、绝望而投海结束了自己的生命。《袋鼠笔记》中“我”与少女B和“赛河原”孩子们之间的情感纽带，无疑与毕格瓦大佐对“诱拐”来的养子、养女的情感不无相似之处，一方面是出于对“弱者”的怜悯，另一方面则是出于填补自身难以慰藉的孤独之情感需求。

此外，“马戏团”作为非日常性的庆典具有暂时消解现存秩序的“狂欢”性质。“狂欢”“狂欢性”的概念源自巴赫金对西方文化史中从古希腊的酒神节、古罗马的农神节到在广场、街头等开放的公共空间举行的各种盛大的诙谐表演和化装游行等狂欢节传统的研究，隐喻着“彻底打破日常时

① 安部公房.［詩］人さらい[M]//安部公房全集　第26卷. 東京: 新潮社，1999: 280–281.（初载于『朝日新聞』，1978年8月20日）

② ジュール・シュペルヴィエル. ひとさらい[M]. 澁澤龍彦，訳. 東京: 薔薇十字社，1970.

间—空间的约束，假想性地毁坏一切并更新一切，暂时摆脱了秩序体系和律令话语的钳制，在假定场景中消弭了贵贱上下的森然界限，毁弃一切来自财富、阶级和地位的等级划分”[①]。同时，“马戏团”具有“游牧”式的流动性，与农耕社会传统主张稳定、保守、均质的思想观念形成对照，象征着变动不居及多样性，“马戏团”成了日常性/正统的对立面的而被“异端”化，这也是“马戏团”与“人贩子”之间的共通之处。在日语中，“人贩子”（人さらい）意指在黄昏日暮时出现的拐带幼儿的妖怪，以前常用于吓唬日暮时分还在户外玩耍的孩子[②]。“庆典开始的那个黄昏/人贩子出现了（「祭りがはじまるその日暮れ/人さらいがやってくる」）”——歌谣中特指“人贩子”在“庆典开始的那个黄昏”到来，此处的“庆典”较之盂兰盆节等传统的节日庆典无疑是指“马戏团”这种流动性的狂欢性集会。紧随着“马戏团”出现的“人贩子”的意象让人联想到德国童话《魔笛》[③]，花衣人为报复小镇的人背信弃义而吹响魔笛，所有的孩子都顺从地跟着他走了。该童话固然有着劝诫人要诚实守信的道德教化功用，然而在其潜在的价值观教化中，花衣人的形象代表着神秘的外来威胁，是小镇安宁的破坏者。与“人さらい”用于恐吓孩子的功能相仿，“吹着魔笛的花衣人”象征着共同体外部的“陌生人”，是共同体为了维系内部秩序与团结而蓄意构建出来的假想敌和异端。

“马戏团”的异端化形象与“人贩子”作为动摇稳定的共同体秩序、

① 汪民安. 文化研究关键词（修订版）[M]. 南京: 江苏人民出版社，2019: 195.

② 「人さらい」. 日本大百科全書（ニッポニカ） [https://kotobank.jp/word/人さらい-1581977]（2020年12月27日）.

③ 罗伯特·布朗宁（1812—1889）的《魔笛》（或译《哈默林的花衣魔笛手》），讲述德国的哈默林小镇鼠疫一度非常严重，居民们束手无策。一天，小镇来了一位身穿七彩花衣、手持笛子的男人，自称能根除鼠害。镇长答应给他丰厚的财宝作为答谢，男人便吹起手中神奇的笛子，整个小镇的老鼠都在笛声的指引下成群结队地跑出来，跳进河里淹死了。然而，鼠患解除后，镇长却没有兑现承诺，拒绝付给花衣人酬劳。花衣人于是又吹起神奇的笛子，全村的小孩都跟着他走了，从此消失得无影无踪。

价值观的“假想敌”的意象，同时又象征着鼓动“越界”的力量，即摧毁既存共同体、构建新的共同体的力量。无论是少女B离开父母与家园、痴心等候“马戏团”与“人贩子”，还是“我”在“三途川”和“赛河原”经历的与象征权力秩序的“父亲”和象征传统束缚的“母亲”的对峙，皆出于一种“越界”的冲动，废弃的车站便是“我”出于某种特殊的共情，受少女B的召唤而最终抵达的“异端”之境。然而，这种对现存秩序的“越界”并非出于自发自觉的主体性追求，毋宁说是弱者逃避残酷“日常”的一种策略，“我”未能像少女B那样听到“马戏团”欢快的音乐，却看到了从列车中鱼贯而出的“沙袋鼠”模样的小型有袋类动物，在此，“马戏团”的狂欢性被寄予了弱势群体渴望逃离“弱肉强食”的无情竞争社会的希冀。

在狂欢节的世界里，越界赢得了合法性而成为最为普遍的行为，越界的冲动成为狂欢节最根本的动力，加冕与脱冕、生与死、夸与骂、智与愚，全在狂欢和越界中更替变换。在狂欢节的世界里，各种各样的法令、禁令和限制终于被取消了，生活的规范和秩序被突破了，现存的权威和现成的真理成了被颠覆的对象，生活于是重新焕发着生机和活力[①]。

“梦幻马戏团”这一假想的时空设置，蕴含了安部公房对由孩子们构成的、没有父母的新型共同体的展望。在安部看来，“马戏团恐怕是我们的记忆中集团性庆典最后的表演了。（中略）其中包含着很多落寞的、同时却又神秘、恐怖而快乐的东西”，“感觉就像永远的孩子自己创造出一个新的世界并自我欣赏”[②]。“永远的孩子自己创造出一个新的世界”的设想，与这

① 马大康，周启来. 越界的冲动——论巴赫金的边界思想[J]. 浙江学刊，2011（5）: 116.

② 安部公房.［共同通信の談話記事］「カンガルー・ノート」安部公房さん[M]// 安部公房全集　第29卷. 東京: 新潮社，2000: 231.（初载于『信濃毎日新聞』，1991年12月22日）

一时期安部公房对克里奥尔语（Creole Language）的关注有着密切的关系。在与大江健三郎的对谈中，安部阐释了克里奥尔语在语言、历史及社会文化层面上的特殊意义：

简单地说，夏威夷克里奥尔语和原住民的波里尼西亚语完全无关，是殖民移民的甘蔗农场劳工（以亚洲人为主）的第二代创造出来的特殊语言。第一代使用的是洋泾浜语（语法是当地的，词汇是借用英语的），属于实用语；代表性的还有与异民族接触时使用的集市用语或占领军基地周围的娼妇发明的便捷语，很快形成，但也很快就消失了。相较而言，克里奥尔语却一旦固定下来后就不易被破坏。洋泾浜语仅限于第一代人使用，而克里奥尔语却延续了好几代，成功地创造了一门新的语言。因此，说洋泾浜语的第一代完全无法理解第二代的克里奥尔语。（中略）读贝克顿的著作时我非常惊讶，没想到语言竟能如此断裂和创造。既然存在这种不依靠学习的语言形成方式，就不得不承认语言能力是遗传因子层面的程序。乔姆斯基在生成语法中暗示的，洛伦兹的印记理论等所预见的，由贝克顿进行了实证。我猜想，只有孩子构成的集体是克里奥尔语诞生的条件，（中略）按洛伦兹的说法就是遗传因子的诱发。将这种观点泛化到文化领域，可以打开一种刺激性的视野，传统或学习主义视角所看不到的东西便能浮现出来[①]。（着重号为笔者加）

克里奥尔语即混合语，由洋泾浜语（Pidgin，又译皮钦语）演变而来。约翰·桑迪福（1986）简要地介绍了克里奥尔语的特征：

克里奥尔（Kriol）一词来源于法语Creole，而Creole一词又是通过西班牙语从葡萄牙语借用来的，原词是Crioulo，意为在热带或亚热带殖民地出生和

① 安部公房. 対談[M]//安部公房全集　第29卷. 東京: 新潮社，2000: 76–77.（初载于『朝日新聞』夕刊，1990年12月17—19日）

长大的欧洲人的后裔。Creole已扩大到意指这些人所说的语言。（中略）克里奥尔语的起源可追溯到欧洲人和土著之间的早期接触。在接触中，在相互不会讲对方语言的人们之间，产生了交流的需要。于是，一种词汇有限、语法简化了的、大多取自英语的皮钦语（Pidgin）就产生了。（中略）虽然克里奥尔语似乎是在十八世纪晚期由白人把它作为和黑人进行交流的一种工具而始创的，然而今天它却主要是用于土著与土著之间进行交流的语言[①]。

但桑迪福又进一步指出，许多讲克里奥尔语的土著对克里奥尔语持否定态度，不认为它是自己的语言，这主要是因为他们的语言和文化长期以来受到欧洲人的指责，欧洲人把克里奥尔语贬低为一种不规范的讹用英语。安部公房对克里奥尔语的关注正在于其反欧洲中心、拮抗正统与传统的生命力，认为“克里奥尔文化”是一种“没有父母的文化（親のない文化）”，其呈现出的杂居性、多样性提示了一种新的可能性[②]。《袋鼠笔记》中以怪诞现实主义手法描绘的“梦幻马戏团”可视为安部对由“只有孩子构成的集体”之反传统性、“异端”性所寄予的殷切希望。

在小说的末尾，当少女B正忘情歌唱的时候，“赛河原”合唱团孩子们身着脏兮兮运动服、吟唱着“救救我 救救我 救救我 求求你们 救救我”聚集到了候车室，将“我”驱赶到了一个大纸箱里。透过纸箱的窥视窗，“我”惊恐地看到了自己的背影，那个“我”也正惊恐万状地从窥视窗向外望……这种遭遇自身“镜像”的体验在弗洛伊德的心理分析理论中被定义为“怪怖（Unheimliche）”，是“个体或群体因压抑失败而遭遇到自身内部的作为死本能表征的他者时，被激发起的爱恨交织的双向情感转化为不安的情绪丛的

① 约翰·桑迪福. 克里奥尔语——一种土著语言[J]. 李潮，杨春学，译. 民族译丛，1986(3): 38–39.

② 安部公房. われながら変な小説[M]//安部公房全集　第29巻. 東京: 新潮社，2000: 212–215.（初载于『波』12月号，1991年12月1日）

焦虑体验”[①]。梦境般的“怪怖”体验恰如现实世界的镜像，映照出置身现实压抑困境中的“我”孤独地向外寻求他者，然而视野中却始终只有他者化了的“自我”。

小说的最后是一则剪报：

> 在一个废弃车站内发现了一具尸体，胫部有多处疑似剃刀刮过的伤痕，但都不是致死的原因。目前警方仍无法断定该案属于事故还是刑事案件，急于确认死者身份。

（190）

就像《砂女》末尾的“失踪宣告书”暗示着主人公主动放弃了现代社会的生活，《袋鼠笔记》中死因不明的尸体便是“我”对排斥“异质性他者”的封闭性共同体、对“弱肉强食”的现实世界最后的控诉。

综上所述，《袋鼠笔记》承袭了安部公房惯用的“变形”手法及怪诞现实主义元素，在看似无条理、反逻辑的碎片化呈现中，实则有着连贯的脉络和鲜明的主题。主人公因身体的异变沦为社会及他人眼中的“异质性他者”，抱着“弱者”的自我意识遭到遗弃；在坠入死亡国度的过程中，“我”历经了反抗象征体制秩序的“父亲”以及象征传统归化力量的“母亲”的“通过仪礼”，由此获得了新的自我认同。在与形形色色“弱者”接触的过程中，“我”因共情而获得新的他者伦理认知，即对“他者”的责任与义务，同时也意识到现实世界的“社会达尔文主义”思维使“弱者”逐

① 汪民安. 文化研究关键词（修订版）[M]. 南京: 江苏人民出版社，2019: 105.（弗洛伊德在面对他的神经症患者“纷乱”的、表面上没有规则可循的各种症状时，总是力图在这些“离散”的症状的表征中，考索出某种规则有限、表达有序的“语法”。在具有不同表现方式的“因神秘而恐惧”的情感经验中，“恐怖”只是最后进入到意识中的经验内容，它的前意识感觉是“神秘”，而贯穿于从神秘到恐怖的整个经验过程的真正情感效果是“不安”。）

渐失去了的容身之地。于是，在同为“弱者”的少女B和孩子们的感召下，“我”再次踏上“异界”之旅，在（生命）旅途的终点（废弃的车站），“我”成了“异端”引领者，与少女和孩子们一同迎接“马戏团”，开启了新的旅程。在亦梦亦真的魔幻现实主义棱镜的折射下，作品的现实观照笼罩着浓厚的密托斯色彩；统摄全书的“有袋类”意象，象征着对“真兽类”世界中弱势群体的责任与义务，提示着现存社会秩序之外的生存的可能性；进而，“马戏团”的狂欢性隐喻着反抗既成秩序、权力体系及传统因袭的力量，指涉着能创造出“克里奥尔”式文化的“孩子群体”的巨大能量，寄托着安部公房构建新型共同体的展望。

小 结

“没有锚的方舟的时代”与“克里奥尔”式文化

在与法国作家米歇尔·布托尔（Michel Butor）的对谈中，安部公房指出，“现代的不安之根源在于我们的内心中有一种从共同体中脱离出来、或者说是失去了根基的感觉”，想要摆脱这种不安有两条路径，或是让自己沉溺于回归前近代性秩序的愿望中，或是彻底摒弃既成共同体的束缚，“我的文学创作所关注的，便是如何在拒绝回归共同体的基础上克服现代的不安”[①]。正如这一“宣言”所称，安部公房的思想言说和作品书写中有着一贯的反“共同体”倾向，具体体现为反国家主义、反民族主义、反传统，乃至对所有表征集团化的因素（如制服、徽章等）的拒斥。

然而，“拒斥一切形式的共同体”的立场，是否意味着安部公房是一个彻底的无政府主义者呢？安部对个体主体性和差异性的强调，是否会像“文化主义左派”那样陷入“抹杀了不平等与不公正的最深刻根源”[②]之误区呢？答案无疑是否定的。正如前文所论述的，安部公房的创作随着时代语境的变化，在不同阶段对“共同体”的批判是具体而目标明确的，或是揭露战

① 安部公房，M・ビュトール. [对談] ぼくたちの現代文学[M]//安部公房全集第20卷. 東京: 新潮社，1999: 406.（初载于『中央公論』1月号，1967年1月1日）（着重号为笔者加。）

② 齐格蒙特·鲍曼. 共同体: 在一个不确定的世界中寻求安全[M]. 欧阳景根，译. 南京: 江苏人民出版社，2003: 130.（在该书第七章“从平等到多元文化主义”中，鲍曼指出“文化主义”人权观强调承认“差异性”的同时，存在着漠视由物质剥削等原因造成的社会不平等、不公正的缺点。）

时共同体价值观的虚妄性，或是抵制狭隘民族主义的复苏，或是对共同体的同质化规训、排斥异质性之“原理”的批判等，都是立足于现实层面的具体社会矛盾对既存共同体诸弊病的否定；为了深入“病灶”，安部的共同体言说或书写往往采取彻底批判而非温和的改良策略。

在20世纪六七十年代急剧现代化、都市化的社会语境中，安部公房的共同体书写聚焦于日本传统村落共同体价值观与都市现代性价值观（农耕民族的定栖观念与游牧民族的移动观念）之间的冲突，揭示了资本与货币等“都市法则”裹挟下个体均质化・原子化、主体性缺失的焦虑。这一关注的重心在其80年代以降的文学创作中朝着纵深方向渐进式地位移。

本章以《樱花号方舟》及《袋鼠笔记》为分析对象，结合作品创作的时代背景解读安部公房对日本社会具体矛盾的揭示以及从普遍性层面对“没有锚的方舟的时代”中个体普遍面临的生存困境的省思。《樱花号方舟》中“方舟”的意象既指涉着日本社会的现实矛盾及政治样态，同时又是对“流动的现代性”时代语境下人类普遍的生存境况的审视：一方面以“核避难所”影射同时代的战争阴云、批判日本新保守主义强化军事力量等政治实践，另一方面则聚焦于“零和博弈”思维下人际关系疏离、归属感缺失的个体或自我封闭或寻求“替代性共同体”的尝试。作品揭示了追求同一性、拒斥异质性的共同体的法西斯主义性质，展望在尊重多样性、包容差异性的伦理环境下与“陌生人”共存。《袋鼠笔记》中，与“真兽类”镜像般存在的“有袋类”动物的意象贯穿了整体，隐喻社会生存竞争中的弱势群体，同时象征着责任意识以及既成社会秩序之外的存在的可能性。作品从受社会权力秩序、价值观所排斥的“弱者”/“异质性他者”视角出发，经由与权力秩序、传统驯化力量的对峙抵达了对“他者”的重新发现，并寄望于“孩子群体”构建出超越传统因袭及既成秩序的“克里奥尔”式新型共同体。从这两部作品中可以窥见，该阶段安部公房的共同体书写所呈现的新特征：

其一，对时代主要矛盾的把握。安部公房以“没有锚的方舟的时代”隐喻个体置身于竞争激烈、漂泊不定、救赎无望的时代，体现了其对20世纪80年代以来都市共同体“流动性”与不确定性与日俱增之特征的洞察，与齐格蒙特·鲍曼认为当前世界状态总体呈现“流动的现代性”特征之界定遥相呼应。

其二，对个体原子化状态的聚焦。消费主义以及“零和博弈”生存竞争导致个体与他者日益疏离、隔绝，个体逐渐陷入自我封闭、敌视他者的原子化状态，这一趋势进而呈现为家庭、邻里、共同体的纽带濒临断裂的“无缘社会”[①]的先兆。

其三，对弱势群体边缘化境况的关怀。面对“社会达尔文主义”及“自由市场”法则导致社会对弱者普遍的道德冷漠，安部试图借由人性中普遍的“共情”与“怜悯”重新审视个体与他者关系，由强调“差异性”的个体身份认同逐渐转向寻求“共通性”、与“陌生人”共存的“他者伦理”。（这一观点乍看与安部早先主张“他者组织”理念相似，都是强调应“重新发现人之间的共通点而不是差别或区别”，寻求“与他者间的共有感觉，时代的共有感觉”[②]，所不同的是，在“流动的现代性”语境中，安部的认知与主张中更强调个体对他者的责任这一伦理向度。）

其四，将构建新型共同体的期望寄予“克里奥尔”式文化的诞生。安部公房关注“克里奥尔”式文化的杂居性、多样性对“排他性”的消解，展望基于“克里奥尔”式理念重塑个体与他者间的人际纽带，构建宽松的、包容性的共同体。

《樱花号方舟》和《袋鼠笔记》共通的主题，在于批判既成社会秩序、关注剧烈社会竞争下边缘群体的生存境况，并勾勒出理想共同体的模糊面影。安部公房之所以执拗地叩问这一主题，是因为洞察到“共同体”作为维

---

① NHK特别节目录制组. 无缘社会[M]. 高培明，译. 上海: 上海译文出版社，2014. [“无缘社会”指当下日本人“无职场缘（没有职场同僚关系）”“无血缘（家庭关系疏离乃至崩坏）”“无地缘（与家乡关系隔离断绝）”的生存境况。]

② 安部公房.［講演］続・内なる辺境[M]//安部公房全集　第22巻. 東京: 新潮社，1999: 334，342.（于「『鞄』試演の会」，1989年8月17日）

护、保全个体权益的原初性功能，在现代化推进过程中非但没有得以加强，反而日渐失灵这一事实。正如本书在解读《第四间冰期》《榎本武扬》和《袋鼠笔记》等作品中所论及的，安部公房始终在思索着构建新型共同体的可能性。在遗作《袋鼠笔记》中，安部提示了在打破既成共同体秩序及价值观之后，个体与他者可能达成的新型关系，即依靠人性普遍的共情与怜悯，在承担对他者的责任与义务的基础上，存在着构建新型共同体的可能性；这种可能性就像克里奥尔语及克里奥尔文化一样，必定是多样、杂居且不依赖传统的，这种构想在某种程度上可视为安部的“共同体”思考的最终落脚点。

《急于赴死的鲸鱼们》（1986）收录了20世纪80年代安部公房的部分演讲、访谈，主要涉及安部对语言、仪式、共同体（群体、国家）的本质以及其相互间关系的见解，这些言说无疑是理解、把握安部共同体思想的重要辅助线。

首先，安部从语言学领域普遍语法（生成语法）的特征揭示了“语言”对群体形成的关键作用，指出“语言”是“个体化”的关键，“语言”让人类打破了动物不容变通的行为模式/封闭程序，形成了结构化、社会化的复杂群体。

其次，通过对“仪式”功能的解构，安部揭示了基于“语言”的“仪式”对群体、国家权力建构的必要性。安部认为，支撑“权力”正常运作的两个机制是“仪式”与“战斗力”，“仪式”由掌握语言技术的“萨满”所掌控，“战斗力”则由掌管共同体日常秩序、规范的“族长”掌握，两者构成了权力的椭圆结构，正如欧洲天主教国家的教皇与国王，日本的天皇与将军。在《德黑兰的陀思妥耶夫斯基》一文中，安部进一步指出“仪式”对日常生活的深入渗透，指出“随着基于个别化的社会分化逐渐发展，仪式的数量与种类也必然持续增长”，由于“仪式起到了维持日常免遭纠纷损害的安定剂功能”，人们于是逐渐陷入一种“过剩仪式的慢性中毒症状”。对中曾根康弘首开的首相参拜靖国神社先例，安部尖锐地指出，“我对阁僚正式参拜靖国神社感到不快，并不仅仅是因为遭到来自中国的抗议抑或是其中暗含军国主义思想，更是因为那露骨地夸示并强化了国家仪式。”[①]他坦言自身对种类纷呈的各种“仪式信仰”的反感和拒斥——“从婚葬仪式到学校活动、各种场所相应的礼仪和服装、用以夸示年龄层或所属集团的徽章和发型、国际体育赛事会场中飘扬的各色国旗及国歌演奏、全国运动会或高中棒球赛开幕式上选手代表像被勒住脖子垂死的猫般声嘶力竭的宣誓、各种企业匪夷所思而怪异的军队式朝礼、明显违反宪法的神坛礼拜义务……以及君临于其上的各种各样的国家仪式”（同上引，274），并在言说与文学书写中致力于揭露“仪式”与“传统”在“想象的共同体”权力建构中的共谋关系。

再次，安部从心理分析的角度，指出人内心存在着“破灭愿望”与“再生愿望”两种互为表里的驱力，揭示个体对共同体的依附与排斥心理，进而辐射至个体排斥其他个体/他者的本源性冲动。“‘平等’的概念本质上也是基于一种破灭愿望，打破既成秩序未必就是消极的。（中略）破灭与再生的愿望总是同一枚硬币的正反面，秩序的破坏即是平等的再生。然而‘再生’却无法始终保持安定状态，一旦‘再生’形成了某种秩序，破灭愿望便会再次抬头，形成一种无止境的永久革命”[②]；“破灭愿望并不需要依托于什么思想或世界观，而是潜藏于每个人内心深处、蚕食内心之虫的卵。宿命论或末世观实际上是出于想要从老朽化的社会结构中逃离的本能。（中略）幻想着所有一切都毁灭消失，可以再次获得与优胜者站在同一起跑线上的机会，无非是社会的落伍者、被淘汰之人共同的冲动。因此，破灭愿望同时也

① 安部公房. テヘランのドストイエフスキー[M]//安部公房全集　第28卷[M]. 東京: 新潮社，2000: 276.（初载于『朝日新聞』夕刊，1985年12月2日）

② 安部公房. ［インタビュー］破滅と再生2（小林恭二による）[M]//安部公房全集　第28卷[M]. 東京: 新潮社，2000: 252.［初载于『海燕』1月号（福武書店），1986年1月1日］

是一种再生愿望”[①]。然而在指出“破灭愿望”所具有的积极变革现实的一面的同时，安部又警惕着其被利用于充当权力结构之“炮灰”的可能性——“现代的破灭愿望的特征，与其说是发挥着反体制的功能，毋宁说更容易被组织、引导向国家主义或民族主义的方向”（同上引，140），这一观点在《樱花号方舟》中“代表弃民王国”的悖谬理念中可以窥见一斑。

从上述安部的言说中可以管窥到，他对共同体的建构性本质、个体与共同体之间关系的思考扎根于语言学、人类学、大脑生理学、动物行为学、心理学等广博的科学知识，并用这种综合性的视角观照当下社会积聚的各种矛盾冲突，在特殊性中寻求普适性的纾解之路。

① 安部公房. ［インタビュー］破滅と再生1（栗坪良樹による）[M]//安部公房全集第28巻. 東京: 新潮社，2000: 135.（初载于『すばる』6月号，1985年6月1日）

结　语

在安部公房题材丰富、体裁多样、文体奇拔的作品世界中，始终贯穿着对人的生存境况及人类应如何共存等命题的思考，即对共同体与个体、个体与他者间的矛盾冲突的关注。本书着眼于安部公房小说创作中的共同体书写，结合作家的经历、思想言说以及创作当下的时代语境，运用安德森、鲍曼的共同体理论、福柯的话语—权力理论、齐泽克的意识形态理论以及西方马克思主义的现代性批判理论等多维度的文化研究视角展开文本分析，力求在时代脉络中把握安部公房共同体书写的内涵与演变特征，探究安部在各个创作时期对共同体与个体主体性之间矛盾的认知以及对克服主体性危机、构建新型共同体之路径的探索。

本书从“共同体”言说的历史脉络入手，概述了西方社会思想语境中“共同体”概念的内涵及流变，进而梳理了日本思想文化中的共同体意识，由此把握安部公房的共同体书写所处的历史文化语境。安部公房的共同体书写根据时代语境及社会主要矛盾的变迁呈现出不同的维度与内涵，本书将之分为三个阶段，对各阶段作品呈现的不同特征及其内在关联性展开分析论述。

第二章以《道路尽头的路标》《饥饿同盟》和《榎本武扬》等三部作品为对象，分析其中蕴含的安部公房对“共同体幻象与身份认同缺失的空心化主体”的洞察。二战后初期至20世纪60年代初期，面对日本战时体制的瓦解、新旧价值观的更迭带来的思想混乱，安部公房敏锐地捕捉到在“政治与文学”“国民文学”“战争责任追究”等论争背后所反映的知识分子和民众普遍的身份焦虑。该阶段安部的共同体书写立足于价值观转向这一时代语境，通过聚焦身份认同缺失的空心化主体，致力于揭露帝国主义意识形态构建的共同体幻象。处女作《道路尽头的路标》回溯性地叙述了主人公为逃离故乡而踏上流浪之旅，试图挣脱共同体规定性、自主探寻自我存在的价值；在存在主义色彩浓郁的哲学思辨中，融汇了主人公背弃故乡、爱人的身份焦虑以及通过自我选择创造自我归属的渴望，映射出安部自身在战时的精神危机与战败经历给其带来的创伤。《饥饿同盟》描写了小镇的“异质性他者”群体为扭转边缘地位而发起抗争的悲喜剧，揭示了狭隘地域共同体中的欲盖弥彰的权力倾轧，揭示“民俗”“传统”“民族”等奠定共同体根基的意识形态价值观背后的权力话语机制和排他性逻辑。《榎本武扬》以多种文体拼贴的复调叙事手法对历史叙事的意识形态建构性展开批判，通过刻画榎本武扬和福地伸六这两位不同时代的人物互为参照的故事，将幕府末期明治初期时代更迭下的动荡局势与战败前后价值观发生颠覆性转变的时局巧妙并置，审视人物在不同时代语境下面临的伦理选择及其表征的共同体与个体主体性间的矛盾冲突。三部作品分别以“故乡”“民族”“时代（价值观）”为关键词，递进式地揭示了一系列富有遮蔽性的“共同体”话语群背后所表征的意识形态建构特征，呈现了安部对日本帝国主义意识形态本质的揭露，以及对个体身份认同缺失、沦为空心化主体之生存境况的思索。

第三章以《第四间冰期》《砂女》与《箱男》为对象，剖析三部作品对“现代化进程中的共同体与均质化、原子化的主体”的省思。20世纪60年代中期至70年代，日本迎来了战后经济高度成长期。在汹涌而至的现代化进程中，资本通过高度产业化和货币制度形式对个体施以均质化、原子化形塑，同时现代国家通过各种机制对个体进行同一化的规训与管治。这一阶段安部的共同体书写基于现代性批判的宏观视野，深入揭示了现代性内生的悖论以及都市空间中资本与国家权力对个体的双重异化，致力于探索日渐“原子化”的主体，以他者为“镜”实现价值主体复归的可能性。《第四间冰期》将故事背景设置于近未来人类共同体的生存危机，借时空的拓展以及价值观的“松绑”等策略来审视现代人生存境况，与反乌托邦作品有着亲缘性。作品在现实观照层面上讽喻性指涉了美苏冷战格局中日本的政治窘境，在普遍性层面上揭示了人权、进步、理性至上等现代性核心价值观内含的矛盾性。《砂女》刻画了一则关于“逃离都市”的现代寓言，主人公对都市的“逃离”与反思，折射出都市共同体秩序下个体价值取向空洞、人际关系疏离、自我认同缺失的生存境况。在“沙洞”这一的极端生存环境下，主人公在改善生存条件的持续抗争中体验到了生存的喜悦，逐渐改变了对生存境况、劳动以及他者的既成观念，触摸到了把控自身生存样态的主动权，由此唤醒了自发性主体意识，消解了都市共同体秩序对个体的形塑以及意识形态“崇高客体”对个体的询唤。《箱男》描绘了都市中的异端群体“箱男”的生存样态，通过刻画“箱男”主动放弃社会身份与权益、成为“赤裸生命”的消极自我主张，讽喻性地揭示了都市共同体意识形态对个体的双重异化。“箱男”们以抛弃物质欲望来消解现代性价值观及资本对个体的均质化、原子化形塑，以“匿名性”来对抗国家权力对“国民”的同一化管治，体现了个体对共同体既成秩序的消极抗争。三部作品分别从现代性、都市共同体秩序以及国家权力/意识形态形塑等角度，探讨随着现代化进程推进而日益暴露出来的共同体与个体主体性之间的矛盾，彰显了安部公房作为“有机知识分子”的尖锐的社会批判性。

第四章以《樱花号方舟》《袋鼠笔记》为对象，探究作品对“‘流动的现代性’中的共同体与寻求纽带的主体”的观照。20世纪80年代以降，随着日本成为世界第三大经济实体，统治阶级为谋求“政治大国”地位而实施鹰派政治、军事战略，新保守主义思潮应运而生。一方面，在美苏军备竞赛的“核威胁”中寻求军事庇护助长了国家主义的膨胀；另一方面，个体置身于充满不可靠性、不确定性及不安全性的“流动的现代性”之中。这一阶段安部公房的共同体书写及言说呈现出批判国家主义以及关注在剧烈社会竞争中丧失社会属性的弱势群体的向度。《樱花号方舟》描写了一触即发的核战争“末日威胁”背景下，在“零和博弈”的社会生存竞争中失去与主流社会及他者连接纽带的边缘群体寻求“替代性共同体”的尝试。核避难所“方舟”

的意象影射着日本的社会矛盾及政治样态，同时揭示了“流动的现代性”裹挟下确定性、可靠性、安全性匮乏的现代人普遍的生存境况。主人公构建“方舟”的排他性逻辑以及各方为争夺“方舟”控制权的暴力对抗，讽喻着现代人普遍的道德冷漠、对他者的敌意以及国家主义意识形态内含的法西斯主义倾向；作品尾声借由“托儿”的选择提示了与“陌生人”共存的社会责任与他者伦理向度，可视为安部公房对克服人际纽带断裂这一共同体危机之途径的展望。《袋鼠笔记》以怪诞现实主义的手法叙述了主人公在身体变异后沦为社会属性缺失的“异质性他者”，历经与权力结构的两极——体制秩序和传统因袭力量对峙的“通过仪礼”，重获认识自我与他者关系的视角，进而踏上寻求新型共同体的旅程。贯穿作品始终的“有袋类”意象提示着与现存“真兽类”把控的社会秩序相对的生存逻辑，是打破“社会达尔文主义”、复归他者伦理的关键；进而，与孩子们一同迎接“马戏团”的尾声，寄托了安部构建“克里奥尔”式新型共同体的展望。两部作品从不同的向度刻画了“没有锚的方舟的时代”/“流动的现代性”中共同体的演变特征以及个体面对人际关系疏离、确定性匮乏的不安与焦虑，体现了安部公房对国家主义/民族主义复苏的警惕以及对社会生存竞争中的“弱者”的人文关怀。

自1948年处女作《道路尽头的路标》的出版至1991年遗作《袋鼠笔记》的问世，四十余年的创作生涯中，安部公房以笔为剑、以墨为锋，秉持明确的社会批判意识书写着日本昭和时期以来的社会境况以及个体的存在之思。安部的作品世界尽管不无抽象难解之处（哲学思辨、超现实主义的书写策略），却从不是曲高和寡的，正如本书经由探讨8部长篇小说所着力呈现的，其对共同体与个体、个体与他者之间难以调和的矛盾的思考，始终立足于近现代日本变动不居的时代语境，又辐射至“现代性”浪潮裹挟下的全人类的生存境遇，通过虚构叙事持续叩问着时代危机与现代人的生存困境。

安部公房关于共同体的思考、对理想共同体的构想与时代语境的变迁交相呼应，体现出“有机知识分子”在坚守个体独立性的同时积极介入现实、时刻以犀利的目光审视既存体制与个体生存境况的社会责任感。

其一，面对日本昭和时期以来“民族国家”和“现代国家”双重共同体意识建构过程中个体的身份认同困境，安部公房的早期作品致力于揭露共同体幻象，拒斥“一切形式的共同体”的暴力形塑，呼唤个体主体性的复归，可视为对强调“自由·选择·责任”的存在主义哲学思想的高度认同及实践。

其二，针对现代性语境中传统共同体“邻人思想”与“都市法则”的冲突下个体归属意识缺失的境况，安部的中期作品通过强调了个体的独特性、不可化约性，以此来对抗“都市共同体”中资本主义现代性及国家权力对个体的均质化、原子化形塑。进而，为对抗日本传统共同体根深蒂固的“邻人思想”（同质性、排他性），安部提出了“他者组织”这一共同体构想，即一种认可异质性、多元性的共同体，是无数保有主体性的个体在一定的目标任务、职权—职责分工等共识的聚合之下结成的宽松纽带，无数个体在充分享有个性自由的基础上发挥主观能动性，可视为“独体思想”与共同体主义的融合；这一构想在全球治理层面上，则是打破大国霸权及殖民思维，构建不同种族共栖、相互扶助的人类命运共同体之构想（如《第四间冰期》预言的未来蓝图）。

其三，面对现代化进程催生的道德冷漠、个体与他者疏离的“原子化”倾向，安部提出了“克里奥尔”式新型共同体的构想，即在与他者共处、文化融合的前提下，搁置既成共同体刻意划定的“疆域”，打破不同文化传统造成的壁垒，基于人性普遍的共情，构建一种杂糅的文化身份认同。这一糅合了“独体思想”与“他者伦理”的共同体构想，可视为“他者组织”的延长线，是对本质主义地域—民族身份认同的解构，由此来克服“流动的现代性”生存竞争带来的人际关系异化及道德冷漠。

安部公房的“共同体情结”始于丧失“故乡”的身份焦虑，在积极投身工人文学运动的实践中逐渐形成了“有机知识分子”的人文关怀视角。在将近半个世纪的创作生涯中，面对时代语境与价值观的更迭，安部公房的文学创作犹如围绕着一个不断变化中的“魔方”，致力于表述它所呈现的各种表象，揭示其背后的运作机制，并展望着新“秩序”的构建。透过其“共同体书写”的棱镜，读者得以管窥日本近现代螭蟠虬结的社会矛盾以及具有时代责任感的知识分子面临的集体焦虑。正是基于积极“介入”现实并始终坚持独立性、批判性这一“有机知识分子”的特质，安部公房的共同体书写既立足于日本具体的社会现实，又蕴含着超越语言、民族及地域界限的普遍性与开放性内涵，其兼具独特性与普适性的书写特征使其作品获得了经久不衰的魅力。

参考文献

中文专著

[1]但汉松．以读攻读[M]．南京：译林出版社，2017.

[2]董炳月．“国民作家”的立场：中日现代文学关系研究[M]．北京：生活·读书·新知三联书店，2006.

[3]郭勇．他者的表象：日本现代文学研究[M]．上海：上海交通大学出版社，2009.

[4]金炳华，等．哲学大辞典（修订本）[M]．上海：上海辞书出版社，2001.

[5]李德纯．战后日本文学史[M]．北京：人民文学出版社，2018.

[6]李华驹．21世纪大英汉词典[M]．北京：中国人民大学出版社，2002.

[7]李讴琳．安部公房：都市中的文艺先锋[M]．北京：社会科学文献出版社，2017.

[8]梅丽．危机时代的创伤叙事：石黑一雄作品研究[M]．北京：中央编译出版社，2017.

[9]孙全胜．列斐伏尔“空间生产”的理论形态研究[M]．北京：中国社会科学出版社，2017.

[10]孙艳萍．玛格丽特·德拉布尔“光辉灿烂”三部曲中的社群意识研究[M]，杭州：浙江大学出版社，2014.

[11]王飞．焦虑与认同：石黑一雄小说中的身份问题研究[M]．厦门：厦门大学出版社，2020.

[12]汪民安．身体、空间与后现代性[M]．南京：江苏人民出版社，2006.

[13]汪民安．现代性[M]．南京：南京大学出版社，2020.

[14]汪民安．文化研究关键词（修订版）[M]．南京：江苏人民出版社，2019.

[15]王霞．在诗与历史之间：海登·怀特历史诗学理论研究[M]．北京：中国社会科学出版社，2014.

[16]王向远．日本右翼历史观批判研究[M]．北京：昆仑出版社，2015.

[17]吴莹．文化、群体与认同：社会心理学的视角[M]．北京：社会科学文献出版社，2016.

[18]徐志民．战后日本人的战争责任认识研究[M]．北京：社会科学文献出版社，2012.

[19]杨大春．现代性与主体的命运[M]．北京：中国人民大学出版社，2019.

[20]衣俊卿．西方马克思主义概论[M]．北京：北京大学出版社，2019.

[21]袁小云．“自我”和“他者”：齐泽克的意识形态主体性维度研究[M]．北京：社会科学文献出版社，2018.

[22]赵淳．齐泽克精神分析学文论[M]．北京：中国社会科学出版社，2018.

[23]中国社会科学院语言研究所词典编辑室．现代汉语词典（第7版）[M]．北京：商务印书馆，2016.

[24]朱平．石黑一雄小说的共同体研究[M]．郑州：河南大学出版社，2017.

[25]邹波．安部公房研究[M]．上海：复旦大学出版社，2015.

[26]卡尔·曼海姆．意识形态与乌托邦：知识社会学导论[M]．李步楼，尚伟，祁阿红，朱泱，译．北京：商务印书馆，2019.

[27]斐迪南·滕尼斯．共同体与社会[M]．张巍卓，译．北京：商务印书馆，2020.

[28]海德格尔．存在与时间[M]．陈嘉映，王庆节，译．北京：生活·读书·新知三联书店，2014.

[29]马丁·布伯. 我和你[M]. 杨俊杰，译. 杭州：浙江人民出版社，2017.

[30]马克斯·韦伯. 新教伦理与资本主义精神[M]. 阎克文，译. 上海：上海人民出版社，2018.

[31]杨·阿斯曼. 文化记忆：早期高级文化中的文字、回忆和政治身份[M]. 金寿福，黄晓晨，译. 北京：北京大学出版社，2015.

[32]列斐伏尔. 空间与政治[M]. 李春，译. 上海：上海人民出版社，2008.

[33]米歇尔·福柯. 规训与惩罚[M]. 刘北成，杨远婴，译. 北京：生活·读书·新知三联书店，1999.

[34]让-吕克·南希. 无用的共通体[M]. 郭建玲，张建华，夏可君，译. 郑州：河南大学出版社，2016.

[35]戴安娜·布赖登，威廉·科尔曼. 反思共同体：多学科视角与全球语境[M]. 严海波，等，译. 北京：社会科学文献出版社，2011.

[36]本尼迪克特·安德森. 想象的共同体：民族主义的起源与散布[M]. 吴叡人，译. 上海：上海人民出版社，2016.

[37]大卫·哈维. 资本社会的17个矛盾[M]. 许瑞宋，译. 北京：中信出版社，2017.

[38]海登·怀特. 叙事的虚构性：有关历史、文学和理论的论文（1957—2007）[M]. 罗伯特·多兰，编. 马丽莉，马云，孙晶姝，译. 南京：南京大学出版社，2019.

[39]汉娜·阿伦特. 人的境况[M]. 王寅丽，译. 上海：上海人民出版社，2009.

[40]汉娜·阿伦特. 艾希曼在耶路撒冷：一份关于平庸的恶的报告[M]. 安尼，译. 南京：译林出版社，2017.

[41]汉娜·阿伦特. 极权主义的起源[M]. 林骧华，译. 北京：生活·读书·新知三联书店，2014.

[42]J. 希利斯·米勒. 共同体的焚毁：奥斯维辛前后的小说[M]. 陈旭，

译．南京：南京大学出版社，2019.

[43]赫伯特·马尔库塞．单向度的人：发达工业社会意识形态研究[M]．刘继，译．上海：上海译文出版社，2014.

[44]赫伯特·马尔库塞．爱欲与文明[M]．黄勇，薛民，译．上海：上海译文出版社，2018.

[45]杰瑞姆·布莱克曼．心灵的面具：101种心理防御[M]．毛文娟，王韶宇，译．上海：华东师范大学出版社，2011.

[46]马泰·卡林内斯库．现代性的五副面孔：现代主义、先锋派、颓废、媚俗艺术、后现代主义[M]．顾爱彬，李瑞华，译．南京：译林出版社，2015.

[47]托尼·朱特．沉疴遍地[M]．杜先菊，译．北京：中信出版社，2012.

[48]约翰·W.道尔．拥抱战败：第二次世界大战后的日本[M]．胡博，译．北京：生活·读书·新知三联书店，2015.

[49]刘和民．日本当代文学丛书之四　沙女[M]．于振领，译．合肥：安徽文艺出版社，1985.

[50]安部公房．箱男[M]．竺家荣，译．上海：上海译文出版社，2017.

[51]鹤见俊辅．战争时期日本精神史：1931—1945[M]．邱振瑞，译．北京：北京日报出版社，2019.

[52]柳田国男．海上之路[M]．史歌，译．北京：北京师范大学出版社，2018.

[53]柳田国男．食物与心脏[M]．王京，译．北京：北京师范大学出版社，2018.

[54]NHK特别节目录制组．无缘社会[M]．高培明，译．上海：上海译文出版社，2014.

[55]桥本明子．漫长的战败：日本的文化创伤、记忆与认同[M]．李鹏程，译．上海：上海三联书店，2019.

[56]三好将夫．越界[M]．苏仲乐，译．北京：中国社会科学出版社，2016.

[57]松原新一，等．战后日本文学史·年表[M]．罗传开，等，译．上

海：上海译文出版社，1983.

[58]小森阳一．日本近代国语批判[M]．陈多友，译．长春：吉林人民出版社，2003.

[59]小熊英二．单一民族神话的起源：日本自画像的系谱[M]．文婧，译．北京：生活·读书·新知三联书店，2020.

[60]竹内好．近代的超克[M]．李冬木，赵京华，孙歌，译．北京：生活·读书·新知三联书店，2016.

[61]子安宣邦．东亚论——日本近代思想批判[M]．赵京华，译．长春：吉林人民出版社，2004.

[62]斯拉沃热·齐泽克．意识形态的崇高客体[M]．季广茂，译．北京：中央编译出版社，2017.

[63]斯拉沃热·齐泽克．自由的深渊[M]．王俊，译．上海：上海译文出版社，2013.

[64]斯拉沃热·齐泽克．视差之见[M]．季广茂，译．杭州：浙江大学出版社，2014.

[65]安东尼奥·葛兰西．狱中札记[M]．曹雷雨，等，译．北京：中国社会科学出版社，2000.

[66]吉奥乔·阿甘本．来临中的共同体[M]．相明，赵文，王立秋，译．西安：西北大学出版社，2019.

[67]保罗·霍普．个人主义时代之共同体重建[M]．沈毅，译．杭州：浙江大学出版社，2010.

[68]雷蒙·威廉斯．乡村与城市[M]，韩子满，刘戈，徐珊珊，译．北京：商务印书馆，2013.

[69]齐格蒙特·鲍曼．共同体：在一个不确定的世界中寻求安全[M]．欧阳景根，译．南京：江苏人民出版社，2003.

[70]齐格蒙特·鲍曼．现代性与大屠杀[M]．杨渝东，史建华，译．南京：译林出版社，2011.

[71]齐格蒙特·鲍曼. 全球化：人类的后果[M]. 郭国良，徐建华，译. 北京：商务印书馆，2013.

[72]齐格蒙特·鲍曼. 流动的现代性[M]. 欧阳景根，译. 北京：中国人民大学出版社，2018.

[73]齐格蒙特·鲍曼. 怀旧的乌托邦[M]. 姚伟，等，译. 北京：中国人民大学出版社，2018.

[74]里尔克. 马尔特手记[M]. 曹元勇，译. 上海：上海译文出版社，2011.

中文论文

[1]陈榕. 流动的现代性中的陌生人危机——评鲍曼的《我们门口的陌生人》[J]. 外国文学，2019（6）.

[2]崔世广. 战后日本社会思潮的变迁[J]. 当代世界，2013（8）.

[3]韩秋红，孙颖. 现代性理论的逻辑理路与西方马克思主义的独特运思[J]. 马克思主义理论学科研究，2018（2）.

[4]胡建强，胡珀. 在荒野里启航——从《樱花号方舟》看安部公房的归乡情结[J]. 柳州职业技术学院学报，2008（3）.

[5]李玲. 共同体还是独体？——论华兹华斯《兄弟》中的共同体困境[J]. 外国文学评论，2019（4）.

[6]刘燕. 相互投射下的现实与超现实世界的双重异化——安部公房的小说《砂女》[J]. 日本问题研究，2016（3）.

[7]刘忠洋. 论东西方文学的“弑父”与“尊父”情结[J]. 学术界，2006（3）.

[8]马大康，周启来. 越界的冲动——论巴赫金的边界思想[J]. 浙江学刊，2011（5）.

[9]申丹. 西方文论关键词：隐性进程[J]. 外国文学，2019（1）.

[10]沈汉. 20世纪60年代西方学生运动的若干特点[J]. 史学月刊，

2004（1）.

[11]孙岩帝. 中曾根康弘的新保守主义政治理念及其实践[J]. 社会科学战线，2020（7）.

[12]苏喜庆. 城市书写与生命承载——城市文学中的全球命运共同体征象[J]. 都市文化研究，2019（2）.

[13]汤梦颖. 雷蒙·威廉斯《乡村与城市》评述[J]. 牡丹江大学学报，2014（6）.

[14]谭仁岸. 极端民族主义之后的民族主义——以战后初期的丸山真男、竹内好与石母田正为例[J]. 山东社会科学，2018（6）.

[15]王川，刘晓艺. 寻找丢失的“自我”——从《砂女》看“自我认同”表现[J]. 安徽农业大学学报（社会科学版），2008（6）.

[16]汪民安. 何谓赤裸生命[J]. 马克思主义与现实，2018（6）.

[17]王蔚. 行走在麦比乌斯环上——论安部公房的《砂女》[J]. 外国文学评论，2006（1）.

[18]吴建广. “现实主义”标签下被遮蔽的德意志精神——凯勒《绿衣亨利》的密托斯特征[J]. 同济大学学报，2020（8）.

[19]邢如萍. “李森科”事件再思考[J]. 太原师范学院学报（社会科学版），2010（2）.

[20]袁仕正，杜涛. 日本经济高速增长时期的消费革命[J]. 学术研究，2010（8）.

[21]约翰·桑迪福. 克里奥尔语——一种土著语言[J]. 李潮，杨春学，译. 民族译丛，1986（3）.

[22]岳永逸. 范·根纳普及其《通过仪礼》[J]. 民俗研究，2008（1）.

[23]章国锋. 后现代：人的“个体化”进程的加速[J]. 中国政法大学学报，2011（4）.

[24]张诏汇. 马克思“真正的共同体”的内涵和当代意义[J]. 现代交际，2019（10）.

[25]赵京华．“近代的超克”与“脱亚入欧”——关于东亚现代性问题的思考[J]．开放时代，2012（7）．

[26]周萍．共同体：缘起・困境・再造——基于齐格蒙特・鲍曼共同体理论的诠释[J]．江苏广播电视大学学报，2010（4）．

[27]朱晓彤．马克思“真正的共同体”思想与当代价值[J]．中共南昌市委党校学报，2020（4）．

[28]郭敏．柳田国男日本人论研究——基于柳田民俗学的考察[D]．北京：北京大学外国语学院，2009.

[29]任丽．安部公房小说中的“自我”研究[D]．吉林：吉林大学文学院，2019.

[30]田雪梅．近代日本国民的铸造：从明治到大正[D]．上海：复旦大学国际关系与公共事务学院，2011.

外文专著

[1]安部公房．安部公房全集　1–30巻[M]．東京：新潮社，1997–2009.

[2]石崎等．安部公房『砂の女』作品論集[M]．東京：クレス出版，2003.

[3]内田樹．日本辺境論[M]．東京：新潮社，2009.

[4]大澤真幸．戦後の思想空間[M]．東京：筑摩書房，1998.

[5]岡庭昇．花田清輝と安部公房：アヴァンガルド文学の再生のために[M]．東京：第三文明社，1980.

[6]奥山益朗．戦後世相史辞典[M]．東京：東京堂出版，1975.

[7]加藤周一．日本文学史序説[M]．東京：筑摩書房，1996.

[8]柄谷行人．日本近代文学の起源[M]．東京：講談社，1980.

[9]柄谷行人．ヒューモアとしての唯物論[M]．東京：筑摩書房，1993.

[10]苅部直．安部公房の都市[M]．東京：講談社，2012.

[11]神田文人．昭和の歴史（第 8 巻）　占領と民主主義[M]．東京：小

学館，1989.

[12]きだみのる．にっぽん部落[M]．東京：岩波新書，1967.

[13]木村陽子．安部公房とはだれか[M]．東京：笠間書院，2013.

[14]呉美姃．安部公房の「戦後」：植民地経験と初期テクストをめぐって[M]．東京：クレイン，2009.

[15]酒井直樹，磯前順一．「近代の超克」と京都学派：近代性・帝国・普遍性[M]．東京：以文社，2010.

[16]坂堅太．安部公房と「日本」：植民地占領経験とナショナリズム[M]．東京：和泉書院，2016.

[17]佐々木基一．作家の世界　安部公房[M]．東京：番町書房，1978.

[18]ジュール・シュペルヴィエル．ひとさらい[M]．澁澤龍彦訳．東京：薔薇十字社，1970.

[19]高坂正顕．歴史の意味とその行方（戦後日本思想の原点）[M]．東京：こぶし文庫，2002.

[20]高野斗志美．安部公房論[M]．東京：サンリオ山梨シルクセンター出版部，1971.

[21]高橋和巳．戦後文学の思想（戦後日本思想大系 13）[M]．東京：筑摩書房，1969.

[22]高山岩男．世界史の哲学（戦後日本思想の原点）[M]．東京：こぶし文庫，2001.

[23]田中裕之．安部公房文学の研究[M]．東京：和泉書院，2012.

[24]谷真介．安部公房評伝年譜[M]．東京：新泉社，2002.

[25]鶴田欣也．日本文学における「他者」[M]．東京：新曜会，1994.

[26]鳥羽耕史．運動体・安部公房[M]．東京：一葉社，2007.

[27]波潟剛．越境のアヴァンギャルド[M]．東京：NTT出版株式会社，2005.

[28]日本文学研究資料刊行会．安部公房・大江健三郎[M]．東京：有精堂，1974.

[29]長谷川泉．日本文学新史・現代[M]．東京：至文堂，1991.

[30]濱島朗．社会学講座2　社会学理論[M]．東京：東京大学出版会，1975.

[31]廣松涉，子安宣邦，等．岩波哲学・思想事典[M]．東京：岩波書店，1998.

[32]丸山真男．日本の思想[M]．東京：岩波新書，1961.

[33]湯浅泰雄．日本古代の精神世界[M]．東京：名著刊行会，1990.

[34]吉本隆明．共同幻想論[M]．東京：河出書房，1968.

[35]李先胤．21世紀に安部公房を読む：水の暴力性と流動する世界[M]．東京：勉誠出版，2016.

[36]渡辺広士．安部公房[M]．東京：審美社，1976.

[37]MILLER J H. Communities in Fiction[M]．北京：外语教学与研究出版社，2019.

[38]CALICHMAN R F. Beyond Nation: Time, Writing, and Community in the Work of Abe K ō b ō [M]. Stanford: Stanford University Press，2016.

[39]（特集）70年代の前衛・安部公房[M]．国文学　解釋と鑑賞（36–1），1971.

[40]（第二特集）安部公房の現在[M]．国文学　解釋と鑑賞（44–7），1979.

外文论文

[1]蘆田英治．螺旋の神——安部公房『<真善美社版>終りし道の標べに』試論[J]．論樹（14），2000.12.

[2]有村隆広．安部公房の初期の作品（3）：『終りし道の標べに』ドイツの文学・思想の影響：ハイデッガー，ニーチェ，リルケ，カフカ[J]．言語文化論究（7），1996.

[3]磯田光一．無国籍者の視点——安部公房論[J]．文學界20（5），

1966.5.

[4]江口真規．安部公房作品における羊の表象：満州の緬羊飼育との関係から[J]．比較文学（58），2015.

[5]太田草子．安部公房研究：『他人の顔』『箱男』における自己と他者[J]．日本文学（114），2018.

[6]奥野健男．「政治と文学」理論の破産[J]．文芸2（6），1963.6.

[7]解放．安部公房と満洲亡命文学：『けものたちは故郷をめざす』における「逃走」と「他者」[J]．日本課題教育年報（23），2019.3.

[8]霍士富．安部公房『砂の女』論——「異空間」の叙事詩[J]．立命館文學（655）2018.1.

[9]片野智子．安部公房『箱男』論：匿名化された監視を超えて[J]．学習院大学大学院日本語日本文学（11），2015.3.

[10]片野智子．安部公房『他人の顔』論：自己疎外と加工された顔[J]．学習院大学人文科学論集（24），2015.

[11]加藤優．ジャンル化への違和：安部公房と『SFマガジン』[J]．早稲田大学大学院教育学研究科紀要 別冊27号（2），2020.

[12]金井徹．戦後改革期における民族共同体構想の検討：教育理念をめぐる議論に着目して[J]．東北大学大学院教育学研究科研究年報60（2），2012.

[13]河田綾．空白の「イメージ」としての作者：安部公房「周辺飛行」論[J]．立教大学日本文学（122），2019.

[14]河田綾．鳴り響き続ける「ぼく」：安部公房『カンガルー・ノート』試論[J]．立教大学日本文学（116），2016.

[15]カリチマン リチャード．安部公房の『他人の顔』における戦争の記憶と人種問題[J]．Quadrante：クァドランテ：四分儀：地域・文化・位置のための総合雑誌（14），2012.3.

[16]河野基樹．戊辰函館五稜郭の文学：佐幕・転向・プロレタリアリ

アリズムをめぐる物語[J]．埼玉学園大学紀要．人間学部篇（6），2006.

[17]工藤智哉．『箱男』試論——物語の書き手を巡って[J]．国文学研究（137），2002.6.

[18]黒田大河．『箱男』における革命家幻想[J]．同志社国文学（81），2014.

[19]小林治．『砂の女』の位相⑴——転換期の安部公房[J]．駒沢短大国文（27），1997.3.

[20]小林治．昭和三十年代の安部公房短編作品について：日本的共同体への帰属と脱出[J]．駒澤短大国文（33），2003.

[21]坂堅太．「内的亡命者」の誕生——安部公房『終りし道の標べに』の改訂を巡る諸問題[J]．二十世紀研究（10），2009.

[22]佐々木基一．（『飢餓同盟』）解説[A]．安部公房．飢餓同盟[M]．東京：新潮社，1970.

[23]佐藤泉．共同体の再想像：谷川雁の「村」[J]．日本文学 56（11），2007.

[24]蒋葳．安部公房『カンガルー・ノート』論：身体を視座として[J]．国文（117），2012.

[25]徐忍宇．半人半獣の夢：「異人論」を通して読む『箱男』[J]．九大日文（9），2007.3.

[26]真銅正宏．「箱男」の寓意——遮蔽・越境・迷路（特集　安部公房——ボーダーレスの思想）[J]．國文學：解釈と教材の研究 42（9），1997.8.

[27]菅原祥．団地ノスタルジアのゆくえ：安部公房と柴崎友香の作品を手がかりとして[J]．京都産業大学論集　社会科学系列（36），2019.

[28]杉浦幸恵．安部公房『箱男』における語りの重層[J]．岩手大学大学院人文社会科学研究科紀要（17），2008.7.

[29]杣谷英紀．安部公房『第四間氷期』論：SF・仮説・グロテスク[J].

日本文藝研究66（1），2014.

[30]武井昭夫．危機意識の欠落について[J]．新日本文学21（2），1966.

[31]竹田志保．『終りし道の標べに』改稿過程をめぐって[J]．藤女子大学国文学雑誌（67），2002.7.

[32]田中裕之．『箱男』論（一）——「箱男」という設定から[J]．梅花女子大学文学部紀要（31），1997.12.

[33]ドナルド・キーン．（『榎本武揚』）解説[A]．安部公房．榎本武揚[M]．中央公論新社，1973.

[34]ドナルド・キーン．『カンガルー・ノート』再読[J]．新潮91（1），1994.

[35]鳥羽耕史．安部公房『第四間氷期』——水のなかの革命[J].国文学研究（123），1997.

[36]豊島よし江．江戸時代後期の堕胎・間引きについての実状と子ども観（生命観）[J]．了徳寺大学研究紀要（10），2016.

[37]中野和典．劣性の思想——安部公房『カンガルー・ノート』論[J]．九大日文（9），2007.

[38]永野宏志．書物の「帰属」を変える：安部公房『箱男』の構成における「ノート」の役割[J]．工学院大学研究論叢50-（1），2012.

[39]永野宏志．書物の「帰属」を変えるⅡ：安部公房『箱男』の折込付録の展開の可能性[J]．工学院大学研究論叢51-（1），2013.

[40]永野宏志．書物の「帰属」を変えるⅢ：安部公房『箱男』と虚構の移動性[J]．工学院大学研究論叢52-（1），2014.

[41]永野宏志．書物の「帰属」を変えるⅣ：安部公房『箱男』から提示された新たな三つの問い[J]．工学院大学研究論叢53-（1），2015.

[42]永野宏志．書物の「帰属」を変えるⅤ：安部公房『箱男』を二度以上読むということ[J]．工学院大学研究論叢54-（1），2016.

[43]波潟剛．安部公房『砂の女』論——登場人物と「砂」、およびテ

クストとの関係をめぐって[J]．日本語と日本文学（26），1998.2.

[44]丹生谷貴志．地獄のディズニー・ランド——安部公房『カンガルー・ノート』[J]．新潮89（2），1992.

[45]西田智美．『終りし道の標べに』の改訂について[J]．香椎潟（36），1990.10.

[46]野間宏．国民文学について[J]．人民文学，1952.9.

[47]埴谷雄高．安部公房のこと——戦後作家論[J]．近代文学6（5），1951.

[48]日高昭二．獄舎の夢——安部公房『榎本武揚』論[J]．国文学研究（113），1994.

[49]平岡篤頼．フィクションの熱風（安部公房「箱男」）（迷路の小説論-8-）[J]．早稲田文学（第7次）5（8），1973.8.

[50]福本勝清．戦後共同体論争に関する一覚書[J]．明治大学教養論集（349），2001.9.

[51]藤井貴志．＜独身者の機械＞と＜異形の身体＞表象：「他人の顔」「片腕」「人形塚」の同時代性[J]．日本近代文学（91），2014.

[52]ミコワイ・メラノヴィッチ．『砂の女』を再読して（安部公房を読む<特集>）[J]．すばる15（6），1993.6.

[53]森本隆子．『方舟さくら丸』論——二つの＜穴＞、あるいはシミュラークルを超えて[J]．國文學：解釈と教材の研究42（9），1997.

[54]山本真帆．安部公房「空飛ぶ男」から見る疎外の問題[J]．富大比較文学．第二期（2），2019.

[55]米田利昭．竹内好『日本イデオロギイ』と『国民文学論』[J]．日本文学31（10），1982.

[56]渡辺広士．アヴァンギャルドの迷路——安部公房論[J]．文芸12（9），1973.

[57]J・W・カーペンター．（『方舟さくら丸』）解説[A]．安部公房.方舟さくら丸[M]．東京：新潮社，1990.

后记

一位同事曾谦卑地说，她不懂文学，觉得对文学“无从下手”。我也常常思考，该如何为“文学”制作一张简洁的“名片”，能三言两语地勾勒其概貌。文学犹如空气般无处不在，以“故事”的形式时刻陪伴在我们左右，或许正是由于这种大俗大雅的日常反日常性，反而让人无从把握？而我始终认为，无论是爱好文学还是从事文学研究，最简单且直接的方式就是享受文学带来的阅读体验，进而才能萌生出探究其魅力所在的动力，即文学批评。在将博士论文修整、编撰成书之际，我产生了一种奇特的感觉，它就像一段石阶，将我在“文学”原野漫游的脚步，引入了一条学术探寻的登山小径。

对本书的关键词“安部公房”和“共同体”的延展性思考，即便是在本书定稿之后也依然持续着。应该说，这一课题给了我“一花一世界”的视角——透过经典文学作品探究作家对不同时代、不同矛盾的深思，不仅能读到知识分子“生于当下、苦于当下、求索于当下”的现实介入态度，其中某些闪耀的思想火花，更为我们思考当下面临的危机、困境带来启示。同时，观照不同作家的文学世界，在交织的时代脉络与社会语境中，在视角的切换与价值观的碰撞中，我发现，它们总是在同一道人文关怀的洪流中浮沉，因无法安然接受现状而始终行走在追寻、抗争的路上，体现了一种“先天下之忧而忧”的时代担当。文学从某个更深广的层次上看，不仅为共时性的当下或作家自身代言，更包含着历时性的思考，激励后学在更广阔的时空中寻求对话与答案。

在同济大学攻读博士学位期间，我的导师刘晓芳教授时常强调研读经典作家作品的重要性，在他的鞭策下，我逐渐对日本近现代文学的坐标系有了较清晰的认识。进而，在研读安部公房的作品，在探究其思想言说及其所汲取的西方哲学、社会学思想资源的过程中，之前犹如拼图碎片般的文学批评、文化研究理论逐渐得以连接、拼合，为我呈现出文学研究多维度的视角背后相互勾连的脉络。在学期间，导师为我们创造了各种学术交流的机会，听讲座、参加学术会议、两周一次的"火曜会文学沙龙"等，为我们提供了一个汲取学术前沿观点、交流思想乃至唇枪舌剑的学术平台。

回顾构思、撰写本书的日子，有导师醍醐灌顶的教导，有同门学术交流的愉悦，但更多的是默默阅读、独自思考、对影成双人的孤独。

Keep calm and write on.（引自村上春树，我最喜爱的作家兼长跑者）

Mum is good, people will be impressed.（来自女儿的真挚激励）

在遭遇瓶颈、苦苦思索的无数日夜，这两句朴实的话给予了我非同寻常的动力和安慰，他们以不同的方式让我认识到，没有毫无意义的坚持。

我衷心地感谢广东外语外贸大学南国商学院对我十年如一日的培养与支持，感谢我的父母对我的"务虚"义无反顾的包容和支持。本书能在安部公房逝世30周年这一值得纪念的年份付梓，我感到无比欣慰。但愿本书能成为安部公房研究的一个注脚，如有错漏、不严谨之处，还请各位学者批评指正。

许静华

2023年7月30日